文学作品的电影改编探究

华 玉 著

中国纺织出版社有限公司

图书在版编目(CIP)数据

文学作品的电影改编探究 / 华玉著. -- 北京：中国纺织出版社有限公司,2024.9. -- ISBN 978-7-5229-2184-6

Ⅰ.I207.351

中国国家版本馆 CIP 数据核字第2024UW5082号

责任编辑：张 宏　责任校对：王花妮　责任印制：储志伟

中国纺织出版社有限公司出版发行
地址：北京市朝阳区百子湾东里 A407 号楼　邮政编码：100124
销售电话：010—67004422　传真：010—87155801
http://www.c-textilep.com
中国纺织出版社天猫旗舰店
官方微博 http://weibo.com/2119887771
河北延风印务有限公司印刷　各地新华书店经销
2024 年 9 月第 1 版第 1 次印刷
开本：710×1000　1/16　印张：11
字数：175 千字　定价：98.00 元

凡购本书，如有缺页、倒页、脱页，由本社图书营销中心调换

前　言

　　文学作品是电影创作的重要参考资源。进入21世纪以来,在世界多极化、经济全球化和传播数字化的国际大背景下,电影改编不断探索更加符合市场需要和观众审美要求的途径,改编作品题材广泛,表现手法新颖,呈现多向发展趋势。由于资本的驱动和市场的导向,加上外来电影文化的冲击和影响,电影人纷纷走上高投入、大制作的商业电影道路,以求艺术和商业的双收获。随着商业电影在市场的刺激下迅速膨胀,风光无限,艺术电影的生存空间捉襟见肘,举步维艰。但仍有一些电影人心无旁骛,坚守艺术阵地。

　　文学作品改编电影的出现与发展几乎与电影行业本身的发展同步。电影艺术在多数情况下是以情节故事为载体来表达创作人的价值追求意图,文学作品亦然;这使得电影艺术与文学艺术有着先天性的联系。电影作为一门年轻的艺术,其在表达故事情节时能够打破传统文学相对抽象的表达方式,给观众提供更加具象化的故事画面,这给长久以来阅读文学作品的受众带来新鲜感,从而促使更多的文学作品走向银幕。文学经典改编为电影不是将经典文学作品进行市场化以获取经济利益的手段,而是将一个优秀的文学作品进行电影艺术的加工与再创造形成一个新艺术品的过程。我国拥有十分丰富的文学经典作品资源,这些优秀作品在合理改编下本应在电影市场上发挥更大的文化价值,但这需要影视工作者在改编的过程中充分正视——在文学经典改编过程中,不仅要追求原著精神的体现,更要充分结合时代特征进行深入思考,在原著基础上创造出更符合现代人群审美,却不迎合、不媚俗的作品,才是文学作品改编电影正确的发展方向。

　　在此背景下,本书共分为五章。其中,第一章为文学作品电影改编概述,包括基本理论与互文性、现代观念整合、文学作品电影改编的跨媒介传播现象等;

第二章为文学作品电影改编的叙事转换,分为叙事转向、叙事策略、影像叙事三个方向;第三章为现当代文学作品的电影改编,涵盖文本再创作与机遇、策略等内容;第四章为网络文学作品的电影改编,涉及改编现状与成就、改编问题与对策;第五章为其他类别作品的电影改编,选取武侠小说、乡土小说、民间传说、传统神话四类代表进行具体分析。

著　者

2024 年 6 月

目　录

第一章　文学作品电影改编概述 ······················· 001
　　第一节　文学作品电影改编的基本理论与互文性 ············· 001
　　第二节　文学作品电影改编的现代观念 ··················· 018
　　第三节　跨媒介传播现象 ··························· 040

第二章　文学作品电影改编的叙事转换 ··················· 065
　　第一节　文学作品电影改编的叙事转向 ··················· 065
　　第二节　文学作品电影改编的叙事策略 ··················· 073
　　第三节　文学作品电影改编的影像叙事 ··················· 082

第三章　现当代文学作品的电影改编 ··················· 089
　　第一节　现当代文学作品电影改编的文本再创作 ············· 089
　　第二节　现当代文学作品电影改编的机遇与策略 ············· 106

第四章　网络文学作品的电影改编 ····················· 115
　　第一节　网络文学作品电影改编现状与成就 ··············· 115
　　第二节　网络文学作品电影改编问题与对策 ··············· 127

第五章　其他类别作品的电影改编 ····················· 139
　　第一节　武侠小说与乡土小说的电影改编 ················· 139
　　第二节　民间传说与传统神话的电影改编 ················· 152

参考文献 ······································ 167

第一章

文学作品电影改编概述

自文学与影视结缘以来,文学作品的电影改编研究就成为学术界探讨的热点话题。一些学者从是否"忠实"于原著的角度来评价改编的电影作品,这种基于文学权威的判断标准在一定程度上是不公正的。改编是一次对原著的再创造,文学与电影作为两种不同的艺术形式,在创作手法和表现方式等各方面都有着明显的不同,因此电影改编研究不应只执着于探究作品似与不似的问题,更加重要的是阐释文学原著与电影作品之间的多重关系。

第一节 文学作品电影改编的基本理论与互文性

互文性理论既注重探讨文本之间存在的内容和形式等文本层面的联系,又关注文本在形成和发展过程中受到的社会环境的影响。通过分析文学文本与电影文本在内容层面的互文关系,可以得出成功的电影作品不是单纯地对文学作品进行照搬,而是需要编导在对原著精神蕴涵提取的基础上,对部分内容进行改造和创新,以加深对文本思想内涵的表达。通过分析两个相异文本在形式层面的互文关系,能够丰富我们对文学和电影两种艺术本体的认识。文学与电影都在用自己的方式向读者和观众讲述故事,它们拥有相似的叙事元素,因此在艺术转换过程中会相互碰撞、借鉴、沟通、补充,最终走向融合,这无疑促进了两种艺术的共同发展和进步。此外,社会文化语境也影响着作家创作和电影改编。因此作家和改编者在进行艺术创作时,首先应使作品保持应有的审美价值和精神品格,在此基础上进一步寻找与时代语境最佳的契合点,寻找文学与电影在现实语境中的生存与共生机制,努力吸引更多的受众接受并解读文本,进而引导文化向更好的方向发展。

电影改编是一种带有鲜明互文性特征的实践活动。在电影改编的过程中，文学文本、电影文本、创作主体、受众以及文化之间都具有广泛的互文性关系。互文性理论强调文本间的相互指涉，为研究者提供了一个新的视角来观察各个艺术文本之间的联系，架起了两者间平等对话的桥梁，也为不同学科共同创造、繁荣发展提供了有力的理论支撑。对于改编者来说，也可以运用互文性理论梳理文本间的关系，以此来把握改编的思想与原则，创作出更符合时代要求的、更易于受众接受的优秀电影作品，进而推动我国电影文化的发展，增强我国文艺作品的感召力。

一、文学作品电影改编的特点

相比文学作品，电影是后起之秀，仅有一百多年的发展史，但是却大有"后来居上"的势头。如今，视觉文化已经成为人们生活的重要部分，电影更是成为人们消磨闲暇时光的好伴侣。面对轰轰烈烈的电影浪潮，不少人警惕甚至担心电影带给文学阅读的冲击，这种担心是有价值的。但是，与其伤感慨叹，不如深入认识电影与文学之间的关系，利用电影推动文学的阅读与鉴赏。电影在诞生之初，就从文学中汲取了大量的营养，有不少优秀的电影作品都是由文学作品改编而来，也正因如此，文学改编电影作品在电影资源中有极大占比。文学改编电影资源既具有电影资源的共性，也有自身的独特性。

(一)电影资源的共性

文学作品改编电影资源是电影资源的重要组成部分，它首先具有电影资源所具有的共性，即直观性和综合性。电影资源的这两种特性集中体现了它在信息传递上的优越性，这也是它深受大众喜爱的原因。

1.直观性

电影的直观性是由媒介特点决定的。电影以影像为媒介，影像的视听效果使电影在还原场景、表现细节方面具有得天独厚的优势，作家无论多么努力地进行细致的文字描写，也无法达到电影作品中画面展现的效果，要论描述的逼真，文字远远不及电影影像。它能声色并茂地展现画面，真切地还原场景，给接收者身临其境之感，能够快速把接收者拉进故事情境。另外，画面色彩和音乐渲染能够调动起接收者多种感官，更易唤醒接收者的情绪，使接收者与电影中的人物共情。观众观看电影作品，不需要进行解码，所见即所得，影像效果的直观性带来电影接受的直接性。对于思维层次和审美层次较低的受众而言，电影影像帮助他们跨越文学感知和体验上的困难。鲁迅先生说过"意美以感人,一也;音美以感耳,二也;形美以感目,三也。"文学改编电影资源在意、音、形方面都有出色的表现力。

2. 综合性

电影资源是一门综合性的艺术,综合性是电影资源的重要特性。电影资源的综合性主要体现在三个方面:视觉和听觉的综合、时间艺术和空间艺术的综合、各类艺术要素的综合。电影从以音乐为代表的时间艺术中获得启发,在延续的时间中不断展现画面,从而获得运动感和节奏感;电影同样从绘画、雕塑等视觉艺术中汲取营养,借鉴并强化视觉艺术的种种规律和原理,调度镜头的光线、构图和色调等,突出电影的形象;电影还从戏剧、文学中吸取经验,学习戏剧在表现冲突时的空间调度,学习文学塑造人物形象、反映社会生活的表达手段,形成自身独特的电影语言。电影的综合性决定受众接受时的丰富体验,通过观看电影作品,观众可以获取大量的信息,并获得多重审美体验和艺术熏陶。

(二)文学作品改编电影资源与原著的互文关系

本书所说的文学作品改编电影资源是指由文学作品改编而来的电影作品,相比其他电影作品,文学作品改编电影不仅具有直观性和综合性,而且具有自身的特殊性,主要体现在它与文学作品原著的互文关系。"互文性"是一种文学批评理论,其前身是巴赫金的"对话理论"和"复调理论",1966年批评家克里斯蒂娃正式提出"互文性"这一概念,它强调文本之间的关系,"任何文本的构成都仿佛是一些引文的拼接,任何文本都是对另一个文本的吸收和转化"❶。随着理论的不断发展,它呈现出狭义和广义两种发展趋势。狭义的互文性理论致力于对互文性概念进行精准的界定,它所指的文本是具体的文学文本;而广义的互文性理论对互文性概念的解释更为宽泛,强调文学作品与社会历史之间的互动关系。在广义的互文性视野中,文学作品、非文学的艺术作品、社会历史、哲学思想等都属于文本,彼此之间都可以产生互文关系。在这一体系中,电影也是文本,文学作品改编电影用电影媒介诠释文学作品,与文学作品有着明显的互文关系。下文将从故事层面和叙事层面论述文学作品改编电影文本与原著文

---

❶ 克里斯蒂娃.巴赫金:词语、对话、小说[J].当代修辞学,2012(4):50.

本之间的互文关系。

1. 再现文学作品原著的故事情节

文学作品和文学作品改编电影都是叙事艺术。从文学范畴来看,所谓叙事,即采用一种特定的言语表达方式——叙述,来表达一个故事,也就是叙述加故事。所谓故事,主要指向文学作品的内容,即这部文学作品或者电影讲了什么。根据这一定义,文学作品改编电影和文学作品在叙述同一个故事,只不过前者借助电影媒介,后者则是用书面文字来叙述。张玉霞指出,文学作品改编电影作品和文学作品"最根本的契合点在于故事和人物"[1],这一判断可谓中肯。实际上,电影和文学作品的叙事媒介和手段完全不同,其创作过程和方法也完全是两种体系,正是故事将两者联系在一起。国内的电影改编注重对原著的忠实性,夏衍曾说:"真正好的经典著作,应尽量忠于原著"。我们所说的"忠于原著",其实主要就是电影中的故事情节和主要人物与文学作品保持一致,在文学作品转换为电影的过程中,最易实现的也是故事情节与表情人物关系保持一致。

对于文学作品而言,人物至关重要,就像海上必有船,夏日必有骄阳。在文学作品中,人物的塑造需要依据多种手段,包括直接定义和间接呈现,间接呈现又包括四种手段,即通过行动、人物话语、外部相貌和环境等。以电影语言为媒介的文学改编电影,在表现人物方面有突出的优势。文学作品改编电影中丰富的细节也有助于还原文学作品的场景,更为充分地发挥环境要素的渲染作用。

纵观文学改编电影作品,我们可以看到电影编导做出的努力,他们借助视听媒介,遵循电影表达的规律,使文学作品中的故事和人物在银幕上得到再现,并努力保留文学作品原有的主题意蕴。其中,最为经典的文学作品改编电影作品当属中国四大名著。中国四大名著本身就有着极高的文学价值和知名度,因此导演们着力再现文学作品的艺术魅力,秉持忠于原著的思想,在故事情节和人物设定上都极大地还原了作品本身。得益于电影语言的直观性和生动性,中国四大名著拥有了更多受众,人们对其中的人物和情节有了更为全面和清晰的认识和印象。

---

[1] 张玉霞.论文学作品的影视改编[J].山东理工大学学报(社会科学版),2009,25(4):67.

值得注意的是,文学改编电影对文学作品故事和人物的再现,不是也不可能是完全还原。一方面,以文字为媒介的文学作品给读者会留有丰富的想象空间,缺失许多细节,导演在将其改编为电影时,需要基于自己的理解填补空白;另一方面,由于电影时长限制,导演往往会对长篇文学作品的情节和人物进行删改,删什么改什么,是导演深思熟虑的结果,也反映了导演对文本的理解。有时电影改编也会具有鲜明的时代印记,反映新时代环境下人们对经典文学作品名著新的阐释和解读。如此,文学作品和文学改编电影之间会产生诸多不同之处,为师生结合文学作品改编电影深入分析文本的切口。

2. 叙事手法的呼应和转化

文学作品改编电影与文学作品均是叙事艺术,品读叙事作品,不仅要弄清楚它讲了什么,更要明白它是怎么讲的,"怎么讲的"属于叙述层面的探讨。下文主要从叙述者、叙述结构、叙事语言(媒介)三个角度展开论述文学作品和电影的叙述联结。

叙述者是文学作品叙事行为的直接进行者。根据人称的不同,叙述者可以分为第一人称叙述者、第二人称叙述者和第三人称叙述者,文学作品中比较常见的是第一和第三人称叙述者。第一人称叙述者一般以"我"的指称出现,此处的"我"不仅具有叙述功能,而且往往参与"故事",具有角色功能;而第三人称叙述者不参加"行动",只有叙述功能。同样的故事由不同的叙述者进行讲述,可能产生截然不同的效果。叙述者的差异不仅表现在人称的选择,也体现在叙述角度,包括内部角度和外部角度。当采取外部角度时,叙述者往往和情节、人物有一定的距离;而采用内部角度时,叙述者贴着人物的视点叙述,读者只能看到这个人物看到的事件。

作为叙事艺术的一种,电影也有叙述者,"镜头"就是电影的眼睛,观众跟着"镜头"看万千世界。大多数时候,"镜头"的效果都类似于文学作品中的第三人称叙述者,它就像一个旁观者,与人物、故事保持一定的距离。但是电影有时也可以实现第一人称叙述者的效果,主要借助"画外音"和"主观镜头"实现。所谓主观镜头,是指镜头模拟人物的视角,呈现人物眼中的画面,例如用摇晃的镜头表现人物的眩晕感。

另外,电影和文学作品在叙事结构上也有共通性。所谓叙述结构,指的是"材料的各个部分以何种顺序和安排呈现给读者",其结构关系表现在四个方面:"顺序""反差""间隔"和"比例"。文学作品改编电影同样需要考虑材料各部分的安排。基于"忠于原著"的改编主流观念,文学作品改编电影和文学作品原著一般都在叙述同一个故事,但是在具体如何讲这个故事上,往往需要导演进行创造性的改动。这一方面是由于视听艺术的特性决定的,正如黄宝富所说:"电影播放的一次性技术要求电影情节在日常性中拥有激情,在丰富性中保持单纯,在曲折性中坚持流畅。"所以电影往往会对文学作品的叙事结构进行调整[1]。当然,这种调整和改动也体现着导演对作品的理解,新的叙事结构也是新的表达、新的诠释。

当然,文学作品改编电影和文学作品分别以影像和文字为叙事媒介,存在本质的差异,这是两者各具表达优势的原因。"语言文字"这一媒介具有独特魅力和不可替代性。首先,文字是感觉的承担者,文字相比镜头更能表达个人化或是抽象感觉,例如文学作品的文本可以直接用文字写主人公被爱神射中,但镜头却不能直接拍摄中的画面;其次,文字是思辨的负载者,人类不仅要感性直觉,还需要智性理解和抽象认知。正如韩少功所言,"动物、生命、物质等高等级的概念,精神原型的诸多妙门,很难图示或图解,只能交付文字管理";最后,镜头拍摄的是客观的画面,属于客体性的呈现,而语言中却融入作者个人的风格和情感,是一种主体性的表达。文学作品的审美意味,不仅包括故事本身的魅力,还包括文体的魅力。汉语文字的字音、字形都成为文学作品风格的有机组成部分,这是影像无法替代的,也是文学作品改编为电影作品时必然会缺失的部分。综上所述,文学改编电影与文学作品原著有着千丝万缕的联系,当然,两者也存在根本性的差异,这些差异使得它们在叙述和表达效果上各具特点和优势。

二、精神蕴涵的传达

艺术作品在被表述和接受时存在着一个循序渐进的横向发展过程。文学作品呈现为由抽象文字语言向深刻的精神意蕴逐步行进的过程,电影作品则呈现为由直观镜像语言向深邃的理性哲思不断深化的过程。这种由浅入深、由表及里的文本横向发展过程,极大地丰富了两者的艺术想象空间,给受众带来了

---

[1] 黄宝富.内心联想与直观视像——从小说到电影的艺术本质的差异转换[J].当代电影,2007(1):143.

全新的审美体验。由于文学与电影在思想传递和审美接受上具有共通性,所以我们可以运用对比分析的方法寻找两种艺术文本在内容上的异同,进而探索文学向电影转换过程中精神意蕴的提取和传达情况。

(一)人道主义的彰显

人性有善恶之分,孔孟宣扬性善论,荀子宣扬性恶论。多数作者在善恶的对比和转换中,让读者坚信真善美的存在。如文学作品《金陵十三钗》对"南京大屠杀"正面的、真实的回顾,成功地将个体与国家历史联系起来,演绎了更具深刻内涵的民族救赎与新生。《金陵十三钗》是纪念这些战争中无名牺牲者的作品,主要写了一群青楼女子在危难之际甘愿以牺牲自我性命换回教堂女学生性命的故事。导演张艺谋以此为蓝本改编的同名电影继承了文学作品最大的特质:敢于直面近代中国伤痛最深的记忆,用真实来保障历史的完整性,从历史的悲情中呈现原本难为现代性所容纳的绝对的恶,进而彰显人性善的伟大力量。

艺术在人类生活中的价值体现在对真善美的赞扬,对假恶丑的鞭挞,所以文艺作品必须发扬"善"的功能,进而起到对受众潜移默化的教育作用。善的坚守符合社会的价值导向,善的表达是众多艺术创作者的孜孜追求,善的维护更是全世界、全人类的共同心愿,因此受众不管在文学文本还是由此改编的电影文本中都能够产生与自我心理的互文解读,进而使心灵与精神得到升华。

(二)现实温情的感召

1. 对理想爱情的追问

在古往今来的艺术创作中,爱情始终是一个被反复书写的母题。情与爱是人的本能,也是人们的精神支柱。张艺谋导演的《归来》中,女主人公名为"冯婉瑜"寓意其从长久无爱的状态中脱离,陆焉识不仅延续了小说中社会苦难背负者的身份,还成为默默守候在妻子身边的陪伴者。电影中夫妻二人成为彼此爱的守护者,"爱情"的演绎更加纯美且令人动容。影片结尾迟暮之年的冯婉瑜坐在轮椅上,陆焉识则在皑皑大雪中举着写有自己名字的木牌站在妻子身旁,摄影机透过紧闭的车站大门拍摄后景中久立的二人。影片使得"生离死别,旷世之恋"的主题表达更为突出,人物的情感表达在故事中更为单纯深刻。动荡不安的岁月已经逝去,一切尘埃落定后,冯陆二人只剩真挚的情感。影片对小说的改编,不仅没有打薄历史的厚度,反而在增加感情表达深度的同时形成了对时代的反观，巧妙地将历史的伤痛融入了二人的爱情悲剧当中。《归来》虽是一部爱情片，但没有情人间的蜜语，也没有男女间的激情，有的是苦难中的相伴相守，因此更具让人刻骨铭心的力量。

对美好爱情的向往不受性别、年龄、文化、国别的限制，具有广泛性。正是由于超越功利目的的美好爱情在现实生活中难以获得，文艺创作者才一次次对爱情的本质进行追问，他们共同用温情的笔调书写爱情，展现出了艺术家们博大的人文关怀。

2. 对崇高母性的呼唤

母性不仅属于生理学范畴，还属于社会学范畴。母性可以是"纯天然"的母亲属性，也可以是在不同历史文化中产生出的"社会性"的母亲属性。"母性"不仅表现在"母亲"个人身上，它更多地包含了母爱式的奉献、宽恕与救赎。短篇小说《少女小渔》从性别和文化两个维度赞扬"母性"的宽恕和救赎。小渔作为女性受到来自江伟所代表的男权社会的压制，作为文化边缘人受到来自异国老头所代表的西方强势文化的排挤，但她用自己的方式向世界发出了"弱者不弱"的宣言。李安与张艾嘉联手将《少女小渔》搬上大荧幕，影片动人之处就在于小渔在畸形境遇中用"母性"的包容和奉献保持了做人的本心，展示出了令人倾慕的女性之美。这些带有理想主义色彩的女性人物面对命运压在身上的巨石，没有发出痛苦的呐喊，而是选择默默接受，以一种淳朴、善良和温厚的态度对待世界，散发出一种古老的母性光辉。不论中外古今，人们都在艺术作品中反复吟诵母性的伟大，奉献、包容、隐忍已经成为母性的代名词。尽管在古代封建社会女性被男权社会排挤，但故事孟母三迁的流传从另一个侧面印证了母亲实际所占有的隐性中心地位。电影对原著中崇高母性品格的继承更是中国人情感意识中一直保留的"母性崇拜"的最佳证明。

整体上看，电影作品保留并传递了原著的思想，编导对文学文本的精神蕴含进行集中提取，并在电影文本中加深演绎，拓宽或加深了精神内涵的接受广度与表达力度，通过改编完成了创造性改写活动，使得文学文本与电影文本形成了互文关系。除此以外，编导还用精神线索将原著的主题指向、影片的价值传达和受众的潜在诉求紧密联系在一起，这条精神线索指引着受众在原著、影片和自我心理的互文解读中体悟到人类共通的情感寄托与普世价值，从而引发受众在精神上的震撼与洗礼。精神蕴涵是艺术作品的魂魄，是该艺术动人的根由,从文学与电影的双向互动上讲,改编片只有在延续原著精神内核的基础上,充分调动影像语言的优势对原著精神品格进行彰显或深化,才能实现文学与电影的良性互动。

三、叙事元素的转换

文学作品和电影作品不仅向受众传递着思想内涵,还需选择适当的艺术形式对所含有的精神蕴涵进行强调。艺术文本不是通过实际记录和证明的方式对现实生活进行反映的,它们需要遵循自身特定的艺术方式去构建一个崭新的艺术世界,因此就应当对促成文学与电影转换的艺术传达手法给予一定的关注。文学文本与电影文本的建构存在一个将叙事元素进行线性组接的纵向发展过程,而改编活动则必然包含着对两个艺术文本共有叙事元素的转换与增删。通过对比文学文本与电影文本在叙事元素转换上的差异,可以帮助我们把握两种艺术的审美倾向与发展规律,进而加深对艺术本体的认识。

(一)人物重构与物象增删

文学与电影虽为两种不同的艺术形式,但在文本构建过程中都能够通过对相对直观可感的人物和物象创造艺术性的叙事能指,进而表达深刻隽永的思想内涵。电影改编通过对文学中人物、物象等叙事元素的转换或增删完成了文学作品在新媒介中的更新延展,丰富了文学的表现样态和接受范围。人物与物象是两个相对独立的叙事元素,它们在电影改编中常被挪用并且呈现出不同的表现样态。

1.人物的"现实性"再塑造

人物是叙事艺术的生命,是故事的主角和情节的执行者,对于叙事艺术来说,一个出色的人物很可能比作品本身更具长久的生命力。文学文本由抽象的文字组成,因此文学人物具有模糊性、想象性、多义性等特征,人物的呈现方式是自由灵动的;电影文本则由能够承载"现实"的影像镜头组成,因此电影人物具有清晰性、真实性、指向性等特征,其呈现方式则是固定单一的。

电影人物要由真人来扮演从而打造"如闻其声,如见其人"的"逼真感",电影艺术需要模拟真实的生活场景和空间,让观众有身临其境的"真实感",所以当文学人物以影像化的方式呈现在银屏(或荧屏)中时,其抽象主观的漂浮性便被具象客观的现实性所替代,那些曾靠人们在脑海中建构的文学人物在向影像化人物转变的过程中便不可避免地产生了变形。电影出于"逼真现实性"目的对人物进行再塑造,不仅改变了该人物原有的艺术内涵,也可能为电影文本增加独特的思想内容,但也存在削弱人物表现力的问题。这里需要指出的是,尽管改编过程中电影艺术以贴近现实为目标,但其呈现出的现实仍旧是"艺术的现实"。

电影对"现实性"的要求使得编导对文学作品中符号化的人物进行处理时,要先对其进行现实情况的定位,给予其存在的物质客体的现实支撑,并通过人物的行动来充实现实世界,只有这样才能为观众带来清晰明确的观影体验。文学人物可以通过对自身的分析来了解自我,而电影人物则必须借助外在事件以及他人反应来组建个人形象。所以电影人物需要通过不断地行动并与他人产生联系来建造属于自己的现实生活,让自我的呈现更加立体,尽可能成为充满各种可能的"行动者"。

除此之外,电影人物还需要明确的演员来饰演以抵达一种"现实"。文学作品和电影都是为了让人看见,但"看"的方式是不同的。人们在阅读文学作品时是通过头脑的想象来看,而在观看电影作品时是通过感观的视觉来看。作用于观众感官上的电影人物由演员来承载,尽管电影人物在形象造型上的逼真性与确定性优势使得他们更容易被感知,但从审美效果上看电影人物直观、明晰的形象意味着单一与扁平,削弱了原人物的表现深度。为了达到"逼真现实性"而由演员扮演的电影人物破坏了文学人物具有的多样气质,具体形象不仅没有给观众预留想象空间,还带有了强迫接受的意味,也缩小了电影人物可阐释的空间,这一问题应该得到电影创作主体的重视。

不同艺术作品中的人物都有属于自己的世界,人们可以从他们的世界中找到与自我经验世界重合的部分,进而对社会、历史、人性等方面内容进行理解与反思。由于电影和文学在艺术本体上的需求不同,创作主体对人物的塑造也会采取不同的方式,不同的创作意图也可能导致人物承载的艺术内涵发生变化,但这也为文学人物与电影人物之间的互文提供了多种可能。

2. 多元物象的深层指代

要明确物象所包含的深层次指代,首先要对意象与物象进行区分。意象不是"意"与"象"的简单叠加,创作主体对意象的塑造融合了自身的神思与意趣,使得原本的表象发生异变并升华成为可供人反复探寻的审美存在物。文学文本中能够被电影吸收并转换的意象通常为文学物象,两者间具有相当密切的联系。杜书瀛认为：文学意象首先以"意中之象"的抽象形态存在于作家意识形态中，在进一步创造和发展过程中作家可以通过外化的方式将文学意象转化为文学物象，进而使文学意象成为具有物质确定性的存在❶。当文学意象有了一定的物质载体成为文学物象之时，便为文本表现深刻的思想情感提供了便利。电影作品也常借物象揭示主题，尤其是编导在改编电影时可以对文学原著的物象进行还原或改造，从而向观众传递隽永的审美内涵。可见文学与电影都能够通过物象来传递精神品格，电影文本则常会对文学物象通过进行进一步渲染、增加或删除来深化主题内涵。

首先是对原著的物象进行突出渲染。语言文字强调韵味，但内质化的语言也限制了物象形象的直观表达，使得文学作品中某些物象被淹没在了文字流当中。影像艺术注重物象传达的观赏性和愉悦性，与文字相比在凸显直观物象上更具鲜明的优势。影像的物象能够刷新观众的视觉感受，并引发观众进行深层次的审美思考，所以电影作品对文学物象进行突出渲染，通常可以收获意想不到的艺术效果。

其次是增加原著中没有的物象。电影是以影像来展示世界的艺术，因此电影改编常在原著的基础上增加一些私密性的物象，来调动观众的视觉注意力。电影可以通过物象来增加艺术欣赏性，为观众接受文本提供了便利，另一层面也彰显出创作主体独特的审美取向，形态各异的物象也暗含着文本深层次的主旨内涵。

最后是删改原作中的物象。物象更多是以意念之物的方式存在于叙述者和人物的思想当中，是跟叙事者和故事内的人物主观思绪联系非常密切的。而电影难以转换此类带有明显主观性的物象，无法很好地还原抽象性能指。从某种程度上看，正是因为在揭示人物精神世界方面电影不如文学自由，因此具有一定的局限性。电影如何转换此类更具主观性或不确定性的物象，依旧是一个值得探讨的话题。

文学作品中物象以静态的形式存在于语言流当中，尽管作家注重塑造文学语言的视听动态感，文学作品带给受众的感官刺激却无法超越具有直观形象的电影。电影作品充分吸收了文学中的物象并对其进行合理的改造、取舍，不仅

---

❶ 杜书瀛.文学物象[J].文艺研究，1987(12)：31.

能够深化作品的主题意蕴,还能丰富原作的审美内涵。创作主体对物象的创造与取舍应当充分考虑其外在表象与内在含义是否高度统一,该物象与文本的思想内涵与审美品格是否匹配等因素,只有这样才能达到彰显主题和满足审美的终极目的,进而促进两种艺术间的互文。

(二)视角与时序的变化

对于电影和文学两种叙事艺术来说,叙事方式占据着极其重要的地位,叙事方式的变化影响着文本艺术性的表达,合适的叙事方式也能够丰富文本的表现力。本书对视角和时序两种艺术共有且常用的叙事元素进行分析,探讨两者对自身文本艺术风格的影响,为文学与电影在互动中走上沟通与借鉴的良性发展道路提出见解。

1."何人在看"的智慧

叙事视角历来都是研究叙事艺术的重要切入点。叙事文本形成的前提在于确定观察和感知的角度,同样的故事从不同的角度观察就会呈现不同的样貌。根据观察者所处的不同视角,叙事视角可以分成外视角与内视角。外视角,即观察者处在故事之外,主要可以细分为全知视角、选择性全知视角、戏剧式视角、第一人称回顾性视角和第一人称旁观者视角;内视角,即观察者处在故事之内,主要可以分为固定式人物有限视角、变换式人物有限视角、重复式人物有限视角和第一人称亲历者体验视角。叙事视角往往能够彰显一个叙事文本的叙事特征与审美风格。在真假难辨中,文学作品促成了文本、作者、读者、历史等多层面的互文对话,引发读者对人性、命运、历史、爱情、战争等内容进行思考。整体上看,不同时空中内外视角的转换使文学作品形成了繁复的叙事结构,故事中真实的人物内心与社会时代得到全面展现,复杂多变的叙事视角表达出一种现代主义的美学观,表达了对特殊时代的冷峻反思。

电影无法很好地还原文学作品的第一人称视角,但创作主体对视角的选择都是为凸显文化主题服务的,其目的在于使视角与文本所传达的审美品格相互契合、统一。电影在视点选取方面也许不如文学作品自如,但依旧可以通过人物的声音、目光以及镜头之间的衔接实现多重视角的转换。实际上,叙事文本中若存在多个人物间频繁的视角转换,电影真实与直观的镜头语言在叙事视角的转换中便更占优势,文学也可以通过电影改编弥补自身视点设置的不足,进而促进文本艺术性生长,拓展文本传播与阐释空间。文学与电影应该相互借鉴彼此在视点设置上的优势,尝试解决可能存在的叙事视角单一、视角转换生硬的问题。

2. 时间的拆解与重组

传统文学作品通常按照一定的逻辑讲述故事,着重强调事件间的因果联系,但讲究叙事结构的现当代文学作品更追求故事讲述的艺术,在叙事过程中往往能够自由地选择顺序、倒叙、插叙等叙事时序。文学多元的叙事时序设置能够增加故事讲述的魅力,也为电影提供了可供借鉴的技巧,但电影在叙事时序运用方面表现出了与文学不同的理解。

文学灵活多变的叙事时序设置展现出其特有的复杂性与艺术性。作家随意拆解并安插故事片段,打破了正常的时间流,文学作品文本也呈现出更为深刻的文化主题与精神内核。电影文本对人物行动和事件前后关系的强调完成了对文学作品时间链条的梳理,用符合大众接受心理与观赏习惯的方式完成了故事的叙述。虽然多数电影作品在时序上偏向使用顺序叙事,但它们还是能够呈现出与原著不同的复杂多样的故事形态和内容。总之,文学与电影在叙事时序的安排和运用上可以凭借自己的表达优势形成互补,进而促进两者的相互吸收和借鉴,以生产出更多时序设置更为娴熟的作品。

四、社会文化的助力

文学文本和电影文本一旦投放到文化市场便会成为文化体系中的一部分。互文性理论不仅关注两种具体文本间的内部转换,也强调从外部文化领域诸如意识形态、社会批评、传播媒体等方面对作品的内容表达、创作与改编实践、传播发展情况进行解读。20世纪90年代以来,电影研究被纳入了文化研究领域,文学作品的电影改编同样在文化领域受到了广泛关注。因此我们可以从文化研究的路径入手,对文学作品的电影改编进行探究。文化研究不仅为发掘两种文本间的差异提供了一种新的思路,也从另一层面肯定了文学与电影双向互动存在的意义和价值。

(一)创作与改编中的文化互动

"互文性"强调文本外部的文化研究在某种程度上是对福柯文本阐释理论的进一步发展,福柯的权力理论强调意识形态对文本的作用,即文本从生产到接受的整个过程包含着各方的意识形态。福柯也将作者纳入话语系统当中,认为作者的话语表达也受到文化形态和时代变化的影响。因此对相异文本的分析既要从文本内容和形式层面进行展开,也要关注作家和导演在创作和改编时所处的社会文化语境,从而明确文学与电影互动中社会文化对二者话语表达的影响作用。

1. 大众视域的融合与审美趣味的迎合

在中国,大众文化于20世纪80年代初兴起,90年代改革开放引领它走向了繁荣。作为一种新的文化样态,大众文化有着商业性、娱乐性、世俗性、技术性等特征。大众文化在市场经济中产生并发展,更多地被用来满足人们的感性娱乐需求,它属于广大群众的市民文化,是从大众私人空间拓展出来的文化,因此更加贴近普通大众的日常生活。无论是文学创作还是其作品的电影改编,都呈现出向大众文化靠拢的倾向。文学作品能够与大众视域相融合,这不仅为其带来更多的读者,也吸引了导演的目光。但电影艺术作为更加大众化的艺术形式,除了要与大众视域融合,还要迎合大众的审美趣味,才能收获更多的观众与更高的收视率和票房。

大众文化影响着作家和编剧的创作,文学文本和电影文本的呈现也在大众文化语境中产生了差异与关联。"文学创作以文化市场为导向,在坚守传统文学审美观念的基础上,凸显大众文化的质素"❶,电影相比文学作品更加重视大众的审美需求,所以编导会选取本身就与大众视域相融合的文学作品进行改编,并在此基础上对人物、情节等方面进行改动,最大化地迎合受众的审美趣味。大众文化无疑从一定程度上弱化了对更深层次内容的理解程度,但它的崛起是时代发展的必然结果,优秀的大众文化作品应当始终保持着对人类崇高品质和生命价值的追求,以此吸引更多的受众对文本进行解读。文学创作与电影改编则需在这一语境中寻找最佳的契合点,创建文学与电影在现实语境中的共生机制,积极引导大众文化向更好的方向发展。

2. 影像化书写特质与视听感官的冲击

1936年,本雅明在其代表作《机械复制时代的艺术作品》预言了视觉文化的转向。20世纪90年代随着电视、电影、网络等媒介的普及,视觉文化在我国逐渐发展了起来。人们的视觉感官在丰富多样的图像中受到不断刺激,触目可及的视觉图像在人们的生活当中随处可见,图像增值和影像霸权已经成为无须争

---

❶ 葛娟.论严歌苓小说的大众化艺术倾向[J].北方论丛,2010(5):33.

议的事实。米歇尔认为当代社会传统的"语言转向"正在被"图像转向"所取代，语言主因的文化正逐步让步于图像主因的文化，这种递变标志着图像和影像将会对人们意识形态和认识方式产生重大的影响。视觉文化语境中，大众更乐意通过图像获取并传递信息，这也使人们对文本的接受方式发生了从传统阅读到观看的转变。同时，视觉文化也深刻影响着作家的创作。在视听文化冲击下，创作呈现出越来越鲜明的影像化特质，推动了文学作品的电影改编。

在视觉文化时代，电影艺术能够发挥镜头语言的优势吸引更多的观众。编导对文学作品进行电影改编时可以将原著中的核心场景进行高度还原，这既降低了改编的难度，又容易收获读者和观众两方的认可。电影《金陵十三钗》不仅逼真再现了原著中如童话般的红色砖瓦教堂，教堂门前草坪上巨大的红十字旗和星条旗也都成为影片中重要的符号表征。除此以外影片还重点打造原著中两句话带过的巷战场景，在慢放镜头下一颗子弹从我方军人的枪膛发出，穿过日本人的胸膛，之后在高速摄影捕捉下呈现出血浆喷溅的画面。李教官"以一挑十"的枪战好戏发生在废弃的布店中，他的壮烈牺牲与五彩斑斓的彩色染布融为一体，表现出中国军人慷慨赴死的刚烈血性和坚贞不屈的民族气节，强烈的视觉画面带给了观众触动心灵的震撼。《金陵十三钗》作为一部讲述历史的文学作品，其内容无疑是沉重的。但作家和导演都力图通过富有观赏性和艺术性的方式将历史细节呈现在读者和观众眼前，能够使大众快速进入故事时空，并在多变的视觉图景中产生强烈情感共鸣。

文学作品的影像化书写往往会造成作家对人物内心描写的忽视，使得文本呈现出世俗化与平面化的倾向，作家在创作中要既保持视觉化描写，也不忽视对人物心理的刻画。作家用视觉化的方式来描述人物的内心活动，使得读者透过其文字仿佛看到了人物内心深处的情感起伏变化。电影也可以结合视听化的表现技法来展现人物的内心世界。除此以外，电影为增强观众代入感还加入了大量表现时代特征的文化符号，刺激了观众的感官系统。电影中的视听元素不仅给观众带来了感官享受，更起到了推动叙事、渲染氛围、传递人文关怀的作用。

视觉文化语境中，文学创作呈现出鲜明的影像化特质，这赢得了更多的读者和更广阔的文学市场，其作品较强的可拍性吸引着电影创作者进行二度阐释。电影作为当下最普遍的视觉文化产品，对视听效果的强调符合自身艺术创作规律,同时它必须从观众欣赏作品的角度出发,运用电影语言和手段创造一个作用于大众感官上的视听世界。作家的视觉化叙事与电影中视听元素的合理运用在一定程度上消解了受众与审美对象间的距离,满足了当下大众情感宣泄与心灵慰藉的现实需要。但同时,艺术创作者若过度追求感官刺激,则可能导致作品深度的欠缺,对于这种现象我们也应当保持警惕。需要明确的是,文学作品与电影在表现方式上存在天然的差异,文学作品就算具有再鲜明的视觉化特征,改编者也不可能完全将视听元素完全转换到电影作品当中。改编者要对文学文本中的视听元素进行提取、锤炼和再造,这便使两种文本间形成了多重对话关系,促进了二者在视觉文化语境中的和谐共生。

(二)文学作品电影改编的文化意义

共同存在于一个书海世界的文学与电影有着密切的联系,它们通过改编的方式拉近了彼此间的关系,电影改编还以强大的力量影响着作家的自身定位和创作实践。在发展与传播方面,文学和电影一直存在着双向互动关系:文学以其深厚的思想蕴涵、审美观念和精神品格影响着电影,电影则通过电子技术将文学进行影像转换,有效拓展了文学的生存和传播方式。文学作品的电影改编从另一层面上看也是作家选择主动参与互文创作的结果。

1. 文学与电影的互荣共生

近年来,随着人们物质生活水平的提高,大众的精神文化需求呈现出多样化的特点。曾在电影界受到火热追捧的仙侠剧、穿越剧、古装剧、玄幻剧难再翻新,这些电影作品通过迎合大众猎奇心理的手段吸引观众,它们虽有绚丽精彩的画面却缺乏基本的生活和历史依据。不仅是中国电影,美国好莱坞电影、法国"新浪潮"电影都在积极地从文学中汲取灵感。文学作品为电影的创作提供了内容基础,保障了作品深刻的艺术性,电影改编也从一定程度上缓解了当前电影行业拍摄文本原创匮乏与题材单一的现状。可见,电影选择扎根文学富饶的土壤当中,不失为一种追求发展的策略。

在当下的"读图时代",电影艺术日益兴盛,影像凭借技术的转换、资金的投入以及向大众的靠拢改变了人们理解自我与他人、社会及世界的方式。通过图像获取信息逐渐成为人们的主要接受方式,电影改编从某种程度上看便是文学在视觉时代中的一种影像式的表达手段。20世纪后期至今,观看电影已经成为人们文化生活中的一部分,文学文本经过改编后以电影的形式呈现在大众视野当中,这种二次阐释不仅能够使文本的接受更加广泛,更重要的是改编有效地拓大了文学的传播和生存空间。

电影受众对文学原著的接受程度与改编作品的审美倾向息息相关,观众往往被改编作品中审美趣味所吸引,才会选择以阅读原著的方式来满足审美期待。文学借助电影的方式吸引了受众的注意,加大了作品被阅读的概率,进而带动新一轮影响力的生成。在当下的文化语境中,文学与电影的相互消费已经成为文化市场的普遍现象。未来每一部改编作品的诞生都会刺激消费者对品牌产品的联想,这提高了其作品的知名度,刺激了文学原著的流通和消费,进而扩大了文学的传播范围。

总之,文学作品与电影二者之间形成了交错又互补的和谐关系。文学与电影的互动推动了当前文化语境中艺术潮流的形成,二者在转化和促进中形成了巨大的"张力",使得两种艺术既能够遵循不同的发展轨迹和谐前进,又能够携手共存于美妙的艺术殿堂之中。

2."作家+编剧"双重身份的平衡

20世纪90年代以来,电影文化的强势崛起使文学遭遇了前所未有的挑战。作家是文学创作的主体,面对传统文学和新兴电影两个种艺术的遇合,不同的作家做出了不同的选择。有些作家积极地参与到电影创作和改编当中,实现了从作家到编剧的身份转变,如刘恒、王朔、海岩、石康等人;有些作家则对文学作品的电影改编持有批判和否定态度,他们用实际行动坚守在传统文学领域,例如毕飞宇、韩少功、张炜、张抗抗等人。20世纪90年代至今,作家与电影的关系愈发密切,市场化大潮和电影文化的冲击使作家陷入了生存与发展的现实困境中,许多作家选择主动参与电影改编以收获更好的经济效益,这是一种积极探索出路的方式,但作家也要对自身定位有清醒的认识。影像时代,作家对文学独立性的坚守是非常必要的。从电影改编实践上看,坚守了文学本性的文学作品往往因其具有较高的艺术价值,才可能受到导演的青睐。那些丢失了作家个性和艺术审美性的文学作品不会得到导演、观众和读者的认可。文学作品也必须是真正意义上的文学作品而非电影剧本的前提下,才能促进两种艺术间的互利共荣。要对于文学与电影两种艺术文本进行了多种创作尝试,并探索出适合自己的道路,创作主体要在实践中保持对艺术创作和自身定位的长期思考,寻找到适合的参与路径,争取获得作家与编剧双重身份的平衡。

第二节　文学作品电影改编的现代观念

一、从现代文学语言到实验电影语言

(一) 广义层面的语言差异

1. 狭义与广义之辨

文学是由文字符号编织锻造的语言艺术，基于这种艺术本质，长久以来，文学对读者而言，更多是一种逻辑观念的传递，审美愉悦则来源于观念之上的情感波动。电影艺术自从诞生以来，对这种基于抽象符号的艺术形式造成了极大冲击。狭义而言，文学语言与电影语言的区别就在于"图像符号"与"文字符号"之间的差异，这种差异是显而易见的，可以从接受方式、表现能力等诸多方面进行阐释。电影艺术以具象的图像符号代替了抽象的文字符号，这使得一般意义上的电影语言不需要经历从"能指"走向"所指"的过程。也使得影像信息的接受相较于文字而言变得更为容易和直接：普通接受者的抽象思维能力正日趋衰退。

事实上，从古希腊艺术开始，图像符号便与文字符号进行了某种隐秘的联系。E.H.贡布里希把特定时期的这种艺术方法称为"图像文字"。与后期批评家所谓的"电影小说"不同，此处的"图像文字"是指由"图像符号"达到"文字符号"的艺术作品，重心倾向于对文字符号的重构。值得关注的重点在于"文盲的文字"这一表述。而早期绘画艺术难以进行连续性叙事的缺陷使得"图像文字"在艺术中起到一种"唤醒"的作用：唤醒观者头脑中的文字反应。而在这一类的艺术作品中，运笔姿势则成了艺术家释放自己情感征象的途径，E.H.贡布里希用"中国书法"来作以类比。对于运笔姿势的考究，所指涉的是图像唤醒文字过程中，独立于唤醒目的之外的、专属于图像本身的审美体验。

在文学中，也存在着类似于"文字图画"的变迁历史。文学史上把司汤达、巴尔扎克等诸位优秀作家称作现代文学之父。这些优秀的作家分别从不同层面挑战了传统文学作品的叙事标准。以司汤达为例，他的作品摆脱了传统文学作品逼仄的因果链条，转而着重探索人物的心灵波澜，同时开始讲究某种文字"质量"上的必要性。这种转变表明文学更深层面的创作观念发生变化：由向读者转述事件变为帮助读者见证事件。而后的实验作家拉康、普鲁斯特等都是沿

着这一路径继续探索的。从本质上而言,这种转变是继"图画文字"后的逆向发展,形成了"文字图画"的模式。诸多天才小说家注意到了传统叙事中的局限性与危机,司汤达曾借助笔下的人物来表达自己的困惑:"就这样出现了一种谎言的危险,从我想到这一真实日记三个月以来我就发现了它。"而文学在发展至普鲁斯特时,则对观念叙述的假定真实有着更深刻的危机感,也因此更为彻底地对文字符号抽象的特点做出了解决尝试(但顾此失彼,过于精密的画面感损伤了事件进展的能力),困难之处在于如何同时写下一切。这种类似于早期"版画"和"文字"的矛盾是文学先锋探索的重要课题,如何向"版画"回归的同时又不损伤文字符号的运动感成了亟待解决的问题。

图像和文字的局限性,在电影艺术日趋成熟之际迎刃而解了。由于电影媒介的特点,运用图像符号进行叙事不再困难。但长久以来,不同领域艺术家对于调和图像与叙事矛盾的宝贵尝试却没有白费。从广义来说,文学语言与电影语言存在着具有悠久历史的互动与影响,如何在自身媒介之内寻找跨越自身媒介特点的可能性是两种语言互动的重点,运用电影语言解决文学问题,扩大自身的表现领域显得尤为重要。

克劳德·西蒙在尝试"电影小说"时也借用了"版画"作为比喻,但与早期"文字图画"相比,西蒙借鉴了影像艺术对文字作品进行改造,试图在版画之外找到某种动感因素,这也正是电影语言渗入文学语言的一种表现。他的代表作《弗兰德公路》《农事诗》就是对这种探索的最好例证。

2.描述性语言与可视性语言

敏感的现代小说家对于传统文学叙事的危机提出了多样的解决路径。以普鲁斯特为代表的作家走向了对于描述性语言探索的道路,而另一派作家看似延续传统,实质上写下的语言文字都无疑受到了电影艺术的影响,总体上由观念性向可视化的方向迈进。

以托马斯·曼、斯蒂芬·金等作家为例,他们并不全然依靠对于"物"的细节的描述来体现真实感,而是将重建读者信任的重心放在对人物的行动细节的描写上。我们以托马斯·曼的短篇文学作品《迷失威尼斯》为例:

"他在朝着大海的阳台上喝着茶,然后走到下面,朝着伊克塞尔斯奥宾馆的方向散步,走了好长一段距离。当他返回来时,已经到了吃晚饭的时间。他慢条斯理、小心谨慎地换下衣服,去餐厅吃饭。"

这一段话对于观念叙事而言，背离了传统文学作品情节导向，显得无用而冗长。其间透露出的信息也着实有限（散步、晚餐迟到）。这种转变是传统叙事语言向可视性语言的靠拢，托马斯·曼所依靠的是对强烈观感的动作细节的捕捉，并辅以空间的变化来增强平面语言的视觉传达效果。从本质上来说，这仍是增强传统叙事可信度的一种手段，尽管它是以减弱情节刺激为代价的。

但在西蒙看来，对动作的细节呈现显然不是文字视觉化的最好办法。至少托马斯·曼需要向观众交代，阳台有着怎样的摆设，摆的是怎样的茶，怎样走到下面，餐厅又如何装饰，而一旦这样做，语言就会变得无穷无尽，叙述语言便滑入另一层新的境界。克劳德·西蒙文字革新所倾斜的重点并非"人"动作的详尽，而是"物"环境的可视。他将这种倾向称为"描述性语言"的崛起。为了还原世界本身的断裂性与矛盾感，环境被提到了重要地位，读者首先需要感受到人物究竟身处在怎样的环境中，其次才是人物的行动。这也正是西蒙作品被评论家称为"电影小说"的原因，所谓的"物"的环境的可视，正是视觉符号所表现的画面直观。

但无论如何描述，文字符号始终与视觉符号的传递存在着相当大的差距。"描述性语言"所构成的文学观念之所以成立，与当时文学界对于词语以及写作方式的新定义有着密切关系。作家拉康曾对文学语言做出这样颠覆性的定义："词语不是符号，而是含义的纽带。"比如，拉康认为"帘幕"一词所导向的不仅是固定的物品"帘幕"，在不同场景的感知下这一词汇将生成"结构""面貌""隐喻"等多重价值。词语将衍生词语，最终编织成完整的句子。而这一句子所导向的并不是具有强烈观感的外在动作，反而是形成某种和谐一致的静态形象（表面上的静止）。正是基于词语发散性的这一特点，西蒙对于视觉的逼近才能转化为某种程度上的超越：不是对观看的简单再现，而是借由"词语再现"这一发散性的过程重塑了观看的种种可能性。正如雅各布森的名言：我们知道这世界我们只是不能看到它。《弗兰德公路》中所写下的那一场战役，经由描述性语言的创造，留给读者的是"粉红色狗唇""被大地吞噬的半截马匹"这样极富有冲击力的具体形象，并经由这类具体形象描绘出宏观的溃逃场面。

正是站在这一角度而言，描述性语言的文学作品与电影更为亲密，它是近乎电影本位的文学尝试。

3. 观念的动作与真实的行动

在古希腊戏剧日趋成熟之际，亚里士多德就曾提出这样的观点："悲剧是对于一个严肃、完整、有一定长度的行动的模仿……模仿方式是借人物的动作来表达的。"❶ 这样的判断在戏剧体系中统一了行动与动作,并认为动作是组建戏剧行动的基石。与戏剧理论相类似,电影艺术在寻找自身的表达规律时也相当重视"行动"与"动作"的重要性,尤其在一些商业电影中,动作作为基础组织成了一次完整的行动,而行动的跌宕最终构成了令观众青睐的电影情节。

克劳德·西蒙在他的早期代表作中,也重视动作的重要性。正类似于托马斯·曼对于行动细节的刻画策略,西蒙在他近似雕塑群览般的电影文学作品中安插了大量的动态词汇,但这些动态词汇所导向的并非行动,而是"无事发生"。试看《弗兰德公路》的著名开头:

"他手里拿着一封信,抬眼看看我,接着重新读信,然后又再看看我。"

"拿着信看我"作为一场真实行动的开端,已经成功营造了继续行动的势能,但这一行动并没有立刻闭合,也没有引起下一场行动。信件之后,西蒙连续写下的是断裂的动词:走、啃、看、吞食、打扫。这一系列紧凑的、深陷于回忆中的动词同样没有带来真实的行动,甚至拼凑不出完整的动作,它们仅仅在观念上为读者创造了某种战场荒凉的动感。

这种深陷回忆的流动方式与普鲁斯特的"意识流"颇为相似,但两者在所选词汇上存在着很大不同。同样,试看《在斯万家那边》的著名开头:

"在很长一段时期里,我都是早早躺下了。"

这一著名的开场白仍然充分给出一场行动开展的可能性,但普鲁斯特随即论述了"查理五世""教堂""四重奏""眼罩",凭借着"想到",在不同事物之间开始了短促的游历。普鲁斯特所写下的是通往概念的名词,而不是更具有视觉反应的动态词汇。

事实上,无论是西蒙的"收信",或是普鲁斯特的"睡眠",这样做的本质是为了固定书写经验的广度,继而开掘某一特定时刻下的心灵深度。但西蒙所选择的动作词汇在读者脑海中形成了一个又一个生动的形象,正是这些形象将西蒙雕塑般的静态描绘赋予了生气和动态感受。

动作对于影像叙事而言是必要的,但最终动作是否会导向一场完整的行动,诸多电影流派却莫衷一是。至少电影艺术家不认为两者之间具有必然性。

---

❶ 戚叔含.西方文论选 上[M].上海:人民文学出版社上海分社,1964.

我们以玛格丽特·杜拉斯所执导的电影《印度之歌》为例（她同时也是该电影的原著作者与编剧），影片零碎而躁动的动作在不同时段都被统摄于"爱而不得"的总体行动之下，从而完成了对主题的讲述。又如阿伦·雷乃执导、阿兰—罗伯·格里耶编剧的电影《去年在马里昂巴德》，格里耶在创作剧本时限制了真实行动的数量：整场一个半小时的电影中，讲述的不过是相遇、蛊惑、开枪的简单行动，而所有的细节动作都是人物在某一特定行动情境下内心状态的直觉折射，这与《弗兰德公路》的叙事策略有着高度相似。这些手法汇集了一次又一次观念上的动作，从而将某一场真实行动的深层意识进行了淋漓尽致的展现。

(二)意识流与蒙太奇

1. 相同与不同

意识流作为一种文学流派，从诞生（代表作《月桂树被砍倒了》）到成熟（代表作《尤利西斯》）绵延了三十五年之久。这一流派致力于表现人的精神流动与内心脉搏，丰富人类潜意识世界的表现形式。意识流的出现震撼了文学的创作观与生命观，代表作家有弗吉尼亚·伍尔夫、马塞尔·普鲁斯特、詹姆斯·乔伊斯。尽管这些作家有着共同的创作倾向，但并没有形成共同的创作宣言与严密的作家组织。因此，意识流也被视作是一种具体的创作技巧，而这种创作技巧又总是将作品导向意识般流动的艺术风格，因此意识流有时也被视为某种具体的文体风格。

蒙太奇是电影艺术逐渐摸索出的叙述手段和表现手段，从广义上来说，它涵盖了电影美学的全部可能性：从技术蒙太奇到艺术蒙太奇再到思维蒙太奇，它促成画面段落融合，帮助单个影像内容形成更高的艺术整体。

但也如蒙太奇先驱普多夫金所言："蒙太奇的本性是各种艺术所固有的东西。"同时他评价文学为最高的艺术体裁。文学当中同样存在着蒙太奇的运用。不同艺术手段的融合，对于扩张艺术的表现能力有着极为重要的促进作用。

就杜拉斯而言，意识流与蒙太奇的界限并非不可逾越，在技巧方面它们甚至存在着一定的互补作用。可以概括地说，杜拉斯的先锋所在，与她总是借鉴蒙太奇的方法，又在剧本、电影中追求意识流的表达效果不无关系。

以杜拉斯的文学作品《副领事》为例，《副领事》的情节进展缓慢，许多段落对于"描述"画面感尤其重视，一个画面会颇具断裂感地跳跃至另一画面，便是在文学作品中采取蒙太奇叙事策略的例证：

"钢琴上,有一盏中国花瓶改成的台灯,灯罩是绿色丝绸的……风乍停,百叶窗打开着耀眼的阳光投射在绿色台灯上……"

这样连续不断的画面转换,最终组成了一整个章节的事件,而章节与章节之间缺乏连贯的逻辑线索,杜拉斯以蒙太奇的方式将其剪接为一个整体,让读者凭借阅读留下的画面印象,拼贴出副领事的爱情悲剧。

由文学作品《副领事》改编而成的剧本《印度之歌》,在精神上却是意识流的。杜拉斯拒绝承认《印度之歌》是基于《副领事》改编的剧本,理由是:"尽管原书的某些情节在此几乎全部重现……但进展方式,使得阅读和视角都发生了改变。"这样的理由恰恰说明《印度之歌》是一种改编文本,同时也说明了创作手法的交叉性质。相较于原著作品,剧本《印度之歌》增加了两种解说旁白贯穿始终,使得画面感与情节并行不悖,但旁白的讲述却并不连贯,反而像是意识流般的"呓语"。这正是作品向意识流风格靠拢的表现。同时,杜拉斯的剧本凭借着独白,时常在毫无预兆的情况下陷入对内心潜意识的文字表现中,让剧本与文学作品原著产生了割裂。这样的内心段落恰恰也是意识流的常用创作方法。相较于具体的视觉形象而言,这类内心独白或是难以被视觉转化,或是不适于被视觉转化为具体的形象。

剧本《印度之歌》对于《副领事》作出了巨大改写,而电影《印度之歌》又与剧本《印度之歌》相距甚远。在最终的电影呈现上,影片进一步加深了作品的意识流程度,同时运用文学化的讲述节奏,将电影艺术变成了表现杜拉斯文学审美的工具。假如抛开媒介本身的区别,或许可以这样定义:文学作品《副领事》由于具体行动更为明确,因此更像是电影剧本;而剧本《恒河之歌》更像是意识流元文学作品;到了电影《印度之歌》当中,杜拉斯则试图让电影艺术成为表现文学审美的工具。

2. 独白:作为一种风格

自1927年电影艺术获得声音以来,以查理·卓别林为代表的一批优秀的电影艺术家都对电影的未来表达了忧虑之情。这种忧虑在如今看来显得故步自封,但在当时却是不无道理的。声音的出现使得电影发展可能"偏离"自1895年既定的视觉轨道,抛弃了电影早期自身的媒体特质,隐含了电影与其他艺术门类相交融的可能性的趋势。

电影声音的出现使得人物对白、独白、旁白融进了电影整体之中。1927年以前，电影艺术家不得不在画面与动作难以触及的领域使用字幕来使意义表达完整，而人物对话的出现则极大增强了画面的表现力与含义深度。独白和旁白的出现，使得电影进一步向戏剧靠拢。这并不是简单的回归，相较之下，大部分电影对于独白的使用是谨慎的，为了保持图像情节的一贯性，电影艺术更多采纳的是挪威作家易卜生对于戏剧的观点：严格控制戏剧构造，独白只能成为特定情境下人物心声的自然吐露。

电影之所以对于独白与旁白格外审慎，是为了保证将剧本拍摄电影化（依靠精彩的视觉动作、场面设计来表达人物的精神内容），过多的独白与旁白显然打破了电影讲述的"物理可能性"，也会令讲述视角混乱而且难以接受。但电影人并不愿恪守这样的成规。以玛格丽特·杜拉斯为例，她执导的诸多电影对于维持"电影化"的风格并没有那么执着，如影片《情人》《印度之歌》《广岛之恋》，"独白"让她找到了用电影来表达文学审美的某种可能。正如前所述，杜拉斯电影最终的风格并没有被传统地"电影化"，而是通过多重手段给电影作品打上了个人的文学标签。

"独白"的创新使用对杜拉斯电影风格的新变至关重要。杜拉斯的电影代表作都高频地使用独白来推动影片进展，同时，这种独白也占据了影片声音相当大的比重。在影片《印度之歌》中，富有韵律感的独白配上音乐，共同成为电影配乐的一部分。

电影与独白联结如此紧密，从深层来看代表了作品表达内容的转向。以杜拉斯为代表的电影人都有着深厚的文学功底，他们在表述事件时，不满足于展示外在事物的逻辑变化，而是更看重对于人物内心波澜的揭示。电影人物的行动固然能够在某种程度上表现心灵活动，但这种方式与画外音相比远远不够直接清晰。外部动作以画面感来暗示心灵活动，而独白则用观念来转述内心，这正是电影与文学在表现力上的区别。除了表达内容的转向，这种变化也代表了审美趣味的转向：抛却了电影表面纠葛的情节，转向爱情故事如何凭借内心活动来震动观众的心灵。

除了增加独白数量，杜拉斯还对独白的功能进行了更深入的探索，其目的是丰富独白的表达效果，寻找电影表达文学、文字的途径。早先的电影人也曾直接在电影画面上呈现大段文学文字，但那显然是一种粗劣的办法。对于杜拉斯而言，首先，这种探索表现在独白与旁白的糅杂使用。严格来说，独白是指人物内心的话语外露,而旁白则指对于场面进行解释的画外音。在《广岛之恋》《印度之歌》等影片中,独白与旁白明确的界限被取消了,女人和男人的对话在某种程度上也是独白,既指向自己的内心,也如同旁白一般指向画面发展。这种融混方式削弱了画面的表达意义,使得对话被赋予了文学的诗意,同时也增添影片的朦胧多义性。

在影片《印度之歌》中,人物的动作被刻意放缓了。女主角一度躺卧在大厅中一动不动,模拟死去的状态,画面静止着,只有独白仍在进行:

"她笔直地站在那里,一动不动,奉献自己,将自己奉献给'声音'。"

大片的独白代替了对行动的描述,在富有诗意的独白的流动之下,人物呈现出相对静止的状态,使得画面变为独白的图解。这与传统电影独白为画面服务的观念彻底颠倒了。

同时,这样的剧本创作也暗示了人物与独白的复杂关系(虽然在最终的电影呈现时,由于种种技术上的原因,这种暗示难以被观众准确感知),独白(旁白)甚至成了一种角色、一种视角,在"声音一""声音二"之间来回转换(这两种画外音甚至能够对话沟通),构成了影片的叙事迷宫。

"声音二:我想要去拜访那位恒河女。"

"声音一:那位白人女子……"

"声音二:哪一位?"

"声音一:就是那一位……"

"声音二:死在岛上的那一位……"

"声音一:光彩照人的双眸,死了。"

"声音二:是的,死在石头下面。"

这样的独白如同诗歌语言一般富有文学内涵和节奏快感。诗化的尝试显然具有对独白(旁白)功能的开拓意义,但由于画面外的声音缺乏具体形象,电影画面也无法聚焦画外,使得这种尝试也带来了理解上混乱,观众无法准确捕捉独白中的信息内涵。同时,由于"声音一"和"声音二"的声线都是女性角色,独白之间的界限也变得模糊了,观众无法分辨"声音一"与"声音二"。杜拉斯在实际拍摄电影时并没有刻意修正这样的模糊,而是选择将"模糊"进行风格化,把混杂的独白融合进作品的整体氛围之中。而这种模糊也修正了传统电影一贯清晰的风格,将影片蒙上了意识流色彩。这种"意识流感"既来源于表现对象,也来源于近乎停滞且富有象征意涵的动作,更来自混杂如梦呓般的持续独白:两种声音宛如梦中的交谈。类似这样的独白使用,确实帮助杜拉斯的实验电影实现了意识流的风格化,从而让整体氛围感代替情节变化,给观众审美体验。在格里耶的电影《去年在马里昂巴德》中也是如此。连篇的独白、对白虚虚实实,代替传统画面进展,承担起叙事的重任。这种转向是由电影偏向文学的。

3. 不同维度的文本

构建不同维度的文本一直是文学界努力探索的方向之一,从但丁的《神曲》再到乔伊斯的《尤利西斯》,拓展单向文字内容的含义成了文学审美的重要话题。

除了惯常的用典,使用嵌套、交叉的文本也是开拓文本层次的重要手段。

杜拉斯并不热衷于用典,除了《广岛之恋》《情人》部分关联于现实用典,更多的作品则是使用了文本嵌套的手段来拓展作品层次。文学作品《副领事》开头设计的嵌套文本耐人寻味,有关于秃头女乞的故事是文学作品重要的组成部分,但杜拉斯起初并没有明确这是一个二级文本,仅仅只是在文段开头放上一句并不明显的说明:

"她走着,彼得·摩根写道。"

其后便是对被抛弃的秃头女乞的详细追述。读者对于彼得·摩根一无所知,并且杜拉斯将彼得·摩根所写的内容与她笔下的文本并置在一起,语言风格之间也具有相似性,令人难以分辨文本的层次。这种创作手法使得作者杜拉斯与她笔下的人物与他笔下的故事呈现出一种微妙的平行关系,秃头女乞的整个故事似乎塑造了一个被侵害的女子的意象,同时因为这个故事是彼得·摩根所写的,又从侧面折射出他对于大使夫人的心理状态。

这样具有创意的、优秀的文本嵌套在改编为剧本《恒河之歌》时,不得不作出让步和改变。在剧本中,有关于秃头女乞丐的部分被大量删减了,并且作家修改了她的外貌特征:在文学中丑陋的秃头孕妇形象被简化为单纯的女乞丐身份。秃头女乞的求生之路也变成了城市花园中的匆匆一瞥,与主人公失去了某种紧密的联系。而到了电影中,这种删减更盛了,至少影像层面完全没有"秃头女乞丐"的出现。究其原因,一方面,在影视剧中展现文学的嵌套文本是有难度的,彼得·摩根写下的文字没有转换变成"影视"的正当理由,文本当中的文本要如何通过电影作品并行不悖地呈现出来,成了一大难题。另一个方面,在于秃头女乞形象不适于影像转化,这是出于形象美感方面的考量。

但我们或许可以说,被删减的秃头女乞丐并非消失,而是换了一种身份存在。就文学中设置彼得·摩根的写作的效果而言,这一嵌套文本增加了文本的厚度,秃头女乞丐在某种程度上是观测副领事爱情故事的隐秘视角。为了达到同样的效果,杜拉斯将独白演变成画外的眼睛,试看剧本中的情节:

"声音一直没有看见他。"

剧本中这样的表述几乎确定了画外的讲述者都是画面世界的亲历者、观测者。这种安排方式代替了文学中的二级文本,使得画外的声音与画内的图像形成了嵌套的关系,增加了电影的层次:我们观看的是无形的独白,以及独白所凝视的回忆。杜拉斯在《印度之歌》剧本的结语处写道:"没有哪一个声音完全记得,同样,没有哪一个声音遗忘。"在这里,读者能够感受到作者设计独白(角色)进行回忆的剧本构思。尽管在最终的电影呈现中,这一构思仍旧表现得不够明确。

同时,剧本《恒河之歌》中的故事与电影作品一样,是对完整作品的截取。"这个故事之外,还有另一个故事,一个可怕的故事……"电影作品与文学作品、剧本构成了交叉的互文关系,纵然这三者在情节上稍有悖逆,但结合在一起却构成了最终的总体作品。杜拉斯将这种独白运用方式与文学文本的交叉关联"杜拉斯"化,形成了独属于自己的电影艺术世界。

(三)观念的音乐与观念的建筑

1.文学的音乐性与电影音乐

文学与音乐的联系紧密,从诗歌的格律到小说的排比,无一不是对于音乐的某种接近。文学作品靠近音乐性成了一种长久的追求。后续"复调小说"的出现,确定文学不再是从外部简单地靠近音乐,而是从结构、背景等多方面接受了音乐累积下来的创作经验。

现代作家更多地注意到了事件以外的音乐性力量,包括情感色彩与内在节奏、无意义的衍生文字。但这仍是基于逻辑表达基础上的音乐性。他们同样注重文学与音乐的互动,并将这种创作经验带入了剧本及电影创作之中。对于他们的电影,以阿兰-罗伯·格里耶、玛格丽特·杜拉斯为例,总是试图找到一种比具体事件而言更宽泛的音乐感受。例如,杜拉斯在电影《情人》中所表现哀婉延绵情绪,音乐一直奏响,至影片的夕阳场景。《印度之歌》对于音乐的依赖就更明显了,在原作《副领事》中,杜拉斯反复提及"印度之歌"与音乐,此处的音乐是作为一种观念意象而存在的。而除了具象的音乐,杜拉斯在文学作品中也安排了诸多动作与情节融合的音乐性场景。例如,在文学作品中反复出现的舞会场景,杜拉斯这样写道:

"旋转的吊扇发出惊鸟的声音,鸟儿在原地飞转,下方是音乐,慢狐步舞曲;是仿枝形吊灯,凹形,假的,镀金也是假的。"

"泥河的味道飘进使馆花园,大概正是海水低潮的时候。欧洲夹桃竹树的腻香与泥河的微臭,随着空气缓慢地漂浮,时而相混,时而相分。"

杜拉斯难于像电影一样直接安插配乐,于是便将内心的情感与叙述节奏相调和,创造出一种文学上的音乐性。在剧本之中,这样的音乐表现被改编为:

"黑暗中,远处响起贝多芬迪亚贝利主题《第十四变奏曲》。"

《第十四变奏曲》便是对文学音乐性的一种具象化。

杜拉斯在剧本《印度之歌》中多次确定场景所用的配乐,文学作品中内在的音乐性被外化了,通过这种安排来还原故事情节与情绪的隐秘联系。此处所采取的是电影音乐所常用的两种手段,一是帮助电影观众更快地适应场景变化;二是让观众与场景间离,从而创造出情节与音乐之间的张力作用。

格里耶对音乐的态度比杜拉斯更为复杂。音乐性在其文学写作之初就成了他作品中不可或缺的部分。他在第一篇文学作品《弑君者》中展现出对于音乐节奏的高度敏感。与克劳德·西蒙不同,格里耶的这种敏感更像是来自电影音乐的正向影响。他并非将文学"谱曲"作为自己文学作品创作的最高目的,而是用音乐配合多种元素来共同发挥作用。

"景色……并没有什么改变……长期有雾的时候……远处被浓雾笼罩的地平线更加沉重,海水的颜色稍微有些晦暗,大地显得有些灰不溜秋罢了。"

这样的插叙配合着突兀陷入自我回忆的幻想描写,弥合了动作与动作之间不连贯的部分,这与早期强调逻辑连贯的作品相比,所借鉴是类似于电影音乐中,音乐承担叙事的那部分功能。

与电影音乐一样,这样模糊叙事段落边界的音乐性文字还有着引导文段情绪理解的作用,罗兰·巴特对影片字幕作用的观点极具启发性。字幕控制并限制了人们对摄影的看法,巴特将这一过程称为下锚。也就是说格里耶文学作品的非动作段落致力于描绘画面,而音乐性则类似于画面的字幕,帮助我们限定理解这一描述的情感范围。格里耶所追求的音乐性总是在一种不确定的意义网络中发挥着黏合剂的作用。

这一"锚定"的技巧也被格里耶用在了他的电影当中。以《去年在马里昂巴德》为例,格里耶在剧本中不厌其烦地写下了详细的拍摄手法、音乐及演员表演方法。这部影片从题材、表现重点、具体节奏延续了格里耶一贯的文学作品创作风格,但相当多的"调节镜头",如同他在文学作品中所做的那样,需要"锚定"才能给予观众具体的情感体验。大量的关于静态的建筑镜头与音乐进行了巧妙结合,从而赋予了客观建筑的主观性感受,创造出孤独萧肃的时空感。在这里,实际的电影音乐起到了剧本作品中"音乐性"的作用。

除了实际的、具象的音乐,格里耶与杜拉斯也在电影的形式中寻找音乐性。如同他们的文学作品所展现的那样,"复沓"成了音乐性的重要来源。格里耶和杜拉斯的电影中时常出现重复的镜头、相似的场景,通过不断强调与回味,帮助观众在电影中构建无声的音乐韵律感。

2. 当音乐代替叙述

在电影作品或文学作品中,音乐性大多时候用于辅助叙事,有时也会成为叙述本身。就文学而言,音乐替代叙述在"意识流"流派中尤为明显:明晰的事件忽然进入模糊地带,作家用缺少逻辑的语言文字来勾勒人物内心或"纯粹客观"的支离破碎的世界。

假如我们将"意识流"作为一种创作手法而不是一种创作流派,音乐能代替叙述的文学范围就更广阔了。从表现主义到新小说派,都存在着音乐代替叙述的部分,在这一部分当中,音乐并不是最终的目的,而是一种叙述策略。就传统故事型文学作品而言,叙事的断裂不可避免,对于转场、叙事的被迫中断,大多数作者采用的是分章节的办法来减少生硬的可能。例如,赵树理的短篇文学作品《小二黑结婚》,短短一万字,最终划分出了整整十二个章节(这种"评书体"更像是连环画展示)。《小二黑结婚》极端的分章情况表明这是对抗叙事中断行之有效的方法。另一种处理技巧与传统文学作品背道而驰,对于作品中难以用语言表达的部分,作家并没有利用章节的空白将其隐去,而是转向描述一段"音乐"以代替具体事件的敷衍:这是将被隐去的情节找到一种情绪上的通约性,并进行文字再造的结果。

已有批评家对这种倒向音乐性的写作技巧提出诘难,认为这种写作方法回避了书写的难度,以至于被泛滥使用:部分作家出于写作的方便,作品总是在困难时刻滑入一种"音乐",而读者则不得不接受作者"投机取巧"的架构。

这种音乐并不一定指确切的声响或是描述声音的词汇,而是指一种模糊的流动感。文字流动的音乐性被具有现代观念的电影艺术所借鉴,对实验电影的叙事产生了重大的影响。这种借鉴文学作品的处理方式并没有打破蒙太奇叙事理论,而是将"蒙太奇过程"具象化,通过"音乐"将联结叙事的两个部分呈现出来。

在呈现中,这种"音乐"主要分为两类。一类是真实演奏的音乐,一类是梦幻想象的视觉流动。

就真实演奏的音乐而言,传统的声画关系再一次颠倒了,电影配乐与画面的关系更像是回归到了早期配乐关系:由画面为音乐做注解。如在《印度之歌》中反复出现的舞会音乐场景,人物缓慢的动作仅仅是为听觉做想象的基础。

《去年在马里昂巴德》则注重表现梦幻想象的视觉流动,用一种重复的音乐性来填充简单事件的中间过程:巴洛克建筑、雕塑、凝固的人群,这些独特的画面散发着与众不同的表达能量,在互相沟通之间把事件由发生推向终结(这种终结不仅是逻辑情节上的,更是一种曲调的终结。在故事的结尾,读者仍然无法确切获知 A 女士去年究竟是否在马里昂巴德有过一次浪漫约会)。同样地,这种音乐性填充也正是因为表达题材的需要,假如将内心涌动转化为外在动作,那么《去年在马里昂巴德》将会成为又一部笼统的情杀剧情片。正是在这一意义上,音乐性的表达方式代替故事情节,成了观众的审美对象,并最终将事件的首尾以无须情节进展的方式联结呈现。

3. 文本与观念建筑

克劳德·西蒙的"电影小说"十分注重文本的建筑性,这既表现在文学作品的外在形式,例如,《导体》中使用无波澜的线条陈述句来模拟纽约城市的钢筋水泥结构;也表现在多种语言效果的叠加呈现,例如,《农事诗》中使用声音、色彩、环境等多个维度来反复描述同一事件,以达成空间上的深邃感。

在文学中追求立体建筑感并非西蒙的专利。但丁时期,《神曲》就注意到了文本可以模拟建筑美的可能性。巴尔扎克时代,《人间喜剧》将不同篇章结构相互呼应,借助"观念建筑"来搭建十九世纪法国巴黎的社会场景。到了马塞尔·普鲁斯特和列夫·托尔斯泰时期,建筑性融入了作品的结构中,在局部和整体都出现了将扁平文本立体化的尝试。

这种创作方法也被杜拉斯和格里耶所借鉴使用。追求立体感，实质上就在追求平面作品的可进入性，这是一种以构建真实世界为导向的创作观念，它的目的在于创造出一个随时可以让读者走入的立体空间。

就文学作品而言，杜拉斯和格里耶都注意到了文学作品与建筑的联系。首先，他们注重嵌套文本和平行文本对于增强文本厚重感的作用，这种厚重对增强文学文本的立体感不可或缺。在文学作品《副领事》中，摩根所写下的秃头女乞丐的故事在文章中占据了重要篇幅，二级文本与故事之间产生了某种空间上的张力。其次，作者注重文本的外观结构，使得结构与建筑物在外形上产生相似性。这一点在格里耶的文学作品、剧本中尤为明显。其剧情演进与文学作品结构形成了微妙的平衡。最后，两位作者都注重对于行动场景的建筑物进行细致描述，从而在行动的间隙建立起一栋又一栋的立体建筑。如格里耶在《弑君者》中所做的那样，人物的不同行动之间，总是夹杂着对所处建筑的不厌其烦地细节描绘。

可以将这两种立体化手段大致划分为"视觉上的立体感"与"心理上的建筑性"两个方面。这两个方面也是格里耶和杜拉斯的电影作品中追寻建筑性的主要方法。格里耶和杜拉斯的电影保持了文学作品中一贯的"可居住性"，通过建筑手法将绘画、雕塑、哲学观念熔于一炉。

格里耶和杜拉斯都是极其重视场面排布的电影导演。在文学作品中，这种排布表现使得环境与环境之间形成较为明显的色彩、结构对比。而在电影中，则表现为对电影场面的精细控制。试看格里耶剧本《不朽的女人》中的段落：

"……清晰而明亮。这是一个房间的内部，并没有什么突出的特征。虽然是大白天，但木百叶窗却遮住了所有窗口。摄影机转向窗口，但除了一小块以土耳其地毯铺得严严实实的地面和近景一张小小的矮桌之外，画面上别无他物。所有的百叶窗叶片都或多或少地关闭着。每一扇窗子上的叶片倾斜度各不相同，从中照射进一缕细细的光束。"

格里耶对场景绝不是任其自然的摆设，而是通过对比、衔接，试图在二维画面中呈现出三维空间的立体感。格里耶在拍摄镜头时，时刻都具有景深镜头的敏感性，这一点在《去年在马里昂巴德》中就更为直观可见了。大量对于建筑物的景深镜头时常在没有人物的情况下兀自呈现，空荡却又呈现出一种深邃的时空真实感。

电影在心理上的建筑性来源于文本交替、嵌套,也来源于事件的结构性韵律。"重复"是杜拉斯和格里耶电影的重要主题,通过对事件及表现手法的重复,来拓展事件的"堆积感",从而使得原本笼统的"概念"被赋予"质量"。同时,这样的重复并非完全相同,而是存在着微妙的差异,进而推进事件的徘徊式发展。《去年在马里昂巴德》就是在不断讲述、否定的循环之下,拓宽了情感感受的曲折性,从而让这种情感有了立体的感受。

二、从文学审美到现代电影审美

(一)"语言的艺术"到"电影场域"

1."无效语言"与镜头调节

克劳德·西蒙的电影文学作品对创作观念有着颠覆性的改变。他笔下的作品不再疲于对连贯的逻辑情节进行追赶,而是致力于对画面感觉进行捕捉和提炼。为了表现绘画性场景,语言获得了某种艺术上的自足,成为独立的审美对象。

类似的"绘画性"语言完成了逻辑思维向影像思维的转化,但也在某种程度上造成了西蒙电影文学作品的凝固感。为了让画面流动起来,西蒙采取的策略之一就是使用"无效语言"来充当画面之间的黏合剂。此处所提到的"无效语言"是指游离于表意之外的、由语感本身延伸出的语言文字。

与蒙太奇思维不同,类似于"呓语"的无效语言更像是电影手法中的"淡入""淡出"与"闪回""闪前"。就《弗兰德公路》而言,我们以佐治在溃败中的谷仓经历与宾馆经历为例证,呓语模糊了事件与事件之间的边界,创造出一种顺滑的过渡,同时也使得这一事件的某些线索在另一些事件中隐约重现,营造出复杂的勾连情节。

"……穿着寄宿女生的衣裙(直到大约三十多岁左右她们突然变成有点男性化,有点像马(不像是牝马,而是像牡马),像男人一样抽烟、谈论打猎或赛马)。(或男或女)……"

显然,这样的句子并非意识流动的需要,而是出自一种"言说"的快感。

类似这样的"无效语言"既然是由语感延伸,则必然带有语言音律上的直觉美感。文学语言的音律美起到了节奏的调和作用。西蒙的电影文学作品对于情绪的煽动并不纯粹依靠外部节奏的速度,有时也依靠内在紧张感缓慢地叠加。"无效语言"既可以冲淡这种紧张感,有时也能烘托、加剧紧张。这种处理方式与电影中的空镜头有部分相似,它通过对非叙事的景物镜头的展现,目的不是承托故事背景,而是为了呈现某种氛围感受。西蒙作品的"无效语言"等同于对空镜头的借鉴与挪用,在自己的文学作品中进行了一场"叙述的历险"。

2. 现代文学作品的内在色彩与"电影小说"的色彩外化

文学的色彩不单单指表现颜色的形容词,也包括感受性词汇的情感色彩,同时还包括情节力量对比所带来的情感冲击。"色彩"对于文学作品而言涉及多方面的复杂评价。一直被视为"过去式"的作家巴尔扎克,其作品《人间喜剧》便是将文学作品色彩外化的重要例证,如描写潮湿的公寓、女儿的冷漠、高老头的灰色。高老头生活和情感上的一再受挫,造成了阴冷色调的叠加渲染。

以巴尔扎克为代表的传统文学作品色彩是外化的,不加遮掩的,主要依据是情节转变所带来的情感冲击。到了现代主义文学作品,相当多的作品不再执着于情节跌宕所带来的外部情感色彩冲击,而是着力探索人物内心世界的波澜涌动。这一转变导致文学作品从外部观感来看显得平淡无味,需要读者具有一定的鉴赏经验才能感受作品内在的感情色彩律动。

西蒙的作品是现代主义的,在情绪表达方面呈现出了高度克制的新特点。但在表现形式上看,西蒙并非追求语言外部的平静,而是偏向于使用极富渲染力的词汇。从早期代表作《弗兰德公路》《农事诗》到中后期作品《导体》《三折画》,这种创作倾向是一贯的,也与他的创作方法离不开关系。

1960年,尚未获得文坛广泛认可的克劳德·西蒙获得了当年的"快报文学奖"。在接受记者的访问时,他这样谈及自己的创作方法:"用彩色铅笔。对,我给每个人物,每个主题定一种颜色。就这样,我把整体组成,如同一幅图画。"记者随即询问他组织这些材料的逻辑,西蒙这样答复:"全凭感情。要是您问一位画家,为什么在画上某处涂上橘红色或樱桃红……只有安德烈·洛特能向您说明在冷色旁边要有暖色……某种线条画在某处因为这是符合各部分比例标准……事实上没有一定的方法!"

西蒙的创作方法,就注定他的"电影小说"是色彩外化的,是一种重视摄影画面美感的文学创作。因为"色彩感受"正是组织他笔下作品材料的基本方法。这种创作方式需要作家对色彩有着超乎常人的敏感把握。在这方面,西蒙有着独特的优势。他曾师从立体派著名画家安德烈·洛特学习绘画,创作了大量的油画作品。因此,西蒙对于色彩的把握是细腻的。在他的作品中,"红色、棕红色、赭石色"之类相近的色彩被冠上了专业的名词,西蒙能够用专业色彩词汇进行精确区分不同色彩所带给观者的直观情感体验,并加以辨析表述。此外,西蒙能够将不同事件赋予感受性的色彩,而后按照色彩的节奏型排布再来安排事件的发生顺序。

这种独特的创作方式又保证了西蒙电影文学作品色彩的外化,读者在阅读这样的文学作品时,总能感到自己正在欣赏一部重视镜头语言的优秀彩色电影。而外化色彩所包含的内在事件,本身就是按照情感体验来排布的,因此又赋予了读者内在起伏的色彩体验。

3."画面感"与空间画面

画面感对于文学形象的生成有着至关重要的作用,传统文学作品对于画面感也有着一贯的高标准要求。

巴尔扎克在建筑他的"文学大厦"时,所依据画面感的主要来源是平面的、线条的。画面经由具象文字的串联,给予读者平面上的视觉体验。以这样一段环境描写为例:

"厨房旁边有口井,围着井栏,轳辘吊在一个弯弯的铁杆上。绕着铁杆有一株葡萄藤,那时节枝条已经枯萎,变红。"

这样的描写从技术上影响了后来的"自然主义文学",并被视作是现实主义文学呈现画面感的策略典范。

但二维画面显然不能满足西蒙的创作追求。他继承了传统现实主义文学表现二维画面感的叙述策略,并在此基础之上进行了深度开拓,这种开拓主要表现在空间与画面的深度融合上。西蒙对于空间画面的追求受到了电影艺术的深刻影响,他的文字注重刻画鲜明的事件形象(大地吞噬马匹),同时注重赋予事件形象以具体的"质量"。具体的方法是引入色彩斑块的对比,平面的马毛因此有了远近、轻重的差异;注重事件质量(有时甚至是语言文字物理上的数量)轻重的交叉排布,战争的血与柔媚的景色熔于一炉;引入温度、声音、触觉等多重感觉,从不同维度营造出真实的空间感。最后,还在于详尽地讲述事件位置的相对关系,以高度的精确性给予读者明确的方向指引。

《弗兰德公路》中就对这种方法有着探索实践,但它的叙事稍显割裂,因此空间的营造未完整便推进到了另一个场景之中。在西蒙的《农事诗》中,叙事更为圆满,因此空间的营造也更见特点。

"它们从一根树枝到另一根树枝上织起亮闪闪的多角形的网。其中有一只把网的中轴线张挂在月桂树和葡萄架之间的一条葡萄藤上。微风吹过……闪亮的平行状的……摇曳伸展……红褐色……黄斑点点。"

同样写到葡萄藤,西蒙的这一段文字无疑更具有空间画面感。西蒙首先对画面进行了空间移动——"从一根到另一根",而后又提出了相当精确的位置关系——"中轴线",最后又让葡萄架、葡萄藤、蛛网三者的质量形成对比,在读者心中形成复杂的立体感受。

从"画面感"转向"空间画面"的靠拢,包含着审美倾向的转变,这也是影像艺术带给文学作家的重要启迪之一。

(二)符号意象与意象中的隐喻

1. 符号的意象

创造意象是完整象征的重要方法,对于杜拉斯而言,无论是在文学作品或是电影中,创造某种艺术化的意象符号都是她创作的重点所在。在《情人》《副领事》《琴声如诉》这类文学作品中,意象符号频繁常见,目的是通过隐喻的方式来更含蓄、更深刻地表达文学作品的意涵。

接连的"形象"被赋予了表意渲染、推进故事的双重作用。它既表现了时间的共时性,同时也隐含了剧本对于表达之物的态度。在意象的塑造之中,杜拉斯并非如表面那样中立。通过连贯的男女对话不断被怪诞意象所打断的时刻,某种荒诞的阅读感受已无法避免。

但剧本中的符号意象终究是文学式的,在影像化的过程中,这类符号式的意象因为种种原因被删减或被修正了。如在原著文学作品《副领事》中,杜拉斯用浓重的笔墨描摹了一个秃头女乞丐的形象(尽管是假借摩根的笔墨),这一形象显然是摩根视角的具化,包含了多种隐喻解读的可能性。但在改编为剧本的阶段,秃头女乞丐的戏份被大量删减了,到了影像作品中,秃头女乞丐的形象甚至消失不见。丑陋意象的视觉转换的确是一个难题,这就像是回到《拉奥孔》中的探讨,严格按照概念中的意象进行视觉转化,并不一定能够产生审美体验,甚至会显得与总体艺术形象格格不入。

杜拉斯在指导电影作品时,创造符号意象的策略区别于文学作品文本中的"概念设计",总是通过放大某些特定细节来创造具有"意象感"的画面。例如在《印度之歌》中的场面,女人侧睡后露出乳房,男人相聚后躺在她的身边,这样的场景持续几分钟时间,强化了这种符号式的意象传递过程。这一隐喻并不总是具有确切的解答,但大致可以判断为与"死亡"有关。闷热的夏季,平躺而无言的不止荧幕时间,也暗示了人物内心的某种消逝感。而后,杜拉斯安排了第三位男性角色登场,在空荡的大厅中,第三位男性俯身,维持着雕塑般的姿势。这象征着某种人物关系,也象征着某种故事结构。类似这样的隐喻,组织出文本开放的多义性和求解性。

而格里耶的符号意象则表现在对场面的精心控制。这一点由于延宕了叙事而显得与传统文学作品格格不入,但文学作品毕竟是文字,读者能够更准确地把握作者所要传递的信息。到了制作电影时,格里耶则形成了类似于巴洛克的画面风格(至少是装饰过程的巴洛克),希望以造型的鲜明来抵达文学意象的精确。由于影片无法准确传递画面信息,因此这类符号意象所包含的隐喻意义就更为多元,格里耶需要通过不断地重复场景画面来强调这类符号意象的内涵,观众则从不断重复之中寻找着不同语境下隐喻的可能性。这一点在《去年在马里昂巴德》中可以窥见,如"冷色调的房间一再闪现",构成了多元的复杂的情感隐喻。

2. 非意象的隐喻

无论是在文学作品中或是电影作品中,隐喻并不总是通过构建具体的意象来完成的。对于现代主义文学而言,将某一场行动赋予隐喻意义成为文学作品写作类型的一种。相当数量的作品都将行动转化为通往隐喻目的的途径,如在格里耶的早期作品《弑君者》中,"谋杀"与对谋杀的幻想成了一种难以突围的行动,通过复沓的方式形成了一种心理隐喻。《橡皮》《嫉妒》延续了这种行动的复沓,将行动的反复作为隐喻的基础来进行呈现。这种对于动作和心理动作的多维度重现,最终成为格里耶作品的一种鲜明特色。

在他的电影作品中,动作的隐喻意义占据了电影阐释思想的重要位置。以《说谎的人》为例,形似于文学作品《弑君者》中"动作"与对动作的想象构成了一种形式上的隐喻,对作品的名称"说谎"进行了遥相呼应。在影片《去年在马里昂巴德》中也是如此,男主角与女主角磁石般相斥相吸的追逐填充了一个假定叙述的空白部分,这延宕了故事的讲述,同时也使得原故事被赋予了某种意象感;不断地重复,让简单的动作被赋予了多层次的复杂意涵。确切来说,这类动作在结构意义上应归于"外部叙事结构的多声部"一类,然而它在叙事链条上却与"外"有本质的不同。从宏观看,影片是由各个动作组合而成,但是这一组成部分并没有一个逻辑的结合点,反而呈现出一种众声喧哗的"复调"趋势。"复调"作为一种音乐术语,意味着两个或多个单独的声部旋律同时展开,整个乐章结合严密,却仍保留各声部的独立性。而影片的动作属于明显的多重声部。换句话说,影片动作是在非时间的逻辑下,表现出一种非线性的组合方式,而这种组合方式因此也没有固定的顺序,是随时可逆转的(上一秒已发生的动作又在下一秒出现),通过动作的反复呈现,在观众的头脑中自觉形成行动的闭环。而人的思维,这个被动作的表象所忽略的内在的抽象行为,也呈现出一种可逆转的状态,在时间的断层之中,观众摒弃了一切实用性的意义,不再寻求一个逻辑情绪的故事,因此又达到类似康德所言的"无目的的合目的性"。

格里耶的文学作品如同积木排列,在随意的组合过程中,读者往往可以在空隙发觉现象之后的隐喻世界。而《去年在马里昂巴德》继承了格里耶文学作品的特点,使文学作品中的隐喻世界转化为立体世界。按照常规透视法则,一个三维空间中的六面体人们只能看到最多三个面,而至少其中两个面会因透视变化而扭曲变形,这便是现实中的正常视点。而电影世界中,观众观看电影或物象的方式自然地发生了变化。"我们的眼睛在观察事物时从来就不会固定在一个点上,它会因探究的本能而从不同角度加以观察,可能的话还会借助双手将物体翻来覆去,从内到外审视。我们的眼睛在观察事物时从来就不会固定在一个点上,它会因探究的本能而从不同角度加以观察,可能的话还会借助双手将物体翻来覆去,从内到外审视"❶。通过《去年在马里昂巴德》,我们能够直接感受到电影改编带给文学作品及作者的意义,即在电影的立体图像中如何表现物体在单一视点中可见和不可见的多个块面,在这个意义上,物体变成了另一种真实下的新鲜感知。这种非意象隐喻的解读更为开放。

(三)文学时间与电影时间

1. 时序、时距与时间知觉点

在叙事类的艺术作品中,打破事件发生的自然秩序并进行重组具有重要的意义。叙事作品并不是机械按照时间顺序再现事件过程的文本机器,而是一种有关于"时间选择"的艺术。曾有艺术家试图一比一地用文本时间来还原事件

---

❶ 李明,林洁.论电影的复调叙事结构[J].北京电影学院学报,2008(2):2-3.

长度,但最后以失败告终。对事件时间的选择重组决定了作品的信息给予方式,并通过重组来赋予作品区别于现实生活的艺术感。

时序是指叙事作品讲述的时间编排方式,包括顺叙、倒叙和插叙。时距是指事件长度与文本长度的关系,包括同步、延续、跳略等。

现代文学作品的特点之一就是让作品时序和时距的复杂化,以制造艺术上的阻拒感。平易地传递一个情节复杂的故事并非他们的写作目的,如何通过时序、时距的创造性使用,将陈旧故事呈现出全新的解读意涵才是作家关注的重点所在。

故事情节的弱化并不意味着故事主题的庸常。格里耶、杜拉斯、西蒙三位作家的写作主题不乏宏大的政治历史事件,但对于叙事时距和时序的拆解代替了传统故事中的情节跌宕,成为作品耐人寻味的原因之一。以格里耶作品《弑君者》为例,时序被拆解后,以部分重叠的方式进行重置,不断如同电影画面般"闪回"的记忆创造出一种弑君前的恐慌的心灵感受。在时距方面,心灵的刹那神思被刻意放大、放缓,或是被变形扭曲,置于相当远的叙述位置。时距的变动帮助形成心灵感受的节奏。

在制作电影时,电影人延续了写作经验,注重荧幕时间的创造性呈现。格里耶、杜拉斯的电影极力关注人物心灵的内部时间。在影片《去年在马里昂巴德》中,回忆、讲述并将真实发生的事件模糊了界限,不断插入的对"幻觉"的精细描摹,塑造了现实与回忆之间的距离感。

时序和时距的创造性表达成就了《去年在马里昂巴德》的电影史地位,但这种非传统线性的叙事也为普通观众理解影片带来了困难。电影人为了调和这种矛盾,选择在影片剪辑中采纳西蒙在写作中所提到的"帽子"策略:将表达形式限制在数量有限且明确主题的范围内。最行之有效的方法就是控制整部影片的情节,将它往简单明晰的方向去发展。除了这种限制方法,为了达到"帽子"的效果,电影人还惯于使用"时间知觉点"来创造不同叙述的锚定物。这种"时间知觉点"是叙述和叙述之间的分界线,类似于段落与段落之间的空白。它既是分界线,同时也是文本发散的前提,普鲁斯特在著名的描写"鱼儿"的片段开头,写下了这样的"时间知觉点":

"为了能爱上巴尔贝克,为了能保留住我那置身于大地之尽头的想法……"

这样的"帽子"规定了"鱼儿"被读者解读的大致方向。而在影片中,格里耶借鉴了文学中的"帽子","时间知觉点"被处理为场景的气质性变化,包括但不限于场景色调、陈设风格。这成了观众感知时间、区分回忆与现实的重要线索。

2. 时间的立体化尝试

亨利·柏格森并不完全赞同传统物理学对于时间和空间的判断。柏格森认为,过去和现在并非相互外在的,而是在意识的整体中融混起来。同样,时间与空间并非被严格区分的,"线是由无数的点构成的,而这些点是被并排置列于空间之内的,因而线性的时间是一种空间化的时间。"

柏格森以其直觉理论及时间观念影响了后来的艺术创作者。在克劳德·西蒙创作文学作品的时代,正是柏格森哲学理论盛行的时期。西蒙的代表作《弗兰德公路》无疑是在这种新兴时间观和世界观之下的文学产物。这部作品的结构、创作方法(色彩的重置)、语言都建立在直觉美感基础上,并已有了对文学时间立体化的初步尝试。这种尝试表现在叙述时间缠绕于凝固的文字建筑之上,呈现出一种散射的、点状的时间感。

格里耶的《去年在马里昂巴德》在创作时吸纳了柏格森对于时间和空间的观念,同时受到了西蒙创作实验的影响。但无论是柏格森的哲学观念或是西蒙的电影文学作品,对格里耶造成的影响都只是观念上的,而非手法上的。格里耶通过塑造记忆的建筑,将过往时间进行了立体化的呈现("过往"在画面中保持相对静止),这样幽暗的精心设计的场景,本身就是回忆中时间的具象化呈现。男女主人公在旁白的指引下游历于过往的时间场景,形成了动与静的对比。同时,影片中安插了大量的"闪回"场景。快速"闪回"的纯白色场景像是巴洛克建筑中的瑰丽装饰,又像是文学中未完成的句式,表现出影片时间的点状感。

格里耶的创作手法基于表达效果的革新追求。正如柏格森在《时间与自由意志》中所述:"自我事先有过这样一个状态:在感觉到效果的同时,它知道了原因的整个情况。"格里耶对于表达效果的探索,实质上也影响到他的表达之物。这是一种微妙的改变,就像是文学中的"春秋笔法",不止于对事件的转述,更包含了创作者对事物的判断。通过融合空间、时间的尝试,格里耶将碎片化的时间和经验赋予了哲学上的思考,将冷峻的人物与汹涌的"谎言"统一起来,使得"谎言"是否为真不再成为观众关注的重点,而是引导观众注视言说这一过程所联结起来的时间与空间的关系。

第三节 跨媒介传播现象

20世纪90年代,市场经济与媒介技术的快速发展促成了中国文艺发展史上一道独特的文化景观——文学作品电影改编,这一文化现象被学界自然而然地划归于戏剧影视文学的研究范畴,而较少地受到传播学研究者的关注与探讨,这折射出当下学界对文学作品电影改编的一种认识偏见,即忽视了文学作品电影改编作为一种传播现象的特殊存在。在此意义上,探究文学作品电影改编的传播活动,能够观察当代中国社会转型的发展和演进提供一种别样的视角与窗口。

一、文学作品跨媒介传播的历史梳理

从20世纪80年代开始,中国的文学跨媒介传播的发展就在这个时候迎来了高峰期。也是从这个时期开始,文学向电影跨媒介改编的作品数量越来越多,影响越来越大,许多电影作品至今依旧被奉为经典。若要研究清楚文学与电影的跨媒介传播独特性,就要重点打捞每个时间节点的典型代表作品,并对文学文本与电影文本展开对比。经过对每个时期不同文本的对比分析,将每个时期文学跨媒介传播的整个演变过程进行细致梳理,才可以更清晰地明白文学跨媒介现象的特殊意义。

(一)精英主义笼罩下从文学到电影的跨媒介传播

党的十一届三中全会后,中国文学界开始迅速回暖并蓬勃发展,可以说20世纪80年代是我国政治、经济、文化、思想恢复和发展的重要时期。在这个时期,中国现当代文学的创作方式和内容也逐渐多元化,伤痕文学、寻根文学等此起彼伏,同时出现了莫言、王朔、苏童等非常有影响力的作家。于是在整个社会的影响与号召下,再加上电影媒介技术的不断更新,文学向电影的跨媒介传播发展空前繁荣。这个时期的电影虽初具大众文化的身影,总体来说,整个社会文化依旧笼罩在以精英主义为主导的氛围下,但这种文化氛围正深深地影响着文学电影改编的观念。

这个时期从文学到电影的跨媒介的转换实践是具有明确先后顺序的历时性过程。从个人创作的文学作品到集体创作而成的电影,其中需要经过文学到剧本的编写,再到每个场景的规划等,这种规律性的改编顺序在20世纪80年代形成规模并走向成熟。

1. 第五代导演的艺术追求

20世纪80年代,谈起电影界的重要转折,绝不能少了第五代导演们的功劳,而第五代导演的电影创作,正是从文学改编入手。但从文学到电影的改编模式上,第五代导演并没有像前辈导演一样严格遵循"忠实原著"原则,而是开始重新思考和构建电影本身存在的艺术价值,从而试图对自己独特的电影改编风格进行摸索与探讨。

将文学文本原封不动地拍摄成电影不一定是好事,因为两种媒介本身的叙事风格就天差地别。因此,即使是以文学传播为目的,也要考虑电影的艺术性表达。即使没有"忠于原著",电影也可以发挥传播功效,将原著推广出去。例如,不得不承认电影《红高粱》播出后,关注原著的人也越来越多了。

2. 忠实原著、"精雕细琢"

20世纪80年代,影视在我国经历了巨大的变革,这种变革不仅体现在政策推动与思想引导两方面,更体现在从制作技术到播放媒介的整个过程。20世纪70年代末,制作技术已经成功从直播进化到了录播阶段。20世纪80年代初到中后期,这不到十年的时间,又经历了从黑白电视到彩色电视的普及。在信息技术的支持下,电影也终于可以不受时间和成本的控制,成为大众文化传播的重要渠道。中国的文学终于可以借助电影这一媒介,将自身所涵盖的内容完完整整地传播出去。恰逢当时流行文化开始兴起,借助电视这一观看便利的媒介条件,国外许多电影迅速传入中国,试图瓜分中国市场,中国当然不会坐以待毙。

3. 电影与电视改编理念的偏离

20世纪80年代文学的电影改编与电视改编的理念已经发生了分离。电影作为"第七种艺术",在20世纪80年代中后期已经开始有了探索和创新的意识,所以这个时期文学改编电影的作品,大多会像张艺谋导演一样,仅仅将文学当作电影拍摄的素材,具体的艺术呈现要以电影作品本身的艺术表达为主,而不仅是将电影作为文学传播的媒介。这个时期的导演(以第五代导演为主)所改编的电影作品,虽呈现出了娱乐化倾向,但总体还未显现出过于商业化的气质,整体改编偏向对电影艺术的追求与个人风格的探索。电影与文学的联谊是为了汲取文学中的营养,用以发展自身。

(二)大众文化冲击下的文学传播与电影改编

20世纪90年代,随着中国经济体制改革的进一步推进,文化生产机构与传播媒体被推向了市场。电影作品的制作和传播不再由政府买单,这种自负盈亏的经营模式必将会使文学的电影改编推向更商业化发展。当然,提起90年代,有一个话题一定不会让人忽略,那就是"大众文化",大众文化的全面兴起不仅影响着人民大众的生活方式,更对当时人们的意识形态造成极大的冲击。在这种政策与意识形态的双重影响下,文学传播与电影化改编渐渐发生改变。与此同时,电影作品也渐渐与宏大叙事拉开距离,向现实与世俗靠近,逐渐回归审美的日常化,"新写实小说"应运而生,也成了电影改编题材的新宠。

1. 从文学到电影:商业与艺术的搏斗

20世纪90年代是一个特殊的过渡时期,这种特殊性在文学跨媒介传播的电影作品中可谓是展现得淋漓尽致。在这个资本开始全方位渗透的时代,虽各种传媒技术都开始走向商业化,但在电影的发展史上,仍可以清晰地看到资本与艺术相互对抗的局面。从80年代末到90年代,在中国计划经济向市场经济转型的重要时期,中国电影遭遇滑铁卢,电影观众人数落入低潮。直到新世纪初期,张艺谋导演的作品《英雄》开始,中国内地的电影票房才开始逐渐恢复。可以说这个时期是"中国大陆电影多样分化、艰难发展的时期"。即使在这个时候,许多导演的早期作品依旧对市场需求不管不顾,努力践行着自己的艺术追求,反叛精神十足。在很长一段时间里,中国电影市场有关电影的评价在"叫好"与"叫座"之间总难两全。直到20世纪90年代中后期,逐渐向国际市场进军的他们终于褪去了自身的"年少轻狂",开始服从市场需求,同时开始认真思考电影的观赏性与趣味性问题。

20世纪90年代,中国电影向大众文化的产业化转型进展得并不顺利,但在这跌跌撞撞的碰撞中,也有不乏令人惊喜的存在。

(1)中国内地第一部"贺岁片"

电影《甲方乙方》是导演冯小刚于1997年拍摄,改编自王朔的小说《你不是一个俗人》。说起王朔,就不得不提1988年的"王朔电影年",这一年,他的四部反映社会普通群众的大众题材小说都被拍成了电影❶。由此,王朔文学成为大众文化时代的典型代表。其实,1988年根据王朔同名小说改编的电影《顽主》,可以说是《甲方乙方》的姊妹篇,两部电影讲述的都是替普通人实现梦想的故

---

❶ 曹忠.文化语境下的文字与光影[D].兰州:西北师范大学,2020.

事。像这种充满搞笑元素又不失讽刺意味的电影,恰恰迎合了那个时代观众的娱乐化需求与大众化审美,所以《甲方乙方》的高票房也不足为奇。这部影片不仅在商业上大获成功,还开启了中国"贺岁片"的先河。

首先,题材挑战权威艺术,创造娱乐风格。作为王朔阵营中的主要成员,冯小刚拍摄的电影中可以处处看到王朔文学的身影,而他本人也正是在王朔的影响下逐渐形成了自己独特的电影风格。作为消费时代作家的典型代表,王朔的作品没有20世纪80年代流行的宏大视角下对精英文化的歌颂,而是充满了市井之情。他擅长以平民为视角,展示出社会上形形色色小人物的生活状态。王朔文学作品最大的特点就是语言的独特性,他擅长运用桀骜不驯的口气,叙述出或调侃或幽默的语言,若细细品味,会发现这些语言又充满着讽刺意味。这种语言的运用也极大地影响了冯小刚导演的拍摄风格,在电影《甲方乙方》中,冯小刚不刻意重视对电影的艺术追求和叙事的逻辑性,而是以幽默诙谐的对话,勾勒出一个又一个简单的"好梦一日游"故事。这种随意又有些荒诞的拍摄风格虽然收获了票房,但也挡不住业界的批评,许多人认为这种"小品串联式"叙事手法破坏了电影本身的叙事逻辑。

其次,电影作品亲民意识浓厚,确定了文学文本为市场服务的价值。电影在喜剧风格的引导下,又不失讽刺意味,可究竟是讽刺的什么,电影体现得并不明显。而看过王朔小说的人都清楚,他的小说十分叛逆,讽刺意味十足,且具有针对性,讽刺和调侃起权威、精英毫不避讳,所以前期王朔的很多改编作品都没能如期过审上映,比如王朔导演的作品《爸爸》(改编自王朔的小说《我是你爸爸》)就因没能通过发行令,至今都没能公映。所以冯小刚将原著中攻击性十足的语言改成了电影中角色的调侃与自我调侃,少了些原著语言的尖锐,多了些电影中的幽默与诙谐。

其实特定档期的行为就已经很好地说明电影的商业性质,制作这部电影,就是以赚钱为最终目的。冯小刚曾表示"从做导演开始,我和别的导演都不一样,我不吃皇粮。因为是自己找的钱拍电影,我就必须用市场回报把钱还上"[1]。在这种"票房为神"的消费语境下,文学与电影互动必定会充满商业性的身影。也就是说,文学的改编与再创造,不再坚持以追求艺术为主要原则,市场可以让

---

[1] 榛子.冯小刚故事:幽默是一种劳动态度[J].大众电影,2002(3):10-21.

规则作出让步。

(2)后现代思想影响下的产物

20世纪90年代,资本开始在文化界横行,大众文化受商业利益的驱使和控制,逐渐对经典文学下手,出现了对经典文学的"快餐式"消费。于是,在后现代思潮的影响下,"大话文学"横空出世。这种文学运用时空交错等方式,对传统的经典文学进行颠覆性的解构,将传统的认知方式、行为准则、价值观念以"戏说"的方式逐一打破。在这种文化背景下,1995年,由刘镇伟编剧与指导的《大话西游》在中国香港与内地上映。

在创作方面,戏说经典,离经叛道。这部电影改编自吴承恩的经典著作《西游记》,但除了一些细枝末节的剧情外,实在看不出我国四大名著之一《西游记》所包含的精神文化的半点影子,可谓是离经叛道到了极点。当"叛逆"的时代遇上"叛逆"的编剧兼导演,结果就是一场大型叛逆作品的呈现。刘镇伟被问及改编灵感时,道出了极为"后现代主义"的发言,所以《大话西游》中的孙悟空撕掉了贴在身上多年的"英雄"标签,过上了和普通人一样有着爱恨情仇的生活。刘镇伟把唐僧的日常说教当成啰哩八嗦,于是电影中唐三藏的形象出来了——整日絮絮叨叨说着没用的话,连观音菩萨都忍不住想动手。这种极为调侃的演绎方式,一下子将人们从根深蒂固的认知中抽离出来,导致许多观众难以接受。伸张正义的齐天大圣、心地善良的唐三藏、慈悲为怀的观音菩萨……长期以来深入人心的形象就这样被颠覆。他们被拉下"神坛",开始拥有普通人的七情六欲,说着与时代不相符的"不伦不类"的语言,原著经典《西游记》的精神完全不复存在。

在精神内涵方面,娱乐消遣,缺乏深度。当然,敢于做吃螃蟹的第一人,就要有经得住打击的勇气。这部电影上映后,在香港和内地都没有得到好的票房成绩。在内地,甚至被评为"十大最差引进片"之一。显然,刚从精英主义的影响下走出来的大众,也没能迅速接受这种"无厘头"风格的电影。纯粹为了搞笑而搞笑,为了恶搞而恶搞。习惯于看完电影进行反思的影迷,突然发现没什么好反思,因为电影中的语言,除了让人捧腹大笑,实在是品不出其他深意了。就算是冯小刚这种商业电影型导演,其作品中都可以品味到深层次的思考,但这部由经典改拍的《大话西游》,实在是对精英主义、经典文化解构到了极致,不仅颠覆了经典,更颠覆了人们的价值观。当时的人们一定想不到,新千年后,随着后现代主义的不断深入,大话西游竟被奉为经典流传至今。

2. 文学传播与电影改编的分离

在 20 世纪 90 年代,可以清晰地看到文学与电影关系逐渐分离的过程。起初或许还能看到艺术与商业之间抗争,但随着商业化改革的不断深入,电影终究抵不过市场需求的消磨,开始真正沦为待人购买的商品。电影的文学题材也不再关注宏大叙事、革命题材,而开始向平民化、娱乐化倾斜,这种情况下,作家王朔顺势而起。消费语境下,传播文学经典早已不是电影制作的重点,迎合观众审美、增加票房收入逐渐成为电影作品的首选,"尊重原著"精神逐渐被瓦解。

若 20 世纪 80 年代的文学改编电影暗藏着导演对电影本身艺术的追求,那么 90 年代的文学改编电影则体现了导演对商业价值的追求。特别是随着 1998 年互联网在中国的普及,让票房几乎成了电影最重要的追求。这种情况下,在电影改编作品中,不仅文学原著的文学性受到极大的损害,连同电影本身的艺术追求也受到了打压。可以说,这个时期很大一部分的电影改编,不再仅仅为了追求电影的艺术价值而对文学进行再创造,而是以市场价值为标准,只要市场需要,票房需要,就可以将文学改编成观众想要看到的样子。不仅如此,迫于生存的压力和金钱的诱惑,一些作家不仅开始转型做起职业编剧(如苏童、李碧华、王朔、余华等),还会刻意迎合电影的需求进行文学创作。这样文学不像文学,剧本不像剧本的创作,更像是两者杂交的产物。所以这个时候,不仅电影失去了对文学传播的价值,文学自身的创作都很难保有独立意识和艺术价值。

如果说以上现象是对文学隐晦的利用,那后现代主义下的大话文学就更加明目张胆。干脆从广为人知的经典文学下手,对深入人心的经典形象进行颠覆性改编,站在巨人的肩膀上挑战权威,唯恐社会看不到他们的反叛精神。大话文学认为"经典的价值本就体现在它的可使用性",对改编者来说,这些文学并非一成不变的经典,而是其手中可以随意捏造的玩具,天马行空般的再创作是为了娱乐消遣,毕竟"一百个读者心中就会有一百个哈姆雷特"。"它对传统、抑或现存话语秩序背后所支撑的美学秩序、道德法则、文化规律进行了戏弄,并以此作为其基本的话语特征"❶。

在消费观念的引导下,金钱观念已然超越了经典与艺术,成了制作者最忠实的追求。虽说90年代初期还尚存精英文化的影子,根据经典文学改编了几部为数不多的艺术品,但也在不受大众欢迎、票房惨淡的打击下销声匿迹了。于是,在这个时代消费经典、消费历史的现象屡见不鲜。文学经典和历史不再是人们的精神追求,反而将它们当作可以随意涂鸦的画板。改编者将对经典和历史的调侃,视为对精英文化的解构,以及对个性的追求,并利用经典的知名度和影响力来赚取商业利益。

从文学到影像的跨媒介传播,本是文学在图像时代,为了自身更好地发展而寻求的出路,但在资本力量至上的背景下,将文学(特别是文学经典)改编成电影反而有些得不偿失。

(三)多元文化包围下文学与电影的关系重构

新世纪的到来,伴随互联网的普及、媒介技术的发展、全球化进程的不断推进,中国社会的文化氛围已经不能同20世纪相提并论。20世纪80年代被普遍认为是精英主义时代,90年代是大众文化的天下。而新千年后,中国不仅延续了90年代的大众文化,又在全球化的浪潮中、后现代主义的熏陶下,显示出了多元文化共生共存的大繁荣局面,网络文化、网民文化、青年亚文化等层出不穷。在这种文化氛围中,文学与电影的关系在继承了20世纪90年代文学改编电影观念的基础上,又有了新的阐释。

1."中心文本"消解,"影视同期书"出现

自1905年中国的第一部电影《定军山》诞生起,这一百多年的中国电影发展史上,文学作品一直占据着不可忽视的地位。从电影艺术的萌芽时期到如今的辉煌时代,文学就如同天然又持久的植被,为电影艺术提供着源源不断的氧气,供它生命,伴它成长。同时,文学改编而成的电影作品,又为文学带来了新的活力,将它拉下"神坛",走向民间,被更多老百姓所熟知。

21世纪之前,中国从文学到电影的改编,无论观念如何变动,电影的制作过程和顺序从未改变,文学原著一直作为"中心文本",见证着文学故事从纸媒向电子媒介的转换。然而21世纪以来,"影视同期书"的出现打破了文学与电影

---

❶ 熊芳.消费时代:从小说到电影改编研究[D].西安:陕西师范大学,2017.

固有的关系结构,"从文学到影视"历时性关系可以变成"从影视到文学"的颠倒性关系,如 2008 年热播陈凯歌执导的电影《梅兰芳》被编成电影版小说出版;甚至是无关先后——"小说与影视同时面世"的共时性关系,如 2010 年的《叶问2:宗师传奇》就是电影与书籍同时上映。这种对视听语言的文字化翻译而形成的小说(一般称为"电影版小说"),与传统文学天差地别,文学价值可想而知。按跨媒介传播的角度思考,故事从一个媒介转移到另一个媒介一般是为了实现原著更好的传播效果。那么当"电影"成为原著时,这种"同期书"的出现必定有其传播价值。但是,无论是对电影的宣传价值还是作为电影作品的周边副产品出现,其中对金钱的追求才是贯穿始终的根本。在这种情况下,文学的"中心文本"地位被打破,文学也彻底沦为资本谋取利益的手段。

2."西化冲击"下的"华语大片"

从 20 世纪 80 年代开始,中国电影就已经与世界接轨。影片《红高粱》等凭借中国独有的民族特色受到了世界极大的关注,并获得不错的成就,中国电影市场也享受到了来自西方的红利。于是,20 世纪 90 年代开始,中国电影开始将目标观众对向西方。与此同时,以"好莱坞大片"为代表的西方电影开始传入中国市场并逐渐侵蚀国内影片市场地位。新千年后,中国加入世界贸易组织(WTO),加快了全球化的脚步,国外大片以更加迅猛的速度强势进入中国市场。"西化冲击"下,中国电影导演逐渐放弃对中国民族文化的挖掘以及对电影艺术独特的叙事模式的追求,开始追赶"好莱坞"的脚步,重视"视觉"特效的运用。由此,中国电影踏上了"华语大片"之路。

新千年的电影市场,除了延续 20 世纪 90 年代以来愈演愈烈的"以市场为目标"的创作准则,又加入了"图像技术"这一新标准。并出于对西方票房和国际电影节的渴望,中国电影的叙事模式与价值观也不自觉向西方电影靠近。在这些观念的影响下,由中国文学改编而来的电影也逐渐西化,以西方人的审美,讲述着东方人的故事。其中颇有成就的中国导演中,李安绝对算得上代表。2000 年,李安的武侠电影《卧虎藏龙》上映,这部影片在国内外均引起巨大轰动。至此,华语电影历史上第一部荣获"奥斯卡金像奖"的影片诞生了,这部电影对中国电影走向世界的跨文化输出有着里程碑式的意义。电影的火爆连带着文学原著及作者王度庐都顺势火了一把。

打着跨文化交流的目的,如果再仅仅讨论电影是否"忠于原著"或改编时对原著的态度已经过于浅显,因为想要走向世界,必定要"中西结合",叙事结构、人物与情节就一定会有所变动。而中西方观众与学界不约而同地对这部影片的喜爱,也说明了这部电影将中西方文化结合的成功。

3. 文学与电影的多元互动

21世纪以来,随着商业化与全球化的不断推进,"文学已经彻底沦为电影谋取利益的手段"❶。再加上以好莱坞为首的西方电影文化入侵,中国电影市场逐渐呈现出资本与图像技术为"神"的创作原则。在这种商业性极重的氛围下,"影视同期书"的出现不足为奇,这种没有任何文学价值的书籍,不过就是为了榨干电影作品最后的商业价值。

在后现代主义思想的影响下,很多20世纪被学界和观众痛批的文学电影改编作品,在这个时代被"平反",不仅使它们正常化合法化,甚至将其奉为经典。而现代社会所谓的"经典"又是什么样的标准?在多元文化的发展下,"经典"二字的含义也发生了翻天覆地的变化吗?之前的经典会伴随着深入的思考、精英式的文化和历久弥新的精神,可如今人们心中的经典却发生了巨变。这种戏说历史或戏说经典的方式,本是一种社会发展的潮流,却不曾想,这些潮流在大众文化的不断侵入下愈演愈烈,竟发展成了人们心中的经典。

在这种模式下,不妨回到文学与电影联姻的起点进行思考,文学的跨媒介传播是为了让更多人关注到文学本身,也可以认为,最初的文学电影化是文学自我营销的手段。而演变到如今,电影主动找上文学,是为了利用文学的价值牟利。对文学经典的改编(胡编乱造)成了一种提高作品关注度的营销手段,对历史的再创造也成了吸引观众的工具,对网络文学的改编首先要关注的是作者的人气榜排名……

21世纪以来,文学与电影的关系整体呈现出多元化的发展趋势,这种多元化继承了20世纪90年代大众文化盛行下的发展脉络,但是20世纪80年代的精英主义却不见踪影。文学与电影的互动从20世纪80年代发展至今,从"忠实原著"到"形变神不变"再到"形不变神变"和"形神皆变",从有规律的历时性媒介转换到不分主次的共时性关系,甚至电影反向转化成文字等,这一系列巨变,在20世纪90年代均可以看出踪迹。可以认为,90年代是一个杂糅的过渡

---

❶ 马雪林.新时期以来我国电影与文学关系的演变[D].重庆:四川外国语大学,2015.

时期。下章将通过对 90 年代社会文化变迁与媒介技术发展的关系进行梳理,深入挖掘文学与电影跨媒介互动的历史进程中文学传播、电影呈现与受众审美发生变化的根本推动力。

二、文学跨媒介传播的媒介环境

文学作品的跨媒介传播正如火如荼。写作是一个人的旅行,而电影改编是一群人的结晶,是在对不同因素的权衡取舍中摸索向前。大众文化可以在中国迅速扎根并枝繁叶茂,少不了大众传播媒介的助推。大众文化本就是一种消除阶级的全民狂欢,若没有相应的传媒作为支撑,这种文化即使生根也难以为继。除了当时大众传媒里绝对的权威电视机外,包括录像带、光盘等电子产品也起到了普及大众文化的作用。一时间,卡拉 OK、通俗杂志等大量占据人们视野,商家开始通过各种手段通过调动和生产大众消费欲望,来诱发消费行为。社会的政治经济制度影响着大众媒体的运作,而媒介技术的发展与应用又反过来作用于社会的政治经济文化发展。

(一)大众文化与文学文本的跨媒介传播

为什么有大量文学作品改编成电影?对于这个问题我们可以从两个视角进行考虑,第一,文学传播面临困境,需要寻求强势媒介的帮助进行传播;第二,电影作品需要文学作品作为内容来填补其内涵上的缺失。

首先,文学传播面临的困境显而易见。20 世纪 90 年代在大众文化的挤压下,精英文化处于边缘地带。那么作为精英文化的典型标志,文学作品的传播不免在一定程度上受到了阻碍。以文字为媒介的文学文本作品与以声音和画面拼接而来的电影作品相比,在传播的接受者方面就有了极强的限定。文学文本作为抽象的艺术对阅读者的文化水平有很高的限定,不然即使能够识文断字,可能也体会不到文章的深意,这就决定了文学作品只能在小范围传播的状况。再加上消费主义的影响,人们渐渐在眼花缭乱的大众文化产品中迷失自我,开始放弃对文字艺术的拥护和文学价值的思考,将获取信息的目光转向简单易懂的图像文化。文学作品本来的小部分受众流失大半,文学作者、编辑、出版社等的日常开销均受到影响。这种情况下,文学不得不向当时的强势媒体电影借力,以求文学在跨媒介发展的同时,也可收获经济利益❶。不得不说,这个

---

❶ 熊芳.消费时代:从小说到电影改编研究[D].西安:陕西师范大学,2017.

时代文学传播面临的困境与电影的强大脱不了干系,而电影同时又给了文学新的生存空间,使其在电影作品中得到了新生。

其次,电影作为大众传媒的主力军,唯有产出源源不断的作品才能满足大众日益增长的文化需求。而电影作为一种媒介呈现方式,如从前一样,将目光放在了文学作品上,以求在文学作品的滋养下,保持电影发展的长青。因此,文学可以被当作高雅的艺术之作,用来供有限的读者欣赏;而电影必须获得大量观众才可以体现其商业价值,这就要求电影作品必须符合大众口味。所以,从文学到电影的过程中,文学原著就不可避免被大众化、世俗化,甚至商业化、娱乐化。

(二)大众传媒的发展与媒介技术的更迭

媒介环境学派认为,每一种新媒介的出现就会生成一种新的尺度、新的标准,从而创造出新的环境,而这种新的环境又会对我们的个体、群体、社会、文化、历史产生影响。在此意义上,媒介可以作为历史的坐标、文明的分野,可以被当作文化分段的标志,从而研究每一种新的媒介如何创造出不同的文明且对人类产生深远影响。

因此,从媒介技术视角分析文学作品大量改编成电影的原因,离不开对这个特定时代媒介技术的考察,从而发现这个时期内特有的媒介变化,这样就可以清楚地看出媒介技术的变迁对个人以及社会产生的影响。所以,经过对前面的分析与总结,发现若要梳理这段时期媒介技术的变化,其实就是搞清楚两个问题:第一,电影何以成为文学跨媒介传播的主导媒介;第二,电影票房的危机与媒介技术发展的关系。这样不仅可以很直观地看出政治经济背景下大众传媒的发展脉络,还可以更细致地分析出这个时代媒介技术为文学的跨媒介传播带来的巨大影响。

20世纪90年代之前,中国媒介生态一直是纸质媒介的天下。即使后来广播、电影等电子媒介技术逐渐兴起,也始终没能代替纸制印刷物的地位,也只是以纸媒的补充和辅助的作用存在。所以,当时的文学跨媒介改编还是以连环画、戏剧等媒介为主导,电影虽存在,但整体撼动不了传统媒介的根基。到20世纪90年代,中国的媒介生态发生了翻天覆地的变化,以电视为代表的电子媒介成为时代的新宠,并以极快的速度成功占据主导媒介的位置。这个时代的广播、报纸等传统媒介虽然还发挥着作用,但显然已经失去了当年的中心地位❶。1994年,中国正式加入互联网后,网络媒体作为后起之秀,也不甘示弱地在中国内地快速普及。当然,这一系列改变离不开大众文化的功劳,大众文化所崇尚的思想与电视、网络媒介所发挥的作用不谋而合。在此意义上,媒介技术与大众文化的相互成就造成了社会历史的巨变。

在这个时代,中国电视媒介的普及速度十分惊人。20世纪90年代,中国各种级别的有线与无线电视网络均已完成,将经过审查批准而成立的各类电视台数目相加已过三千;电视机以家庭为单位迅速普及,截至1996年,我国电视机的社会平均拥有量基本接近于每4人一台,也就是说,电视机基本普及到每家每户❷。电视作为大众传播媒介中绝对的主力军,借助其强大的包容性功能(新闻、音乐、戏剧等各类信息均可呈现),铺天盖地般渗透于社会、政治、经济、文化等方方面面。在此基础上,电视不仅促进了大众文化的传播,而且成功让普罗大众从固定的文字与画面中抽出来,将目光锁定在可动可静的视听艺术上。因此,电影艺术在这个时代深深扎根,成为当之无愧的强势媒体。

自20世纪80年代开始,中国电影票房危机问题已有展现,观众的大量且持续性流失,使得整个中国电影界陷入了焦躁不安的氛围。这种现象的原因,并不是仅对社会思想文化的分析就可以解释清楚,媒介的发展与应用对这个现象的解释同样至关重要。若要考察电影票房的危机与媒介技术发展的关系,需从电影与电视的制作技术以及电影的播放媒介两方面进行研究。

首先,不得不承认,电影观众的流失与电视技术的发展息息相关。在录像带传入中国以前,胶片技术是电影拍摄的唯一技术支持。但无论是胶片摄影机、还是胶片卷本身、亦或是胶片电影放映机成本都是十分高昂的;并且,电影的制作需要影像剪辑表,影片的放映也需要放映员带着装胶片的金属盒游走于影院之间,所以在当时,无论是电影的制作过程还是放映过程都十分烦琐。在此意义上,电影界更不会付出如此高的造价去制作没有时间限制的电视连续剧。20世纪80年代中期,录像带的引入让电视艺术看到了春天。录像带的可

---

❶ 蔡敏.20世纪90年代中国传媒文化转型研究[D].成都:四川大学,2003.
❷ 刘文辉.20世纪90年代传媒语境下的文学转向研究[D].福州:福建师范大学,2008.

循环使用的特点,使影片的播放与录制降低了许多成本,电影开始大量产出。但与胶片细腻入微的画质水准相比,录像带显然有些相形见绌,这让习惯于在大屏幕上播放、画质水平要求极高的电影作品望而却步,电影制作依旧遵循着电影胶片技术的拍摄。直到20世纪90年代中期,数字化技术才陆续开始参与到电影的拍摄与制作过程。由此可见,电视机的普及和电影拍摄成本的降低,使得电影在20世纪90年代大规模进入人们视野,由此席卷了电影的大量观众。

其次是电影的播放媒介分析。这里对播放媒介的含义并不止于电影的播放器,也包含播放器的存在场地。关于20世纪90年代的电影播放技术,除了各电视台节目与影视剧可以通过电视机播放外,20世纪80年代流入中国的录像带,以及20世纪90年代中后期开始流行VCD,都可借助电视机的显示屏对外播放。1998年互联网在中国普及后,电脑也加入了影视播放器的行列。不可否认的是,这些播放技术的出现,对电影市场造成了一系列打击。但是,仅限于对播放器的研究与梳理,并不能充分论证电影在当时被排挤的理由。因此,将每一种播放技术所对应的播放场域进行考察也尤为重要。

录像厅作为一种过渡式的影片功能厅,在中国的存在时间并不长久。20世纪80年代初,一部录像机和一个电视机就可以组成一个简单的录像厅。由于政策的限制、技术的更新、电视机的普及,录像厅于20世纪90年代初开始逐渐没落,直至新世纪之交,再不见其身影。但不可否认的是,因为录像厅的出现,导致了不少小城市电影院的关闭。当时的中国尚未完全与世界接轨,电影院播放的影片虽由20世纪80年代的主旋律电影过渡到了商业娱乐影片,但显然录像厅从中国港澳地区和国外引进而来的影片更加令人新奇,再加上许多不健康影片的引诱,录像厅成功分走了电影院的众多观众。

接着,DVD的引入促进了"家庭式影院"的发展。20世纪90年代中后期,电视机的普及、光碟播放器的大众化,随着各种盗版光盘的租赁和售卖店铺席卷而来。这种在家就可以欣赏影片的休闲方式,一度成为时代的潮流。相比之下,电影院在舒适度与影片的多样性方面都无法与家庭影院相媲美,再加上互联网也逐渐应用于寻常百姓家,电影观众减少的原因就不言而喻了。

直到2002年电影管理条例的施行,彻底结束了电影产业计划经济的时代。宽松的政策不仅给予了电影工作者较为自由的创作环境,还带来了不少社会资本。影片题材空前繁荣,技术的发展带动了电影质量的提升,再加上电影院环境的改善,中国电影市场终于冬去春来,开始蒸蒸日上。

(三)媒介差异与媒介意识的觉醒

通过对经济政治文化潮流,以及媒介技术的综合考察,基本可以了解造成当时文学跨媒介传播现象的客观因素。但许多有价值的电影作品同样对文学进行了大规模的修改,不可否认的是,许多作品并未因没有严格遵从原著内容而失去艺术价值。这种现象的出现,就不能仅仅归结于社会语境、媒介发展等社会原因,其中还包含了中国导演媒介意识的觉醒。

其实,电影与文学作品本就存在许多媒介差异,所以又怎能要求电影作品能完全表达出文学原著所包含的内容与精神。在故事的附着体层面,网络文学没有到来之前,文学一直以纸质书为承载物,其轻便易携带的特点使阅读者可以将其带到任何地方进行阅读。而在智能设备普及之前,电影作品必须依托庞大的机器才可放映;再如作品创作层面,文学基本是作者本人一气呵成的独立艺术,传播的过程就是从作者编码到读者译码。而电影则需要经过编剧改编、导演拍摄、演员演绎等多个环节,其中所经历的编码和译码的过程与文学相比就太过繁琐。在此意义上,一个人和一个团队所创作出的作品是一定有差异的;最重要的是两者语言符号的差异:文字语言是抽象的、优美的,充满想象力与感染力,其在表情达意的书写上具有先天的优势。而视听语言是具体的、直观的,擅长通过声音与画面的结合,勾起人的欲望,吸引人的目光。在此基础上,就基本可以清楚,即使将文学向电影进行原封不动的翻译,也不可能完全复制粘贴。

20世纪90年代之前,中国经历了相当长一段时间"无意识"的文学到电影的跨媒介转换,媒介转换就是为了让更多的人关注文学精神、感受文学灵魂。以至于当时对文学改编的接受与再阐释完全以文学为主,电影被当作翻译文学的道具。然而,麦克卢汉提醒我们,人们很容易被媒介携带的内容吸引目光,从而忽略媒介本身的价值,比如火车诞生的意义,绝不止于其所承载的具体内容,更重要的是其改变了人们对空间的认知。在此意义上,我们对电影媒介的认知不能只停留到其作为文学承载工具的层面,还要关注这种视听媒介本身的艺术欣赏价值与创造性。

显然,以张艺谋为首的第五代导演早就已经开始思考电影艺术本身的价值。他们不再刻意且极端地忠实于原著,除了对文学原著精神与叙事框架的适当保留,他们更加注重对电影艺术本身的追求与对电影媒介个性的张扬。在这种艺术为上的创作背景下,他们过去所创造出的辉煌至今都叫人赞叹不已。同时,电影艺术也紧随其后,在对文学进行改编时,开始对电视媒介本身进行思考与再创造,改编者开始站在电视本体的角度思考电影本身的审美取向和创作需要。此后,中国电影媒介有了自己的意义与价值,改编者开始将文学原著当作电影剧本的素材,而不再被认为是文学作品的简单的附着工具。中国电影界从对文学原著"无意识"的跨媒介传播转到了"有意识"的跨媒介再创造。

在此意义上,文学在电影化的跨媒介传播中所丢失的某些特性与意义,在许多批评家看来或许是一种遗憾,但这也是不同媒介特性在相互转化中不可避免的差异。当然,其中的再创造精神不可避免地在各种文化与社会变迁的促进下愈演愈烈,甚至出现了与原著基本不相关的改编作品。而这种现象与媒介艺术的觉醒本质上并不相同,改编者并未对在电影媒介意义上的文学传播有任何思考,而仅仅是借助文学(特别是文学经典)的名气,达到宣传自己作品的目的。

三、文学与电影的媒介化

"思想总是在对话中形成的,从而思想的对象不是僵死的客观性,而是具有能动性和内在视野的对话者",正是在不断地对话中建构"审视自身、审视历史和未来的视野",至此,灵感开始萌发,新的理论逐渐孕育,"新世纪"得以诞生。

(一)文学媒介化:媒介逻辑下文学创作机制的历史性"颠覆"

不同于以往各传播学派对媒介与人的关系或媒介使用功能的研究,媒介化理论侧重于媒介对社会实践与文化发展产生主导性影响的研究。这个理论视角产生于高速运转的现代社会,也就是随着以互联网为依托的新兴技术的不断出现,媒介从印刷时代的服务、依附的角色转变成了自带逻辑的强势机构,社会各种活动不得不遵从媒介所产生的逻辑以保证自身正常运营。这里的文学媒介化不仅指文学与电影媒介的跨媒介转换过程中的媒介化倾向,同时也将文学本身在互联网时代的发展包含在内。总而言之,是文学作为整体社会活动在20世纪90年代互联网媒介不断发展至今的环境里,被媒介的逻辑逐渐包围的整体讨论。

施蒂格·夏瓦依据不同种类媒介化的过程,将媒介划分为直接和间接两种形式:直接媒介化指的是原先的非媒介经过媒介的发展与干预转换成媒介行为的媒介化过程;间接媒介化则指社会活动的开展受到媒介机制所产生的逻辑影响越来越大。在文学的媒介化过程中,主要表现在文学载体网络化、文学作家"编剧"化与文学写作影视化,很显然前者为直接媒介化,后者是间接媒介化。

1. 文学载体的网络化

20世纪90年代中后期互联网的普及,带来了网络新媒介日新月异的变革,随着互联网技术的日益扩张,社会对媒介技术的态度也由"使用"逐渐向"依赖"转化。人们在电子媒介的场域中尚未苏醒,就被网络时代带入了新的媒介逻辑,此后一发不可收拾,社会的方方面面彻底被互联网包围。各路文学爱好者在这场媒介变革中也不甘示弱,依靠互联网强大的储存与传播功能,在网络上搞起了文学创作,网络文学应运而生。关于网络文学的定义,不同的学者有不同的认识:有学者将文学的承载工具作为划分网络文学的标准,认为只要经过电子处理、通过网络传播的文学作品均为网络文学;有学者将使用计算机写作,通过互联网首发的文学作品定义为网络文学;还有学者认为,网络文学若离开网络就不复存在。

本书将文学定义为印刷时代下的精英产物,显然随着时代的发展,这个定义也发生了颠覆性的改变,文学跨越了电子时代,在互联网时代真正迎来了繁荣发展。文学不再仅限于精英手中的纸质书籍,文学作品的存放与购买也不再仅限于各式各样的图书馆与书店。凭借互联网的各种特征,文学可以随时随地出现在每个人的屏幕中,于是各种阅读平台、软件、电子书阅读器等应运而生。

网络文学自由的创作环境虽不免出现许多粗制滥造的成品,但不得不承认,其中也存在许多有思想、有价值的文学作品。网络文学也凭借数字化技术,将文学拉下神坛,走向民间;凭借其形式上不受时间、空间限制,以及内容上通俗有趣的特点,大大促进了全民阅读的推广进程。

2. 文学作家的"编剧"化

文学与电影的"联姻"可以说几乎和电影的发展史一样长,在新世纪到来之前,中国电影素材基本来自文学作品。或许是为了保证文学原著的艺术性,早在20世纪80年代中期,文学作家就开始以编剧的身份参与到文学跨媒介传播的创作中,不过一般多为改编自己的文学作品。

20世纪90年代,电影媒介彻底将印刷媒介压倒,成为那个时代当之无愧的主导媒介。在视听艺术的吸引下,人们逐渐失去了品味语言文字艺术价值与思想内涵的耐心,文学市场日渐萧条。为了满足文学传播和生计需求,大量作家被动或主动进入电影市场,当起了编剧、导演。不过这个时期不同于80年代,作家已不仅限于改编自己的文学作品。

  21世纪,文学作者向编导职业发展的情况有增无减。这个时代的作家编导化依旧延续了90年代的风格,分为两种,一种是作家参与改编自己文学作品,另一种是作家完全以编剧身份参与到他人文学作品的再创作中去。随着网络小说的不断兴起,网络作家也多次"触电",参与到文学作品向电影跨媒介传播的改编上来。

  梳理至此,不难看出,媒介技术的变革不仅将文学推向了媒介化生存之路,而且在潜移默化中,逐渐消磨掉部分文学作家的傲骨,使他们在媒介化社会的进程中,不得不做出迎合的姿态。但在此过程中,许多文学作家往往容易因为利益的追求而忘记文学的操守,渐渐地,文学的电影改编也就逐渐失去了借影视手段发展文学作品的意义。

3. 文学写作的电影化

  其实,何止作家身份的媒介化,连同作家笔杆子下的作品也在媒介的逻辑中开始寻找新的生存空间。文学作家尝到了电影改编市场的巨大利益的甜头,开始从创作根源上直接将目光锁定在电影创作。为了让自己的作品更好地适应电影要求,作家们开始频繁使用电影剧本的叙事手段,将视觉效果放在首位,情节内容的抉择上也更加符合电影的拍摄要求。与以往不同,这些文学作品的出世并不单是为了文学艺术的传播,其更重要的目的是改编成电影,最终谋取利益。这种以电影逻辑为主的文学创作,其文学本身艺术价值的丢失可想而知。

  金惠敏曾提到,图像是电影的语言与本质存在,无图像则无电影;而文字是文学的语言与必须存在。倘若语言文字在媒介化社会的促使下,逐渐失去了自身价值的判断,沦为了描述图像成品的工具,那么文学的存在就只剩下电影剧本的前身这一个功能了。将电影呈现作为终极目标的文学写作,不仅失去了对纯文学的价值追求,而且失去了文学本身的鉴赏价值。在文学与电影的利益交织中,终究是作为新兴媒介的电影占据了主导权,文学成为电影创作的工具。电影作品需要大量观众来回本,所以其创作标准会越来越趋向于全民欣赏水平;而文学一直被认为是精英阶级的读物,若进行影视化写作,必定会增强图像性与通俗性。文字富含深度、表达抽象、具有想象力等的独特之处在图像文字的改造中逐渐消失。至此,文学自古以来的性质就完全改变了。

可以看出,媒介化社会的到来,使文学的承载媒介、作者身份、作品性质上都受到了巨大的冲击,文学活动越来越受媒介磁场的影响,开始自觉或不自觉地卷入其中,媒介在当代社会的威力的确不容小觑。

(二)电影媒介化:从电影主导到互联网称霸

20世纪90年代是电影媒介的天下,大到作为场域的电影院、录像厅,小到电影播放器的电视机、DVD等,都没有脱离为电影服务的作用。然而,这样的社会结构在互联网技术的不断普及与发展中发生了变化。我们普遍认为互联网给我们的生活带来了太多便利,这些便利涉及我们生活的方方面面。然而换个角度来讲,以互联网为主的传播媒介正在用其自身的逻辑特点与传播形式重新塑造着我们的生活,以及我们对世界的认知。媒介化社会中,社会生活的政治、经济、教育、健康、医疗等各个领域都无可避免地与媒介产生密不可分的互动关系。我们也无法抛开媒介,分裂地去谈论政治、文化、健康等之间的关联,因为所有的领域都逃不开媒介化的过程。与此同时,电影也不例外,若20世纪90年代是以电影为主导的电子媒介时代,那么从新旧之交开始,互联网凭借其强大的功能、以绝对优势霸占着主流媒介的位置,电影在这个时候就成了互联网媒介传播的功能之一。网络媒介凭借其无孔不入的包容性,迅速将电影包围,迫使多年以来已形成规模的电影制作、传播、营销等方面的运行机制做出改变。在这个万物皆媒介化的时代,电影也不可避免被媒介化。

1. 电影载体的网络化

互联网到来以前,电影的承载媒介是单一的、固定的。20世纪90年代电影的播放需要有专门的放映机器与幕布,在胶片时代还需要专业的电影放映员。不仅如此,当时的电影还依附于庞大的场地,电影院是一个面积大、容量大,具有公共性质的场所。光碟时代的到来,再加上1996年中央电视台电影频道的正式开播,使电影终于突破场地限制,开始入驻家庭影院。电视机普及后,电影的播放虽不太受场地的控制,几乎可以在每个家庭的客厅播放,但有固定的时间约束,一旦错过播放时间,很难再找到回放资源。综上,在网络媒介发展以前,电影在一定程度上受到了时间与空间的限制。

互联网时代的到来,不仅带来了计算机技术,而且带领着网络技术飞速发展,同时催生了媒介融合。不同于20世纪90年代的纯技术普及,这个时代以互联网为基础的技术创新让网络传播媒介更加强大,笔记本电脑、平板电脑、智能手机等不断更新换代,使电影在短时间内就实现了不受时间与空间限制的播放。只要携带可移动设备,观众可以随时随地打开搜索引擎或特定的视频应用软件搜索并观看想看的影视作品。21世纪前10年以互联网为媒介的电影依旧以回放电影院和电视台播出的电影作品为主。2010年前后,专为网络打造且通过互联网播放的网络剧逐渐扩散在人们视野❶,如《嘻哈四重奏》《麻辣隔壁》《屌丝男士》等。网络剧不同于传统的电视连续剧,其审查门槛、内容选择、时间选择等方面都更加灵活,因此广受业界欢迎。

2016年,以抖音为代表的应用软件在国内刮起了一阵短视频风潮,搞笑类、情感类、旅行类、治愈类、田园类等各种风格数不胜数。人们在工作闲暇之余,终于有了可以打发碎片时间的娱乐方式。短视频盛行背景下,许多博主抓住了受众娱乐时间碎片化、很少有时间观看完整电影,开始对电影作品下手,进行短视频化处理,他们将两个小时左右的电影剪辑成10分钟左右的短视频,将每集45分钟左右的电视连续剧剪辑成两三分钟一集的小短片,再加上画外音解说的配合,可以基本满足既想关注剧情、又无法观看完整电影作品的观众的需求,电影解说片应运而生。然而,这种风格的电影片段,仅仅可以作为获取剧情大概信息的工具,电影中的艺术价值在碎片化剪辑中已经消失得无影无踪。

由此可以看出,电影的媒介化过程是不断深入的,从借播平台到主创平台,从全集播放到解说短片,互联网正在以温水煮青蛙的方式不断打破着电影从制作到传播、接受过程中的各种传统机制。

2. 电影艺术的"后现代"化

信息化社会的不断深入,将人类从工业社会带到了后工业社会,相应的社会文化思潮也由现代主义转向了后现代主义。作为高度信息化社会的产物,后现代社会充斥着现代高科技的身影,随着以互联网为代表的高新技术不断深入

---

❶ 李孟阳,孟洋. 我国互联网影视产业发展研究——评《中国网络影视发展报告(2020)》[J]. 广东财经大学学报,2022(1):112-113.

并环绕着社会活动的各个领域,全球化进程加速发展,整个社会活动的行为准则与人类的心理机制都受到了巨大影响❶。在这种社会背景下,电影的发展也逐渐走向后现代主义风格。

  首先,戏说经典、戏说历史电影作品层出不穷,这种荒诞无稽、缺乏深度的作品占据了太多观众的视野,让人眼花缭乱,模糊了对"经典"二字的判断标准。其次,在以好莱坞大片为代表的西方影片的影响下,中国导演开始关注影片的特效技术层面,在这种状态下,艺术只能退位给科技,科技成为决定影片质量好坏的重要标准。在眼花缭乱的国内外电影市场的影响下,中国观众也从之前对影片内涵的追求转向了对视觉效果的追求。2016年同时上映的好莱坞大片《美国队长3》和中国艺术片《百鸟朝凤》两部电影,经常成为业界和大众的谈资。《百鸟朝凤》是中国导演吴天明带领团队不惜代价历时八个月精雕细琢的佳作,充斥着对中国民间艺术的尊敬与对中国文艺电影的致敬,其艺术价值非常高。而这部好莱坞大片看似炫酷,实则正是用迷人眼球的特效技术掩盖了其内容的空虚、没有深度的事实。可惜的是,《百鸟朝凤》无论是院线排片还是最终票房,都远远不如《美国队长》,可见中国电影市场的"叫好"与"叫座"问题依旧没能平衡。

  通过对上述现象的描述我们可以看出,后现代社会在全球化发展的同时,社会文化与人们的审美标准也越来越同质化。中国本土的民族特色影片越来越少,即使上映也达不到票房标准,这就形成了恶性循环。张艺谋等第五代导演也从本土寻根类电影转向了对国际电影标准和价值观的靠拢,中国的民族文化要想靠电影传播出去也愈发困难。再者,不仅中国电影,中国的大量电视综艺节目也靠着引进和模仿在国内掀起一阵又一阵收视高潮,引进类型也颇为丰富,如以《非诚勿扰》为代表的相亲类节目;以《爸爸去哪儿》为代表的明星亲子类节目;以《奔跑吧兄弟》为代表的户外竞技类节目;以《再见爱人》为代表的离婚观察类节目等。

  回到电影与文学的互动上,在20世纪,抛开是否忠于原著的思考,电影作

---

❶ 戬海峰,田义贵.观影空间的媒介化转型、认知路径及其后现代文化表征[J].北京电影学院学报,2022(3):57-64.

品几乎脱胎于文学作品。而后在新世纪,受国外(特别是好莱坞)影片制作的影响,中国也掀起了一阵以导演为主体的编剧创作模式。如张艺谋的《英雄》(2002年)、《十面埋伏》(2004年),陈凯歌的《无极》(2005年)等,这些影片均为原创剧本拍摄,彻底摆脱了对文学的借鉴。然而,没有了文学做支撑的电影作品,在艺术造诣与精神内涵上显然有些捉襟见肘,于是时隔多年,导演又开始在文学中汲取电影的养分,如张艺谋的《金陵十三钗》(2011年)。不仅如此,市面上的电影作品同质化非常严重,一个题材的火爆(如穿越剧、宫斗剧、言情剧)往往会引起同行的注意,接着大批换汤不换药的电影作品就会出现在观众面前,直至观众审美疲劳。

总而言之,在互联网的急速发展下产生的后工业社会,对电影人的冲击也是巨大的,他们致力于改变传统的作业方式,以票房为目的,过于追求视觉艺术。而反观电影作品,艺术价值缺失、缺乏个性、缺乏深度的电影比比皆是。不仅如此,如今的电影制作经费不是以电影拍摄为主,而是大量花费在邀请明星、后期特效、宣传工作等次要环节上。可以说,整个电影行业都随着社会媒介化的深入、后工业社会的引导而不断更新着自身的运行机制。

3. 电影周边的产业化

电影的周边产业指的是版权所有者将电影本身之外的附加值进行最大限度的开发,以产生出各式各样的衍生品,目的是将电影上映所产生的价值转换成资本。电影作品的周边产品其实在20世纪就已经存在,但是这些周边产品当时仅限于与电影相关的小物品。21世纪迎来了电影业的繁荣发展,这不离开电影产品技术的升级:在制作的发展方面,数字化的制作技术不仅更加环保和节约成本,画面的清晰度也越来越高;在播放器发展方面,电视机整体体积越来越轻便,画面却越来越大,电影院技术也不断更新换代,3D影片、IMAX影厅等不断发展,还有投影仪的家庭化,使家庭影院模式不仅停留在20世纪90年代电视机层面,而是更加接近电影院体验的模式升级。

这些技术的发展带给了观众更加沉浸式的观影体验,同时也给电影周边产品的产业化发展带来了契机。沉浸式的感官体验使人们对剧中的各种人物形象、道具物品,以及拍摄环境更加关注,从而爆发想要拥有的想法,最终促使购买欲的发作。比如,漫威电影爱好者很难不喜欢关于漫威的英雄人物(如蜘蛛侠、钢铁侠、美国队长等)的手办、乐高等,部分影迷甚至会收集成瘾,从而不满足于桌面玩具,巨额购买1∶1定制版人物❶。如果说以上这些仅限于产品模式,那么环球影城一定是一种产业化的可持续发展模式,环球影城原为好莱坞电影的拍摄基地,但随着时间的推移,这里成为好莱坞影片爱好者了解电影制作、回顾电影经典片段的游乐园。2021年,北京环球影城刚刚开业门票就一抢而光,人满为患的场景一下持续了几个月,到了淡季客流量才逐渐减少。这种关于国外影片促进产业发展的例子还有很多,例如因为对《哈利·波特》系列电影的痴迷而爱上了所有与之相关的周边产品,因为对迪士尼电影的喜爱而爱上了迪士尼乐园,因为喜欢宫崎骏的电影而促进了日本旅游业的发展等。

在中国,这些电影周边的产业化虽晚于国外,但也在不断进步着。有些体现在电影形象对游戏产业的延伸,如电影《无极》,除了传统的影音制品、布偶玩具、邮票印刷外,还改编成了3D版的大型网络游戏。还有些体现在旅游业的发展:首先,同国外一样,中国的影视作品也带动了影视拍摄基地的爆火,如电影《龙门客栈》带火了嘉峪关长城第一墩影视基地。当然,还有像横店影视城这种多部剧情拍摄地也因剧情的火爆、明星的聚集而成为热门景区。其次,影视的拍摄也带动了各地旅游业的发展,如电影《从你的全世界路过》使稻城成为年轻一代向往的旅游景点。除此之外,还有对影视剧中出现的服饰、化妆品、美食等实物消费的促进,这种推广效果会比直接的广告效应更加强大。

由此可见,以电影为中心的整个产业链正在与媒介产业的互动中逐渐完善。但也不得不承认,这种发展与对电影媒介化的依赖呈正相关模式。也就是说,媒介在不断促进电影产业发展的同时,也在悄无声息地拓展着自身的影响范围。

(三)受众媒介化:被规训的文化互动

如今我们的衣食住行均离不开媒介的使用,可以说媒介已经贯穿了我们的思维模式和行动范围,我们也必须在媒介技术所引发的媒介制度下活动。在整个媒介化进程中,作为文学与电影的受众,当然也不得不受媒介逻辑影响,遵守媒介规则。

---

❶ 王贤波.当下国产影视动漫产业化发展现状与思考[J].电影文学,2022(1):45-51.

1. 文学读者的媒介化

在新千年以前,文学爱好者们的读物就是印刷文本,若要定向找一本喜欢的书籍,其寻觅的地点也仅仅是各个城市大街小巷的图书馆、书店与书摊。若这本书恰恰停止印刷或出售,读者需要耗费的精力则更多,甚至还有无迹可寻的风险。新千年后,网络技术给阅读者们带来了福利,不仅是网络原创小说的丰富,传统书籍也逐渐形成电子版本被上传至网络,在这逐渐发展的过程中,读者的思维也逐渐发生了转变——对网络阅读的依赖越来越强。

21世纪之初,读者们会将网络阅读作为纸质书的补充,实体书店依旧熙熙攘攘。随着技术的不断更迭,手机的功能越来越强大、屏幕越来越清晰,再加上手机阅读软件的不断升级,读者们在不断适应的过程中,开始向电子书籍靠拢,这个时候,实体书业已经开始进入紧张状态。2013年,美国网络商务电子公司亚马逊旗下的电子书阅读器

Kindle在中国正式上市,这个阅读器凭借轻巧的外观和接近于印刷体(泼墨式)的屏幕,再加上绿色环保且经济实惠的营销口号,使得其在中国阅读爱好者中受到了极大欢迎。不仅如此,还引发了一部分非阅读爱好者的读书欲。此后,小米多看、iReader等各种品牌的阅读器也逐渐出现在人们视野。电子阅读器的不断发展,加上智能手机时代阅读应用软件(如微信读书)的不断加持,使得网络电子文学一度将实体书店市场挤得频频陷入倒闭风险。

如今,在地铁上、公园里、咖啡厅等闲暇之地,我们很少可以看到有人拿一本厚厚的书在阅读。因为人们已经可以做到轻装出行,随时随地都可以打开手机或阅读器进行阅读。然而我们必须承认,在书籍的网络化时代,我们阅读书籍的深入感大不如前,因为电子产品其他的多功能性很难让我们沉浸下来去享受书中的快乐。所以,媒介化给我们带来便利的同时,也摧毁着我们对传统活动的认知,这需要我们有所警惕。

2. 电影观众的媒介化

媒介融合时代给观众带来了不一样的观影体验。这种体验首先体现在电影技术本身,3D、VR等技术的出现,使观众从对电影艺术本身的需求转向对视觉感官欲望的满足;其次体现在对电影作品的片段化阅读,短视频的到来满足了人们碎片化时间的需求;也带动了电影解说的产生与发展。然而,这种观看并不是将电影作品当作艺术进行鉴赏,而是对剧情要点的快速阅读。人们在这样的观影模

式下去接受一部电影,虽节省了时间成本,却失去了欣赏电影的意义。

究竟是社会的需要带动了电影作品不同呈现模式的出现,还是媒介技术的产生与发展影响和推动着受众思想意识的变迁。对于这部分的探讨,我们可以回到文首所提到的现象去思考,如今垃圾电影的增多,是否仅仅取决于观众审美的低下?答案显而易见,当然不是。从20世纪90年代开始,中国影视界就陷入了资本的圈套,票房成了电影人考虑和追求的重点。加上后来国外大片的引入,对中国本土电影市场产生了冲击,以及中国导演对国外大奖的渴望,使得中国电影人没站住脚,慌乱之中就开始模仿国外电影的视觉特效,从而渐渐丢失了对中国本土影片艺术的坚守。然而,好莱坞等国外大片正是利用影片传播手段,对中国文化造成冲击,从而实现自己的文化入侵。

彼时,中国电影界在坚守自我文化的同时寻找吸引观众的方法,才是自救的根本办法。其中虽也有像《唐山大地震》这样虽借鉴国外灾难片的拍摄,却不失艺术品位和社会价值的优质作品出现,但与20世纪八九十年代相比,影片的艺术性与思想内涵的确下降不少。一时间,中国的电影市场都充斥着没有思想深度的青春爱情片、英雄主义浓厚的灾难片、空有娱乐的搞笑片等。在这样的市场氛围下,观众很难不往视觉化、肤浅化发展,从而,因艺术片的逐渐缺失而丧失欣赏艺术的能力也不难理解,像《掬水月在手》这样的文艺片遭遇电影票房的冷遇也是意料之中。

在媒介化社会,我们更要对媒介保持清醒的认知,电影的制作与传播虽然离不开媒介的鼎力相助,但终究技术要为电影服务,而不是滥用技术,使得电影作品成了炫技手段。归根结底,若要挽救中国本土的电影市场,一味去迎合受众审美是行不通的,因为这不仅没有从根本上解决问题,还使得中国电影的艺术价值越来越低,从而与观众审美的降低形成一种恶性循环的模式。因此,要在艺术坚守中做出创新,在对观众的迎合中做引导,在不断发展中形成中国电影特色。让中国电影成为中国文化的传声筒,让世界都见识到我们上下五千年中华文明的博大精深。

第二章

文学作品电影改编的叙事转换

电影自诞生以来就与文学紧密相连,电影以文学为翅膀翱翔于光影之中,自从电影诞生之后,其最理想的美学资源就是文学。从某种意义来说,作为空间艺术的电影和作为时间艺术的文学,以各自的叙事结构为基础,描述着对现实的观察和人性的思辨,在这一过程中"文学借助语言描绘世界,而电影不需要。电影直接呈现自己"。两种艺术用不同的媒介散发着各自的魅力,但同为讲故事的艺术,叙事是它们最基本的功能,叙事性是联结彼此的桥梁和纽带。

第一节 文学作品电影改编的叙事转向

文学作品的电影改编作为一种融合性文化的代表,在媒介融合的影响下逐渐衍生出两种完全不同的跨媒介文本类型,其中文学作品电影改编"跨媒介叙事"更是在文本间性及文本空间上相较传统文本呈现出明显拓展性意义。

一、文学作品电影改编跨媒介叙事的诞生语境

媒介技术及互联网的不断发展,打破了以往泾渭分明的媒介叙事形态,加速了媒介融合的进程。媒介融合所代表的不仅是技术上的变迁,还有文化上的变迁,它将叙事活动中的生产者、接受者以及媒介载体紧密联系在一起,为文学作品电影改编文本的跨媒介创作提供了催生环境。

(一)外在融合:媒介技术与产业

媒介技术发展是不断融合渐进的,新旧媒介在历史长河中的相汇并不是一个取而代之的过程,而是一种相互交流的过程。也曾有人担心电影的诞生将会取代戏剧舞台,电视的出现将可能导致广播的销声匿迹,但长时间的实践证明,新型媒介的诞生并非一种技术上的取代,更多的是一种新的文化显现;旧媒体

也并非会因新媒体的产生而逐渐消亡,而是在一定程度上将会出现地位与作用上的变化。这种地位和作用上的变化确实会使旧媒介产生一定的焦虑与危机,以往由于技术的限制,人们并未能找到将二者更好地结合的办法,但随着数字网络技术的快速发展,曾经单一的媒介服务逐渐被打破,媒介与服务对象之间一对一的关系开始被改写,传统媒介与新媒介在数字技术的推动下逐渐可以实现功能一体化,从而为新旧媒介产业及技术的融合提供了可能性。

互联网与手机等移动客户端的快速发展不断冲击传统媒体产业,原本的媒介场域开始形成新的转向与变化,传统媒介产业的市场份额急剧流失,促使其不得不打破原本坚固的保守产业壁垒开始寻求与新型媒介的相交融合。通常我们所说的传统媒介一般指广播、报纸、电视、电影等传统纸媒业与实体媒体业。而新媒介则是指借助互联网迅速崛起,以数字网络为载体,依靠无线技术迅速实现跨越地域、时间、空间讯息交流的数字媒体技术及平台,它们的出现不仅极大程度上扩展了媒介的内容与传播形式,也使人们的消费模式、观念及信息交流途径产生改变。"从本质上讲,媒介融合首先是一种技术结合,是两种或两种以上的传播技术融合后形成的某种新传播技术,融合后形成的新媒介的功能大于原来各种媒介功能的简单加总。"数字化媒介技术为整合图像、文字、音频等媒介提供了有效载体,并逐渐在发展中模糊了传统媒介与新媒介之间的边界,内容的生产与消费不再分割于不同媒介平台,而是逐渐融于一处。微博、贴吧、抖音等社交媒体的兴起以及移动客户端的普及也促使媒介不再受制于空间限制,得到最大化的自由与解放。

此外,数字媒体技术的出现也对传统媒介产业采编播一体化的生产模式形成一定程度上的冲击,"数字融合市场正在逐步取代传统媒介行业的垂直一体化生产模式,导致传统媒介行业垂直一体化结构逐渐解体,媒体行业融合繁荣的机遇逐渐显现出来"❶。这种媒体所有权逐渐走向兼并与集中的新型管理模式,将内容编辑与宣发消费融于一体并逐渐探索开展更多内容与生产协作的渠道,在目前媒介融合的背景下,这种融合与扩张的生产制作方式也逐渐成为媒介平台与传媒公司的发展方向。

---

❶ 金永成,金晓春.数字媒体时代的媒介产业融合:产业经济学视角的分析[J].新闻界,2010(6):3-5.

(二)内在融合:融合文化趋势

数字信息技术与互联网的发展不仅促进了外在媒介产业技术的融合,也对受众群体及电影产业文化产生了极大的内在影响。新媒介与移动端的发展最大程度增强了受众媒介使用的"无位置感",这种信息多渠道、多端口的传播与互动方式使受众逐渐经历了从全盘接收信息到部分接收信息,再到基于特定需求使用信息,直至参与媒介互动并进行再生产实践的动态关系变化,从而使其主体性与参与性不断得到增强。因此"融合改变的不仅是现有的技术、叙事文本以及受众等因素之间的关系,同时也鼓励消费者获取新信息,把分散的媒体内容联系起来"❶。

詹金斯在《融合文化:新媒体与旧媒体的冲突地带》一书中将当下多种媒介平台之间的内容流动,媒体产业之间的协同合作行为以及受众的参与迁移行为称为融合文化,并对参与文化、集体智慧与媒介融合展开讨论,进一步扩展了人们在媒介融合背景下对于融合文化新的认识与理解,为电影产业生产提供了一种全新的文本建构思路。

在融合文化视阈下我们可以看出曾经的受众已经逐渐转型成为文本"参与者",并与文本建立了一种新的消费关系,受众的消费者角色与权力都发生了变化,并在文本参与过程中开始不断与其他参与者建立联系,借助新媒体平台共同进行一定内容的创作与分享,甚至通过集体智慧与力量对文本建构产生一定程度上的反向影响。正是基于当下这种融合文化的不断发展与增强,电影逐渐衍生出与当下新媒介场域发展更相融的新方向与新类型。

二、文学作品电影改编跨媒介叙事的类型划分

以文本编创为核心的文学作品电影改编正朝着两种不同的文本类型方向发展。但在当下的文化与媒介语境中,很多人并未厘清"跨媒介改编"与"跨媒介叙事"的区别与联系,仍将跨媒介叙事简单等同于传统文本改编,但实际在媒介融合视阈下,这种新型生产模式与叙事策略相较传统文本却具有更强的扩张性与共世性,并呈现出明显的文本空间扩展。

(一)单项文本改编

跨媒介改编是最为常见的一种文本类型,它基于"源文本"故事——这种源

---

❶ 程砾瑶.融合文化视野下的跨媒介叙事现象研究[D].大连:辽宁师范大学,2021.

文本类型多样,但往往以文学作品为主要改编对象——借助不同媒介载体,结合不同媒介特点和表达目的,通过对"源文本"进行重新编辑进而转化成以电影、电视等其他媒介为载体的新作品。

一直以来文学与电影之间存在一种天然的亲缘关系,在电影艺术并未出现前,文学一直占据了人类精神生活的重要位置,它长久以来所积累的艺术财富为之后的电影、电视艺术创作提供了源源不断的创作素材及灵感。

在文学作品的改编初期,文学作品的艺术性往往能够得到较好的保留,《红高粱》《大红灯笼高高挂》等经典文学改编影片仍将文学作品的思想及艺术价值放在首位,文本的文学价值远远在电影的商业价值之上,但随着社会经济和电影产业的快速发展,电影的经济与商业属性逐渐成了电影生产者们的首要考虑要素。

2014年粉丝经济成为电影市场的热门话题,《小时代》等影片的票房成功促使大量具有一定知名度的网络文学和经典文学作品成为国内电影公司进行跨媒介改编的首选。一时间改编作品井喷式涌出,主要可以分为以下两种类型,第一种是基于"源文本"人物、情节、叙事脉络具有一定同质性的跨媒介改编,例如《花千骨》《三生三世十里桃花》《微微一笑很倾城》等著名网络文学作品改编而成的影视化作品,这类作品基本遵循原著的情节要素与故事脉络,依赖于原著观众的情感经济,无论播出前或后都具有较强的关注度,是否做到最大程度还原"源文本"成为大多粉丝观众评判跨媒介改编是否成功的标准,而如何满足观众的期待、获取最大的经济效益则往往成为生产制作方考虑的首要因素;第二种则是基于"源文本"人物形象、故事背景或情节元素进行戏仿或重塑再创作的全新故事文本,如《大圣归来》《大话西游》等电影文本皆是源于对经典文学《西游记》的改编,这类文本相较前一种类型而言,新故事文本的编创很少受到观众影响,其往往脱离于"源文本","在保留传统IP中经典元素的基础上,对人物造型、人物性格及其关系进行现代性转化,赋予传统IP新的生命"❶。但无论是以上哪种类型,其根本上仍是对"源文本"故事本身的单项改编创作,并很少与其他不同媒介作品产生联系,只是在故事叙事中进行不同程度的情节复现,更多是一种版本演变的形式呈现。

---

❶ 宋凯.叙事重构:近年我国传统IP动画电影探究[J].当代电影,2021(1):160-164.

（二）多重文本共建

2003年亨利·詹金斯首次提出了"跨媒介叙事"的概念，指"一种通过多媒体平台传播故事并吸引受众通过多媒体平台积极参与到故事情节的接收、改编和传播过程中去的叙事策略"❶。此概念将受众接受与文本叙事紧密地联系在一起。叙事文本的建构对象更多转向了对"故事世界"的搭建，通常以电影作为整个跨媒介叙事的故事开头，并结合不同的媒介特性通过漫画、游戏、文学作品等不同的媒介载体进一步展开详细论述，将整个跨媒介故事横跨多种媒体平台展现出来，其中每一个文本都对整个故事做出了独特而有价值的贡献。它们往往可能并没有"源文本"或是对于"源文本"的依赖性相对更小，例如《黑客帝国》《唐人街探案》等皆是一种自上而下的原创故事文本建构，而《复仇者联盟》《鬼吹灯》等则是通过对文学作品等"源文本"的叙事元素及人物设定进行有目的的选择与编排，在原有的故事文本基础上重新进行改写与梳理。

因此，跨媒介叙事不是对某个具体故事的改编及续写，而是由众多媒介文本相互作用、共同扩展的"故事世界"。这些共同构建跨媒介故事世界的多重文本之间具有很强的互文性，"每个文本都不是孤立存在的，都会受到前文本的影响或者对后文本产生影响，文本之间相互参照、彼此影响、形成一个连接过去、现在、未来的巨大符号网"❷。

此外，除了不少学者所指出的"互文性"外，在跨媒介叙事中还存在一种更为重要的"共世性"（in-one-world），这种"'共世性'对创作者来说意味着对故事世界的扩展，对消费者来说则意味着对故事世界的探索。"詹金斯曾提出"协同叙事、合作著述和参与式文化"是跨媒介叙事所呈现出的典型特征，而相较于"互文性"所强调的不同文本间的相互映照与引用，"共世性"更为符合詹金斯所提出的这种强参与和强探索性的故事世界特征。"共世性必定是互文性的，但互文性未必一定是共世性的。二者的关系是包含与被包含的关系——共世性被包含在互文性之中，是互文性的一种。"❸ 具有典型"共世性"特征的跨媒介叙事文本，虽然文本之间彼此相互映照，但必须首先建构稳定、完整的时空及世界

---

❶ 晏青,杨莉,杨娇娇.电视剧跨媒体叙事的转向与逻辑[J].中国电视,2017(8):14-18.
❷ 罗立兰.符号修辞：基于IP电影的跨媒介互文传播解读[J].东南传播,2017(5):8-10.
❸ 施畅.共世性：作为方法的跨媒介叙事[J].艺术学研究,2022(3):119-131.

观,每部作品独立成章并与其他作品相辅相成,以同一个世界观及法则为核心,以此来建立具有一定独立性的文本想象空间。其次,这种文本的构建更像是创作者不断绘制更新的故事"地图",创作者在绘制中必须保持多重文本间的稳定性与连续性,结合不同的媒体特性不断对"故事世界"进行丰富与扩展,并通过高勾连的叙事创建出新的意义。此外,创作者利用叙事设置伏笔,激发观众探索不同媒介文本的欲望,进而不断扩展故事边界,而观众作为"地图"的使用者则可以自由穿梭于不同媒介之间与文本形成有效互动,从而呈现出较强的"参与性"。

三、文学作品电影改编跨媒介叙事的文本特征

鉴于跨媒介叙事所呈现出的这种"共世性",在某种意义上其所建构出的"故事世界"其实可以被统称为一个共生共享的文本空间。而跨媒介叙事的符号语言,则是基于各种媒介符号语言的融媒体符号语言(或者说跨媒体符号语言系统),其所构建出的叙事意义不再受限于原有文本,而是被受众不断解码与编码,从而重新赋予其新的意义。因此,电影跨媒介叙事文本相较于传统文本在叙事意义及与现实的连接上都呈现出一种明显的扩张性。

(一)跨媒介叙事的"文本间性"

约翰·菲克斯所提出的"文际性理论"是一种基于"文本间性"的文本接受观,此理论指任何文本与赋予该文本意义的知识、代码和表意实践之总和的关系,这些知识、代码和表意实践形成了一个潜力无限的网,文本是众多文本的排列和置换,在一部文本的空间里,取自其他文本的陈述相互交汇与融合[1]。此外,约翰·菲克斯还将文本划分为三个等级,"初级文本""次级文本"及"第三级文本",并从"水平文本间性"及"垂直文本间性"横纵两个类别方向进行分析。这两种类别分别以各种不同形态存在于电视文本之间,而文本接受行为的实现及接受过程中文本意义控制与反控制的发生,都要以此文本间性为基础。文学作品电影改编跨媒介叙事的初级文本正是在这样的文本空间内拥有了一定的表意实践。因此,其文本意义的发生与接受就不再是文本内部结构的自我运动,而是在文本间性作用下,文本与他者文本、接受主体之间的一种平等、自由的相互指涉。[2]

---

[1] 郭宁.IP电影与粉丝文化[J].视听界,2017(2):76-79.
[2] 李鹏.论"文本间性"思想与约翰·费斯克电视文本接受观[J].国际新闻界,2012(12):46-52.

在媒介化社会学看来,媒介是一种由形式、制度及技术所构建出来的意义空间。"这个空间在观念的传达上具有明显的侧重、强调和偏向,它向其使用者展开在特定空间中才可视和可理解的意义,而其使用者在这些空间中的意义生产和消费又会不断带动意义空间的开拓与转型。"❶而对于跨媒介叙事"文本间性"的考察,正是将文本放置于一种开放、交互的意义空间中,打破了传统静态、封闭结构的全新文本观念,冲破了传统结构主义文本二元关系模式,这种叙事空间与媒介空间、生产者与生产者的交织关系也是传统文本所不具备的。

在跨媒介叙事中,约翰·菲克斯所提出的"水平文本间性"可以被视为是在同一个跨媒介叙事文本空间内的不同初级文本所具有的互文性联系。此处的"初级文本"是指由制作方直接生产而成的电影最初文本。作为一种多重文本高勾连的互文性叙事,其初级文本在进行生产时,便被赋予了某些特定要素,其叙事符号相互勾连、相互补充。受众在进行文本观看的过程中会受到以往的观看经验影响,从而跳脱出正在观看的单个初级文本,自发将具有特殊意义的叙事符号与其他初级文本相关联,建立具有一定共享意义的"水平文本间性"。

而"垂直文本间性"则是指初级文本、次级文本及第三级文本之间的相互作用关系,"次级文本"及"第三级文本"则是对于跨媒介叙事文本空间中单个初级文本的意义补充。受众在观看时受到"垂直文本间性"的影响,打破了以往单项文本的定向信息接受模式,转向探索文本空间内多个初级文本之间的符号意义,并在游走过程中赋予其情感及经济意义,不断实现解码与编码,这种充满了角力与对抗意义的"垂直文本间性"推动了受众在进行"初级文本"解读的过程中水平文本间的媒介游走行为,促进了多媒介平台间的共同叙事,也进一步增强了受众对于文本的心理及想象空间建构。

(二)多媒介协同叙事下的文本空间

在媒介融合语境下,跨媒介叙事作为一种多种媒介共同协作的叙事方式,从根本来说其实是一种基于一定经济及商业化考虑的组织性叙事实践。不同于以往传统文本的独立分发,创作者更乐于将跨媒介叙事视为一种整合系统,在创作过程中"内部各部分协作与外部整体呈现联动态势:各个组成部分承担

---

❶ 胡翼青.显现的实体抑或关系的隐喻:传播学媒介观的两条脉络[J].中国地质大学学报(社会科学版),2018(2):147-154.

着不同的职能,共同表现出系统对外的特性"❶,而不同媒介平台则成为该文本不断推陈出新向外扩展的叙事载体。跨媒介叙事正是借助这种叙事力量,利用叙事技巧将不同媒介文本及故事内容进行衔接,使"故事世界成为聚合系文本的聚合轴,并包含了一切可供文本发送者选择并被接受者理解的成分与元素"。在此聚合轴之下跨媒介叙事所构建出的叙事空间被划分为多个分支,分支又拥有各自完整的故事与线索,以不同的生产传播目的分散于不同媒介载体之中,在独立成章的同时结合多种类型元素展开叙事,使每个分支可以在系统的组织下保持对该"故事世界"的统一且多元化的内容输出,从而对整个叙事内容及文本空间不断进行扩展。

在"唐探宇宙"中,作为其首部作品的电影《唐人街探案》最初定位于老少皆宜的家庭电影,并结合了典型喜剧电影的经典元素,一经上映便斩获8亿票房大获成功,但导演并未止步于此,而是在接下来的作品中以"CRIMASTER世界名侦探排行榜"为核心叙事线索,通过不同媒介之间的协同叙事引出"CRIMASTER世界名侦探排行榜"上除主线人物外的其他侦探故事,使之相互关联,在每部作品独立成章的同时又相辅相成共载一个叙事空间。同时,为最大限度吸引不同喜好的受众进入该"故事世界"中,创作者将各媒介平台特点、叙事元素与类型化的叙事风格相结合,通过类型化与多元媒介相结合的叙事方式开发出网剧《唐人街探案》、漫画《唐探:不详的记忆》、游戏《侦探笔记》等作品,逐渐形成多元化的"唐探宇宙"文本空间。由此可以看出"这样的跨媒介叙事其实是对内容资源的有意识挑选与匹配,并经由这种挑选与调配,营构一种意义与关系汇集的空间。"❷而在这种文本空间的建构中,不同的媒介结合自身的特性对"故事世界"中的叙事要素重新进行汲取、利用及组装,在源文本叙事符号的基础上不断进行增生和创造,从而对"故事世界"的原有边界进行扩展。

此外,这种"故事世界"或叙事宇宙,作为一种概念随着跨媒介叙事的出现完全展开并获得了它的特异性,它以跨媒介文本空间为主要场所建立了叙事要素之间的基本关系,通过玛丽-劳拉·瑞安所提出的"叙事增生"方式,利用多个故事共同打造一个世界,使受众可以在任何时间地点随时进入"故事世界",加

---

❶ 潘智欣.走向游戏学:跨媒介叙事的问题与方法[J].电影艺术,2022(3):53-60.
❷ 刘煜,张红军.遍在与重构:"跨媒体叙事"及其空间建构逻辑[J].新闻与传播研究,2019(9):26-37.

强了受众与虚拟文本空间的联系与互动。受众在观看过程中，因深入叙事的发展而成为该故事世界的用户，并持续沉浸式穿梭于各个媒介文本之间。文本创作者不断通过叙事引导和建构受众的想象空间，而受众的消费及游走参与行为也进一步加深了虚拟"故事世界"与现实的联系，使文学作品电影改编跨媒介叙事所呈现出的世界观构建及价值导向相较于传统文本具有更强的侵入性、连续性及扩展性，甚至对于受众的认知及价值认同也会产生不可忽视的影响，从而达到不断塑造受众的想象世界、延展文本空间的目的。

跨媒介叙事的文本创作已不再以故事续写及改编为主要创作方法，而是把文本叙事作为一种持续动态的建构过程，从塑造"故事"走向塑造"故事世界"，更加注重对文本框架的延伸，而并非原先单纯将故事内容进行转移。跨媒介叙事将受众探索与文本扩展相结合，通过顶层设计使文学作品电影改编跨媒介文本成为一种双向建构的文本空间——创作者利用叙事设置及线索将不同"故事"分置于各个媒体平台，通过持续性的叙事描述引导受众进行探索；受众则跟随叙事设置在不同媒介平台中进行探索游走，努力拼凑还原"故事世界"与作者意图，并在此过程中与文本形成叙事交流及互动。而促使当下文学作品电影改编逐渐从单项改编走向跨媒介叙事的根本原因则与媒介融合影响下产业技术、受众行为及媒介平台等媒介场域的发展变化有着密不可分的关系。

第二节　文学作品电影改编的叙事策略

一、叙事结构模式

电影叙事结构总体上分为线性叙事和非线性两大类。线性叙事作为传统的结构模式，按照时间的推移、情节的依次发展进行故事的讲述，是一种连贯性的有规律的叙事，一般传统文学和电影采用这种叙事模式。非线性叙事通常利用蒙太奇的倒叙、闪回、意识流等方式进行叙事，非线性叙事打破了线性叙事按照开端—发展—高潮—结尾这样一种典型的线性结构，对叙事视角和叙事结构进行调整，进而使叙事更具张力、视角更为多元、镜头更为灵活，现代电影一般采用这种结构模式。线性和非线性作为两种常用的电影叙事结构模式，对电影叙事策略的实施都具有非常重要的意义，选取不同的结构模式，会对叙事产生不一样的效果。线性叙事在开端、发展、高潮、结局的有序推进中，将人物的成长过程、情节的因果关系、故事的完整结局——进行叙事,是一种传统的稳定的叙事模式。非线性模式充分利用镜头语言的独特叙事魅力,在各种蒙太奇的转换中,有意打乱传统的叙事结构,使故事留有悬念、时空自由切换、结局更为开放。文学作品改编电影根据叙事策略的不同,对两种叙事结构模式都有选取,进而产生独具魅力的艺术特色。

(一)对传统线性叙事模式的延续

线性叙事作为一种经典的结构模式,是按照时间的发展顺序来讲述故事,从开始人物的依次出场,到发展情节的有序推进,再到高潮矛盾的集中爆发,最后到结尾故事的尘埃落定,是一种有序的连贯的叙事模式。电影的线性叙事中很少有闪回、跳跃、倒叙的出现,每一幕在上一幕的基础上推进剧情、塑造人物、强化冲突,最终完成故事的讲述。

时间跨度长、人物谱系众多、叙事结构复杂的文学作品在改编为电影时一般会采用线性叙事模式,这样才能在时间连续、脉络清晰、情节有序的时空内完成对影片的叙事,使观众更容易理解和接受。在这一模式下,情节随着时间的推移不断跟进,人物也随之出现,所有的矛盾和冲突在一个特定时间点集中爆发,继而一切归于平静,一个比较圆满或者完整的结局也随之浮现。在北影版《许茂和他的女儿们》中,影片沿着农村运动变革的阶段推动着情节的发展,各路人物也陆续出场,在主人公四姑娘婚姻问题主线情节的推动中,完成着各自的叙事。当四姑娘跳水后故事达到了高潮,之后矛盾得到缓解,随着工作组组长颜少春的离开,四姑娘重新燃起生活的希望,故事结束。

传统的线性叙事模式为改编电影的叙事提供了一条清晰可辨的路径,在起承转合的线性结构中,那些宏大的历史背景、交错的故事脉络、复杂的人物谱系等,都附着于具体情节的发展之中,镜头的呈现、光影的变幻、声画的渲染,使每一部长篇巨著在转换为电影文本时,都能焕发出新的光彩。虽然在不同导演的艺术风格之下,一些改编电影在传统的叙事模式之中,还不能完整地展现出原著所要表达的主题节奏和故事追求的精神气韵,但这也正为其他类型的叙事模式提供了尝试的机会。

(二)对非线性叙事结构的尝试

传统的线性叙事模式注重叙事文本的连贯性,从开端发展再到高潮结尾,虽然紧凑有序,但视角单一、时序固定,使叙事的艺术张力大大减弱,尤其是以蒙太奇见长的电影艺术,无法充分呈现其画面叙事的特色,而非线性叙事刚好可以弥补这一弱点。非线性叙事在时空转换中更加灵活,采用闪回、闪前、倒叙、插叙等手法,设置悬念、串联记忆、交错时空,打破线性叙事中单一的、连续的时间顺序和镜头组合,使画面更加多元、叙事更具张力、结构更为灵活,非线性叙事能充分利用电影的镜头语言和蒙太奇艺术,使观众对故事充满期待,在以往被线性叙事牵着走的故事脉络中,留有自己想象和思考的空间。《公民凯恩》《记忆碎片》《盗梦空间》《低俗小说》《疯狂的石头》系列等都是非线性叙事的经典之作。改编电影虽然多数会采用传统的线性叙事模式,但也有非线性叙事的作品,这些电影各有特色,且与原著文本的叙事结构相互呼应、紧密相连,为以后此类文学作品的改编和叙事模式的探索做出了更多的尝试。

改编电影中既有对传统线性叙事的延续,也有对非线性叙事结构的尝试,不同叙事模式的选择,相应地产生了不同的叙事效果。根据原著题材以及叙事主题、人物形象、情节线索的不同,选取能充分展现影片魅力的叙事模式是一种非常重要的叙事策略,在符合原著气质的叙事模式下才能展开对影片内容的叙事,达到预期的叙事效果。

二、叙事技巧

叙事性是文学作品和电影共有的基础,叙事的成功与否决定着作品的好坏。如何叙事,成为两种文本共同面临的问题。文学作品与电影一直以来都有共生的关系,通过文学作品可以给电影导演提供故事的材料,也可以提供叙事方面的技巧。根据叙事内容的不同,电影在时间、空间以及叙事视角的设置上,都有其独特的技巧。

(一)时间的畸变:从本事时间到本文时间

时间是叙事的基础,叙事时间作为电影叙事学中的重要概念,根据叙事内容对时间进行合理的裁剪、拼接、选取、调整等,才能完成对电影文本的叙事。叙事是一组有两个时间的序列……被讲述的事情的时间和叙事的时间。这种双重性让所有时间畸变都变成了可能,将叙事里面的畸变专门进行挑选非常正常;除此之外,要求叙事的功能还要将一种时间成功兑换为另一种时间。面对作品纵横交错的时间布局、跨度较大的时间长度,在改编为电影时对时间的畸变是非常重要的。在文学作品中人们对于时间的概念建立在有关时间提示的文字之上，作品中时间跨度较大，并且携带着众多的内容和信息，往往是主人公的成长史或者是几代人的命运浮沉，其中涵盖了政权的更迭、时代的变更以及众多的历史进程。电影对于时间的认知是直观的，可以通过画面直接呈现时间的变化，并且可以通过对时间的畸变，跨越时空完成对文本的叙事。

在文学作品文本转换为电影作品时，文学作品的叙事时间即原著时间。本文时间指的是影片放映过程中呈现的时间。在改编过程中本文时间可以理解为那些体量巨大、跨度较长、历史交错的文学作品时间，在经过镜头语言的畸变之后得到的影片的叙事时间，即电影时间。正如李显杰所说，电影叙事的"本事"时间为电影叙事的基础和保证，也是创建"本文"叙述时间的基础所在。"本文"时间主要是对"本事"时间进行扩展或者逆转，当然也可能是超越。在影片叙述过程中主要借助故事"本事"时间完成时间方面的畸变，进而形成影片的"本文"时间，构建出丰富的人物性格，叙事主题也变得更加五彩斑斓，电影世界也变得意蕴丰富。正如改编中文学作品文本是电影作品呈现的基础一样，本事时间是本文时间展开的基础，时间的畸变也是在这一过程中发生的。放映时间指的是电影观看的实际时间，也就是在电影院里面影片放映的时间，观众在看电影的时候花费的具体时间。除了个别电影外，一般电影的放映时间为90分钟到130分钟之间。有了对叙事时间的分层，我们就可以在两种文本的转换之中观察不同时间的框架和脉络，分析时间畸变的发生过程，由此了解时间叙事在电影叙事中的重要价值及具体呈现。

要想通过电影将故事讲到位，其中非常关键的环节在于对时间流程进行合理把控，对时间进行重构以及"雕塑"。时间畸变在构造的时候非常巧妙，奠定了电影对故事重心做出的合理选择，同时也表现出影片在结构以及情节方面的具体取向。

有学者说，时间重新安排使其真正成为电影里面的叙事时间，也是叙事的基础所在。在叙事结构层面上的时间畸变，可以在影片本文时间中展示多维度的叙事空间，使得叙事在时空交错中呈现更为清晰的脉络，使人物历史的交代和历史事件的展开更为具体。

无论是文学作品还是电影，时间都有其独特的叙事功能，在时间的背后往往隐藏着故事发生的时代与文化背景，时间不仅是人物命运发生变故的转折点，也是推动情节发展的催化剂，在时间背后更是蕴含着作者或导演对于文本主题的阐释与揭露。文学作品在改编为电影时,通过时间的畸变从本事时间中转换到本文时间,将时间从长篇的体量和宏大的结构中提炼出来,在具体镜头的呈现中来完成时间的叙事,这是文学改编中一种非常重要的叙事策略。

(二)空间的聚焦:从历史空间到现实空间

电影是"时空统一"的视听艺术。空间不仅是故事发生的场景,更是画面呈现的载体,而电影中时间的产生和情节的开展,一定会架构于一定的空间之上,电影里面的时间一定要有空间作为基础,然后开始进行叙事。只有将第1个画格与第2个画格进行连接,才可以形成时间。空间理论先导者列斐伏尔在个人著作《空间的生产》里面专门划分了心理、社会以及物理空间。对于电影空间,不仅包含故事发生的现实空间,如葫芦坝、白鹿原等;也包含现实空间所象征的符码空间,如《白鹿原》中的祠堂、戏台,《长恨歌》中的弄堂、公寓等。除此之外,还包括人物的心理空间。有的作者对电影空间进行划分,将其分为意义、心理以及环境等三个层次,第一层空间主要将人物活动生存的环境空间展示出来,第二层空间主要将影片人物心理以及观众想象空间展示出来,第三层空间主要对人物、社会、观众以及导演共同组成的比较复杂的意义空间展示出来。这三个空间之间并非全部独立,而是彼此交织,共同构成了电影空间的概念❶。因此,电影空间不只是叙事内容发生的现实空间,不是某一地域或者场景的单向空间,而包含了象征、隐喻以及空间中所处人物心理和想象所蕴含的多向空间。电影空间是故事的发生地,情节和人物都要在空间内开展行动、塑造形象、进行叙事。在文学作品改编为电影的过程中,对空间进行聚焦和折叠是一种常见的叙事策略,将长篇体量中的宏大架构和历史空间用镜头进行聚焦,转变为电影中的现实空间,可以使情节更加紧凑、人物更加集中、主题更加鲜明,在电影空间的转换中完成叙事。

在文学作品和电影的转换中,通过空间的聚焦确立影片的空间主体,将文学的历史空间转换为影片的现实空间,无论是对于情节的开展,人物的塑造,还是主题的阐释都非常重要。

电影空间一方面是故事的发生地,情节展开的场所;另一方面也是影片符码的象征,隐喻着导演所要表达的主题。在改编电影的空间叙事中,《白鹿原》

---

❶ 温彩云.新时期中国电影叙事研究[D].长春:吉林大学,2014:113.

所呈现的空间极具代表性。影片里面通过各种建筑共同组成了白鹿原的空间形象,如祠堂、宅院、牌楼、戏台等,这些建筑为人物活动提供了叙事以及写实的空间❶。导演通过对这些空间的聚焦,将原著中深厚的儒家文化和宏大的历史空间解构于一个个具有代表性的现实空间中,让这些具象的空间附有多种寓意,在承载人物、开展情节的同时,用其独有的符码隐喻完成空间的叙事。

电影叙事空间分为三种,分别为银幕、情节以及故事空间,也是通过银幕将现实空间进行虚幻的一种反映。电影叙事空间的作用有两个,首先主要为了创造人物活动的具体环境,其次为叙事发展做好铺垫,电影故事情节都要在空间里面开展,因此塑造人物形象与塑造空间之间的关系非常密切❷。电影《长恨歌》中的空间正是有建构人物环境,塑造人物形象的叙事功能。

龙迪勇提出,类似动画、电影以及电视等这样的叙事媒体,日常注重空间和时间,利用空间叙事学得到全新的阐释❸。电影的空间叙事是电影叙事中非常重要的部分。首先,故事发生的现实空间可以直接参与到叙事之中,为人物的塑造、情节的发展提供场地。其次,这种现实空间所暗含的符码意义加深了主题的表达、深化了人物的形象,使电影在画面叙事中取得了与文学作品一样的象征和隐喻功能,进而使叙事走向多元。正如布鲁斯东所说,电影和文学作品给人心理上产生了一种空间幻觉以及变形的幻觉,不过两者都无法将空间或者时间彻底消灭。尤其文学作品主要利用时间逐点营造空间幻觉,电影则主要通过空间逐点营造具体的时间幻觉。文学作品的改编电影通过对叙事空间的聚焦,将文学作品中的历史空间聚焦于影片中的现实空间之中,进而使两种文本的空间得到转换,建立其影片的空间形象,将文学作品中背景复杂、庞杂松散的历史空间具象化、影视化,在呈现人物活动场景、情节发展载体的同时,完成电影空间的叙事。

(三)视角的重置:从全知视角到多维视角

电影作为一种叙事艺术,必然会涉及视角问题。视角指的是在叙事文里面,人物或叙述者与事件之间对应的状态或者位置。视角可以分为非聚焦型、

---

❶ 张阿利,张黎.漂移在文学、艺术与商业之间——评电影《白鹿原》[J].艺术评论,2013(1):36.

❷ 王清洁.论王安忆小说的电影改编[D].苏州:苏州大学,2015:45.

❸ 龙迪勇.叙事学研究的空间转向[J].江西社会科学,2006(10):67.

内聚焦型和外聚焦型。非聚焦型视角也被称为上帝视角或零度视角，这属于比较传统的一类视角类型，人物或者叙事者通过更多的角度对叙述的故事进行观察，当然也可以从某个位置直接转移到其他位置，对繁杂的群体生活进行俯瞰，对不同人物的意识活动进行窥视。在这一种视角之下，叙述者所知道的内容比任何一个人物都多，因此对于那些结构宏大、人物众多、情节庞杂的长篇巨著，非常适合从这种全知的视角展开叙事。内聚焦型视角中叙述者和人物所知道的一样多，这是一种通过人物的视角来叙述内容、展开情节的视角。电影多采用非聚焦型视角与内聚焦型视角相结合的方式展开叙事，这样既可以了解全貌，也可以展开对人物内心世界的观察。外聚焦型视角中叙述者所知道的要少于人物所知，是一种客观的、中立的、不带有情感偏向的视角。外聚焦型视角还可以给叙事者提供一定的观察视角，针对发生的事件叙事者保持冷眼相观的态度，在此基础上形成零叙述风格。

在文学作品叙事中一般会有两种视角，一种是第一人称视角，即以"我"的所见所闻来展开叙事，"我"可能是作者，也有可能是书中的某一人物，这是一种内聚焦型视角。这种视角一般多出现于抒情作品和短篇文学作品之中，如余华的《活着》等。另一种是第三人称的全知视角，这种视角无所不知，既能对外部环境进行观察，也能对人物内心进行审视，是一种全方位的上帝视角。这种视角一般出现在人物众多、环境复杂、情节多变的长篇文学作品之中。视角作为电影中一种必不可少的叙事技巧和策略，对于情节内容的展开和人物形象的塑造非常重要。叙事者从何种视角展开讲述决定着故事主线的走向和镜头画面的设置，对影片主题的展现和价值的传达具有重要的导向作用。文学作品在改编为电影时，一般是将文学作品中的全知视角重置为电影中的全知与限制视角相结合的双重视角，通过对视角的重新选择，既能在有限的影片时间中完成主线内容和重要情节的叙事，也能通过视角的转换透视人物的内心世界，多角度塑造人物形象，使其更加立体丰满。

文学作品多为第三人称的全知视角，这种视角也就是热奈特说的非聚焦型视角或零度视角。在影片中这种视角拥有非常灵活的视野，它可以在镜头的切换下自由地出入于时空之中，带领观众了解影片的每一个场景，无须借助其他语言，在画面的直接呈现中，感知剧中每一个人物的生命历程和喜怒哀乐，在与自身经历相印证的过程中获得共鸣、展开想象。正如里蒙·凯南所说的那样，全知叙述者对人物感情世界以及内心思想比较了解,同时也了解过去、现在以及未来❶。除此之外,与全知视角对应的还有限制视角。限制视角将目光转向了人物,从人物内心世界出发展现其心灵世界,这种视角带有导演的主观价值倾向。一方面将人物的行动和思想相结合,塑造了立体丰满的人物形象;另一方面通过限制的视角引导观众对主题情感的判断,形成独特的观影体验。第三人称全知视角在改编为电影时视角进行重置,一般转换为全知视角和限知视角相结合的双重视角。

文学作品改编的视角重置中,除去第三人称全知视角转换为全知视角和限知视角相结合的双重视角之外,也可将文学作品中的第一人称叙事视角转换成电影中的第三人称叙事视角或多重叙事视角。文学作品中的第一人称限制视角,通过"我"的经历和所见所闻,将"我"所知道的故事进行讲述。这一视角带有叙述者的主观情感,使读者在其引导下进入故事内部。这类文学作品在改编为电影时,为了能尽可能多地展现故事内容、梳理人物关系、凸显叙事主题,一般会将视角重为第三人称全知视角或者全知与限制相结合的多重视角进行叙事。

叙事视角作为电影叙事中一种非常重要的叙事手段,关系到人物的塑造和情节的设置,视角的不同势必会造成叙事结构的不同,进而影响主题的表达和叙事的效果。叙事角度属于综合性的指数,也是叙述的一个中心,将所有的事物以及看者和被看者的态度错综复杂地连接在一起。视角的重置,是一种非常有效的叙事技巧和叙事策略。无论是文学作品的第三人称全知视角转换为电影的全知视角和限知视角相结合的双重视角,还是文学作品中的第一人称叙事视角转换成电影中的第三人称叙事视角或多重叙事视角,对于从宏大结构和谱系众多的文学作品文本改编为以镜头语言和画面叙事为主的电影文本来说,这对于情节的开展、人物的塑造、主题的凸显、画面的呈现都具有重要的意义。

三、叙事意象

意象的本意是表意之象,意象作为附着在事物形象之上的寓意,赋予了作者的情感指向和价值传递,具有具体形象之外的叙事功能。意象属于一种主观的形象,拥有理性价值以及情感。意象属于一种抽象性的东西,具有外在性以

---

❶ 汪献平.当代电影叙事与观影心理[J].湛江师范学院学报,2005(1).

及个别性的特征,同时还具备形而上的特征❶。在电影叙事中,意象在镜头下具有特定的指向功能,在构成画面、参与情节、塑造人物的同时,承担着表达导演情感、突出影片主旨的特殊暗示。意象在电影里面通常身兼数职,可能是人物性格以及时代背景的象征物,也可能直接用来充当工具性道具,当然也可能暗示着人物命运以及情节的巨大转变,还有可能直接当作叙事的道具。❷ 此外,根据语言学家索绪尔关于符号是由能指和所指构成的研究,在叙事学中,意象中的"象"就是能指,"意"就是所指,电影中的意象具有象征和隐喻的功能。电影叙事意象的运用是一种非常重要的叙事策略,它对于影片背景的提示、主题的暗示、场景的隐喻等具有重要作用。

(一)空间象征

空间作为电影中最直观的呈现部分,是电影画面构成的基础。电影的空间意象具有非常重要的象征意义,它与影片的现实空间一道参与到叙事之中,使影片的主题更加凸显、情节更具寓意、人物更加丰满。象征通常指的是通过感性观照呈现出来的外在事物,这种事物并非以本身而言,而是暗示着比较普遍且广泛的一种意义。因此象征主要包括两个因素,第一个因素就是意义,另外一个就是意义的表现。空间意象具有其独特的象征意义,在呈现画面、参与叙事的同时,对于人物形象的塑造和影片主题的表达,都有其引导与暗示。

(二)物的隐喻

物象,简单来说就是物体的形象,是一种客观存在的实物形象。在文学中,借物言志、睹物思人是一种常见的表达形式。在具体的"物"背后往往蕴含着作者的情感寄托和主题隐喻。倘若文学意象主要通过艺术胚胎发育而成,属于长期生长的艺术生命在某个时期的意识形态的存在物,那么文学物象就属于文学意象不断发展的成果,也是文学意象的物化以及外在产物,换句话说,如果文学意象保持在物化状态,那么肯定获得了物质确定性的文学意象。在电影中物象作为一种符码而存在,它不是简单的道具和装饰,而是带有隐喻的符号,它在组成场景、建构情节的同时,参与到电影的叙事之中。在电影中物象具有强大的隐喻功能。直观的物象符号不仅能再现具体的场景,而且更善于表现对于主题文化和人物内心的暗示。通过电影中的物象,可以引发观众对其隐喻背后的深

---

❶ 游飞.电影的形象与意象[J].现代传播(中国传媒大学学报),2010(6):78.
❷ 裴培.论电影中的意象[D].济南:山东师范大学,2010.

层思考,参与到人物形象的构建和主题的深化之上。在电影中物象作为一种符码,它是事物外在形象的能指与内在寓意的所知的结合,通过画面的呈现和镜头的特写,参与到影片的叙事之中。

电影的叙事意象是一种非常重要的叙事策略。电影意象叙事主要体现在辅助人物塑造、参与情节建构、影响影片风格等方面❶。改编电影中无论是空间意象的象征还是具体物象的隐喻,都对情节的有序开展、人物形象的深化、主题的凸显起到了重要作用。由此可以看出,文学作品转换为电影时重要意象的保留,也是改编的要点之一,意象在接续两种文本主旨精神的同时,也为画面的呈现提供了展示的侧重点,进而引导观众对于影片的解读和思考。对于叙事策略的重视是非常有必要的。在改编电影的叙事中,无论是结构模式的传承与尝试,还是叙事技巧的掌握以及叙事意象的运用,都对改编质量的提升和影片风格的形成做出了有益的尝试,此后的改编在叙事层面可以沿着这条路径做出更多的探索。

第三节 文学作品电影改编的影像叙事

叙事作为文学作品和电影最基本的功能,也是联结两种文本转换的纽带和桥梁。文学作品用文学语言给予人们无尽的想象,电影则用镜头语言直接呈现着画面。影像叙事作为电影独有的叙事方式,通过画面和镜头的切换、色彩与光线的调节以及声音与音乐的加入等,呈现出它独特的叙事魅力。影像叙事也就是对电影文本进行研究,探讨如何借助影像讲述故事以及怎样对影像元素和功能进行调用,同时还要探讨叙事情节的布局和结构以及影像策略与手法的利用❷。在改编电影中,镜头的运用、色彩和光线的设计以及声音元素的加入等,共同构成了电影的影像叙事。

一、特写与全景:镜头叙事

电影是镜头语言的艺术,镜头之于电影犹如文字之于文学。电影中的主题、人物、情节等所有的叙事内容,都要落实到镜头上才能付诸画面的呈现,完

---

❶ 刘伟生,金晨晨.电影意象叙事研究[J].艺术探索,2017,31(6):113.
❷ 项仲平.影视剧的影像叙事研究[D].苏州:苏州大学,2008.

成影片的创作。在电影的影像叙事中,镜头的选取和运用直接决定着画面的构图,镜头画面里面的影像尽管属于一种直观性的展示,但是可以利用变化、调节以及设置景深和景别的方式,借助暗含、意指、演示等传达出特定的信息。因此,无论是景深、景别的选取,还是摄影机的运动方式和角度的调整都对影像叙事的效果产生着影响。其中,全景、大全景、大远景主要对外部环境以及事件发展情况进行描写;中景、近景主要对人物之间的关系、人物形体和动作进行描述;特写、大特写要刻画一些重要的细节、行为动作以及人物的内心感情。对于场面宏大、人物众多的文学作品,在改编为电影时特写镜头与全景和长镜头的运用比较普遍。特写可以从众多人物中凸出主要人物,表现人物的内心世界和情感变化;全景和长镜头可以呈现文学作品中的宏大场面和壮阔的历史背景。在影片中不同景别的选择传达出不一样的内容与信息,也形成了不一样的镜头画面和叙事效果,这对于人物的塑造、情节的开展和主题的形成都会产生重要影响。

电影中通过特写镜头对于面部的聚焦,来呈现出人物在眼神和表情变化下的内心世界的活动,以此来更加准确、深入地刻画其形象,在其情感的变化与成长中参与情节的叙事。除了特写镜头之外,在改编为电影时,全景和长镜头的运用也是非常重要的。在被称为民族秘史的《白鹿原》中,导演运用了大量的长镜头和全景镜头,在这种镜头呈现的画面之下,一种凝固的和纵深的历史感扑面而来,将观众带到了白鹿原那段壮阔的历史之中,和剧中人物一起审视着这片土地上发生的剧变。影片开始就是长镜头下翻滚的麦浪,巨大的金黄色画面造成了视觉上的冲击,也奠定了整部影片的基调。这是一部发生在土地和粮食之下的故事,劳作的人们只是一种点缀,只有一望无际的麦田才是历史的主角。长镜头主要将空间客观存在的东西展示出来,影片里面利用镜头的移动完成空间切换,将局部与整体的关系很好地连接了起来,正是由于长镜头自身的典型特征,才可以将导演想要表达的生活如实还原❶。

二、舞动的画面:色彩与光线

色彩与光线作为影像叙事的重要组成部分,不仅对于影片的画面和构图有着直接的影响,而且对于主题色彩的渲染、情节氛围的营造以及人物形象的塑

---

❶ 张晓如.评王全安电影《白鹿原》的拍摄艺术[J].电影文学,2014(4):41.

造都有不同程度的影响,并与镜头、声音一道直接参与影片的叙事。色彩与光线可以组成影像画面,也是最直接的视觉元素,除了可以塑造造型之外,对叙事来说也发挥着不可替代的关键作用❶。影片中导演对于不同色彩的使用和偏重,会对影片的主题基调和情感指向造成不一样的叙事效果。比如张艺谋的《英雄》中色彩是参与主题叙事的重要部分。暖色调一般偏重于热烈、怀旧、温情的风格,冷色调则倾向于冷静、忧郁、理智的风格。通常来讲,蓝色、绿色等冷色象征着安宁和平静,影像上相对不凸显;红色、黄色这样的暖色则象征着刺激和暴力,影像上显得非常张扬。同样的道理,光线的明暗与强弱也将形成鲜明对比,对塑造人物形象以及影片氛围都发挥着非常重要的作用。严格而言,所有视觉表象都是通过亮度与色彩产生。在电影叙事中也正是有了色彩与光影的变化,才形成了舞动的画面,使得影像在完成叙事的同时焕发出其独有的艺术魅力。电影中色彩的运用对于影片叙事基调的形成具有重要作用,而光线则主要用于人物内心的刻画,色彩与光线构成了电影中流动的画面,并参与到电影的影像叙事之中。

(一)色彩与影片基调的形成

电影这门年轻的艺术,自出现至今,经历了从无声到有声,从黑白到彩色的过程。色彩之于电影犹如颜料之于绘画,在电影发展的过程中色彩对于影片风格的形成发挥着越来越重要的作用。电影大师黑泽明的《乱》《梦》《影子武士》都是影像叙事中色彩运用的经典之作,张艺谋的《红高粱》《英雄》《影》对于色彩的运用也非常成功。影史中斯皮尔伯格在《辛德勒的名单》中对于红衣女孩的镜头,打动了无数观众。因此,在电影中,色彩最具有视觉冲击力,也最能引起情感的波动,表现人物的意绪。色彩浓淡深浅之间的搭配,可以给人带来强大的视觉冲击,也可以感受到紧张、冷酷或者热烈,使电影的环境氛围、主题以及人物性格变得更加饱满❷。色彩的合理把握和布局对于影像的叙事基调的形成具有重要作用。

电影色彩属于光影与颜色之间的结合体,就像演奏的华丽篇章,使观众情感不停起伏,心灵得到辐射。与绘画艺术不同,电影色彩为运动和立体性的,因

---

❶ 庞艳芳.当下中国跨界导演电影作品的影像叙事分析[D].郑州:郑州大学,2016.
❷ 刘伟生,金晨晨.电影意象叙事研究[J].艺术探索,2017,31(6):120.

此电影色彩艺术更类似于音乐艺术,两者在表现功能以及创作构思方面存在较多的共同点,比如节奏的变化以及思维的抽象性等❶。电影中色彩的设置与影片基调的形成有着密切的关系,不同的色调奠定了不同的影片基调,为影片主题的表达和氛围的营造做好了铺垫。

(二)光线与人物内心的刻画

在以镜头语言和画面叙事为主的电影艺术中,光线对于画面的构图、人物情绪的传达、环境的营造等都具有重要意义。电影光线以光的位置进行分类,主要包括顶光、底光、顺光、侧光;以光质进行分类,主要包括软光、硬光、聚光、散光;结合光的亮度进行分类,主要包括弱光和强光两种。不同的用光会产生不同的画面效果,进而会产生不同的叙事功能。光线可以为影片奠定视觉基调,对影片风格的形成具有重要作用,在人物身上光线可以刻画人物的内心世界。著名导演库布里克的《奇异博士》《发条橙》就是电影布光的经典之作,还有光影大师卡明斯基,他担任摄影的《辛德勒的名单》《拯救大兵瑞恩》《猫鼠游戏》等都是电影史上的经典之作,王家卫也是一位在光线上颇有造诣的导演,他的《重庆森林》《一代宗师》中光线的布置,体现了他独特的导演风格。因此,导演可以通过对光线的设置,来完成对人物造型、情节氛围、时代背景以及主题基调等的传递,使光线直接参与到影像叙事之中。在电影中,光线对于人物内心的刻画和情绪的塑造具有重要作用,光线的明暗配合着镜头的切换,将人物细腻的面部表情与微妙的心理变化呈现了出来,深化了人物形象的塑造。电影中的光线对于人物内心的刻画起到了非常重要的作用,光线作为一种特殊的叙事方式,与色彩一起构成了影片流动的画面,共同参与到影片的影像叙事之中。

三、渲染、烘托与补充:声音叙事

电影作为视听艺术,声音是影像叙事中非常重要的组成部分。电影的声音在类别上可以分为音乐、音响、人声三类,这三类声音功能各不相同,它们各有分工,相互配合共同组成了电影的声音叙事。声音不仅是电影语言的构成要素,它对于人物形象、情绪的塑造,情节的推动、矛盾的激化,主题的拓展、内容的延伸等都具有重要的作用。电影中通过音乐对叙事的渲染、音响对叙事的烘

---

❶ 田然.一曲唯美苍凉的挽歌——评《听风者》的场景与色彩设计[J].大舞台,2013(6):109.

托、人声对叙事的补充三个层面的声音叙事,对影片的影像叙事发挥了重要的作用。

(一)音乐对叙事的渲染

自从电影这门艺术出现,音乐就与它产生了密不可分的联系。很长时间以来,音乐一直都是电影里面必不可少的辅助品。最开始音乐演奏与电影之间并没有很密切的关系,仅仅作为伴奏。不过很快观众就发现,如果影片内容比较严肃,放一些比较活泼欢快的音乐并不合适,随之钢琴师开始注重电影气氛与音乐之间的强调结合。随着电影行业的快速发展,在电影叙事中音乐属于必不可缺的组成要素,在电影里面电影音乐属于有机的构成元素之一,也是非常活泼的元素,是空间艺术的一种时间走向,为故事中情绪渲染以及凝结的一种产物,是电影美学中必不可少的。电影中的音乐对于影片氛围的营造、节奏的把控、人物心理的刻画、时代背景和民族特色的表现都具有重要作用。音乐参与影片的叙事,为影片的内部提供了一种律动和节奏。电影的音乐分为画内音乐和画外音乐,即有声源音乐和配乐。有声源音乐是影片中的人物演唱或者剧情发展中播放的音乐,它作为影片内容的一部分直接参与叙事。配乐是为了强化影片情绪,带动故事节奏,配合演员表演而专门为电影匹配的音乐。电影声音属于形象化以及直观化的一种描述元素,并非视觉影像的一种附属品,而是电影艺术创作的基础所在,与视觉影像同等重要❶。

(二)音响对叙事的烘托

电影的声音叙事中,音响也是重要的组成部分。在电影中音响分为广义和狭义两类,广义的音响包括影片画面中的所有声音,也包括音乐和人声。狭义的主要指自然环境的声音,如街道中车水马龙的声音、自然中山川湖海的声音等,我们谈论音响,一般指后者。音响对叙事可以起到烘托的作用,在电影叙事中音响一方面可以增加环境的真实度,使人物所处的环境或画面更为可信;另一方面,音响形成的听觉效果可以拓展影片的空间,增加叙事的内容。在有声片里面,视觉与听觉印象被紧密地结合,随着发声物姿势或表情的改变,声音色调也会随之发生变化,类似于油画上面颜色明暗度伴随着周边的颜色不断发生

---

❶ 刘志新.用声音写作——论电影导演创造性的声音表意[D].上海:上海戏剧学院,2006.

变化。音响的变化也会对叙事的环境造成影响,在烘托影片情绪和氛围的同时,参与影片的叙事。在电影里面,电影语言现实主义特征的一个重要元素就是声音,原因在于声音空间主要特征为连续性,可以勾勒出丰富饱满的银幕形象,同时也有助于外延。

(三)人声对叙事的补充

电影的人声是指除了音乐和音响之外的,电影中出现的声音,是电影叙事的重要补充部分。人声一般分为对白、独白和旁白三种。对白就是影片中人与人之间的对话;独白是影片中人物内心活动的直接陈述,画外独白属于一种角色思想的语言,同时也是主观的声音,与戏剧舞台人物的自我言语并不一样,主观观点以"我"为主。在电影里面叙述者通常都会不停地回忆,描述个人的经历以及内心和情感方面的变化,这也是影片故事情节以及参与者不可或缺的角色❶。旁白是一种为了影片叙事需要,以客观陈述的视角交代剧情、发表议论的方式。人声对于影片背景的交代、人物性格与内心世界的解释、情节的补充等具有重要作用,是对电影叙事的重要补充。

声音叙事,无论是音乐的渲染、音响的烘托,还是人声的补充,它们对于情节氛围的营造、人物情绪的渲染、影片环境的烘托以及内容的补充、心理的刻画等,都起到了重要的作用,都是电影影像叙事的重要组成部分,声音叙事的参与对于影片内容的完整呈现、情节节奏的合理把控和人物形象的多方位塑造,是非常有必要的。

---

❶ 刘志新.用声音写作——论电影导演创造性的声音表意[D].上海:上海戏剧学院,2006.

第三章
现当代文学作品的电影改编

现当代文学作品的电影改编仍处于不断探索阶段,尽管目前已经取得了一定的改编经验,但并未形成一套完备的电影改编理论和体系,随意性较大,缺乏业界规范性。现当代文学作品的电影改编并不是简单地照搬文学作品,电影编剧必须综合地考虑文学的电影转换问题,实现理论与实践、文学性与大众化、高雅与通俗等相结合的问题,努力打通文学与电影间的艺术壁垒。

第一节 现当代文学作品电影改编的文本再创作

现当代文学作品的电影改编需要注意几个重要问题,比如文学的主题、人物形象、故事情节、叙事、结局等几个方面向电影的转换,且以此为切入点发现现当代文学作品电影改编过程中发生的艺术转换,以及背后服从的艺术规律和审美需求。现当代文学作品电影改编在主题定位上通常采用两种方式:"忠实"再现文学作品主题和"取意"重构文学作品主题。现当代文学作品电影改编在人物塑造上主要表现在三个方面:人物形象从文学的不确定性到电影的具象化、人物性格的重塑、角色的"瘦身"与"丰腴"。文学作品和电影改编的人物塑造必须在保证整个故事中人物关系流畅的前提下,努力体现出人物的性格,丰富人物的内涵。而基于文学作品与电影篇幅不同,现当代文学作品电影改编的情节重构是在改编过程中难以避免的问题,根据文学作品电影改编过程中故事情节的变化,我们可以发现,电影会选择更为重要的故事情节作为时间排序的依据,并根据不同事件的组合关系构成故事情节。在文学作品电影改编过程中经常发生重大变化的位置在结尾,文学作品的结局在电影中通常会发生变化,这主要是由于电影与文学作品在性质上的差异,电影不但要表达人文情怀,还要兼顾社会核心价值观,而人物结局的设置通常会看到作品的价值立场,因此不能将故事结局的改变单纯视为改编者不尊重原著。现当代文学作品的电影改编在艺术叙事上做出了积极探索,电影呈现出"再叙事"的艺术特征,我们可以从叙事的话语和叙事的应用两方面入手,探讨叙事在电影中的作用,叙事不仅可以提升电影的空间表现力,同时还可与电影的思想内涵相契合,给予观众真切的融入感。

一、现当代文学作品电影改编的主题转换

主题对于艺术来说是一个极为重要的元素,无论是文学作品还是电影创作首先都需要强调和处理好主题问题,主题通常能够决定艺术作品的层次。"主题就是对一篇小说的整体概括。它是某种观念,某种意义,某种对人物和事件的诠释,是在整个作品中对生活的深刻而又融贯同一观点的体现。"主题是创作者融入作品中的思想观念与价值立场,用以支配作品的创作方向和路径,具有贯穿始终的作用。文学作品和电影在艺术表现形式上存在一定差异,因此在文学作品的电影改编过程中主题经常发生变化,电影改编在处理文学作品主题方面采用了不同的方法,也形成了文学作品电影改编在主题上的多样化特征。

(一)"忠实"再现主题

文学作品电影改编最为重要的一个问题就是改编后的电影与文学作品间的关系,是忠实地去再现文学作品原著,还是完全按照电影艺术规律进行大规模、大范围的改编,从而使电影远离原著成为一部全新的作品。对此中西方电影界和学术界一直存在争议,于是西方的学者主要将电影改编方式分为三种,分别为移植改编、近似式改编和注释式改编。文学作品的电影改编方式可以概括为三种:忠实原著精神的改编、忠实原著语言文字的改编以及偏离原著的改编,前两种都是忠实于原著的改编方式,只是一种遵循原著精神,即在保证原著基本精神价值不变的情况下,可以在人物、故事情节、叙事、语言上进行大改编。另一种遵循的是原著语言,作品的叙事语言和人物语言风格不能变,比如地方方言和个人语言特色不能随意改动,保证电影在语言风格上与文学作品原著一致。还有一种改编方式则完全偏离文学作品原著,根据电影需要进行大改编,原著只是一个仅供参照的底本,原著精神、人物、故事情节、环境、语言、叙事等,无一不可大动。正如莫言的《白狗秋千架》被导演霍建起改编成电影《暖》,

电影为了追求审美效果,将文学作品故事发生的环境从山东农村搬迁到江南水乡,被荆棘扎瞎眼睛的暖在电影中变成了跛脚女孩,暖和哑巴生下的三个哑巴儿子变成了一个美丽灵动的小姑娘,虐待暖的丈夫也变成了深爱暖却不知道如何表达的哑巴,暖在半路截住井河要求"借种"的行为,变成哑巴良心发现要求井河带暖和女儿进城,成全井河和暖。电影淡化了文学作品的悲剧性和原始的生命力,镜头语言更为优美,对于人性之美的表现更为凄婉,迎合了大众的审美需求。尤其是文学作品中表现出来的城乡矛盾和差异,知识分子返乡后的隔阂和痛苦,都在电影中有所消解。

文学作品的电影改编应该在忠实与创造间做文章,无论是"忠实原著的改编"还是"偏离原著的改编",最终衡量改编是否成功的重要标志还在于艺术价值的实现上。现当代文学作品改编通常尊重原著,尤其是对原著主题思想的尊重,虽然会调整原著的人物和情节等部分,但是会"忠实"于原著主题,不改变原著精神内核。在现当代文学作品的电影改编中,通常的改编方式是"忠实原著型",所谓的"忠实"并不是将改编后的电影变成原著的附属品,失去自身的主题价值,而是在尽可能忠实原著精神的基础上,保证主题与原著主题的相似性,且以电影独特的艺术形式去表现主题,而绝不是要受到原著的束缚。我们可以从以下几点对"忠实"再现主题进行阐述。

首先,"忠实"再现的自足性。这里的自足性指的是改编的电影文本在主题上忠实再现文学作品主题精神,同时呈现出自由性的特点,在主题表现上具有内敛、含蓄的气质,避免过于直接甚至简单粗暴。

其次,"忠实"再现的灵动性。这里的灵动性指的是改编后的电影并不僵化地移植文学作品主题,而是在其内部进行微调,让"忠实"再现文学作品主题呈现出相应的灵动性。现当代文学作品在改编成电影的时候,原著的内容在电影中经常被直接呈现,抑或相似、相近地呈现。但是即使是最为"忠实"原著的电影改编,在电影中的人物设置或者情节、环境等方面也要进行微调,使改编后的电影既"忠实"原著主题思想,同时也具有独特的延展性。

最后,"忠实"再现的开放性。这里的开放性指的是现当代文学作品在改编成电影后,在"忠实"再现原主题的原则下,对电影内容进行合理化的调整,使其既能够符合主题内涵,又增加了观众的思考。编剧在对原著进行改编时,运用的是视听语言去呈现现当代文学作品故事的内容。文学作品属于文字艺术,电影是视觉艺术,所以电影在保留原著故事框架的基础上,难免会为了观众的视觉感受对局部进行修改与微调。

文学作品电影改编在"忠实"再现主题方面主要采用了以下两种方式。

1. 文学作品电影改编的主题"还原"

现当代文学作品的电影改编对主题的"忠实"再现,可以理解为在主题还原的基础上对文学作品进行微调,通过这种方式提高文学作品与电影之间的契合度。作家须兰的文学作品《银杏,银杏》在被导演俞飞鸿改编成电影《爱有来生》,原著是通过"我"讲述遇见黑衣僧人的故事,从而追忆起五十三年前此地发生的一段往事:两个帮派在此发生了激烈的火拼,一方伤亡殆尽,首领的小儿子在火拼中幸免于难,不知所踪。多年以后,阿明和哥哥掌管帮派,哥哥粗犷豪放、枪法超群,成为远近闻名的神枪手,弟弟阿明则是一介书生,饱读诗书,却也是枪法闻名的土匪。忽有一日,弟弟在山上打猎时遇见坐在溪石上看书的阿九,一见钟情于阿九后,将她强行带回去了山寨。可弟弟却不知道,阿九和当年战败首领的小儿子是一对孪生兄妹,这是一场蓄谋已久的复仇计划。阿九到山寨里做内应,帮助孪生哥哥带领帮派的人杀了哥哥又毁掉了山寨,被爱感动的阿九深感愧疚,选择自杀赎罪,并且与弟弟约定下一世再见。阿九以为弟弟仍在人世间,急着进入了轮回道,而害怕与阿九错过的弟弟选择在轮回道上痴痴地等待,阿九和弟弟始终没能相遇。又过了很多年,轮回投胎的阿九已经忘记了前世自己许下的诺言,嫁给了他人。光头黑衣僧人向"我"讲完这段故事后便消失在银杏树下,此时的"我"才猛然间发现,原来自己的前世正是阿九。故此,原本可以说出实情的光头黑衣僧人,不愿打破所爱之人这一世的宁静,最后选择了永别。

改编后的电影是通过黑衣僧人(阿明)的视角讲述故事,讲述的是莫小玉和丈夫秦言在好友的帮助下,搬入山顶的一处偏僻宅院,在秦言外出代课的时候,小玉偶然间在宅院中与黑衣僧人(阿明)相遇,阿明讲述了他与小玉前世的爱恨情缘:当阿九嫁给了阿明后,阿明本以为阿九便是他的全世界,为了能让阿九开心,阿明总是将亲自采摘的杜鹃花摆满阿九的房间,并且时常为阿九画肖像。但是,阿九持续性的冷漠对阿明心理造成了伤害,阿明最后选择出家为僧。改编后的电影虽然对原著进行了调整,但其整体"忠实"再现了主题。这也是导演和编剧在选择原著时,已经认同了文学作品本身的主题思想,改编后的电影只是加强了这种主题思想的表现,其实还原本身就已经能够使电影达到一定的高度。

2. 主题的"通俗"移植

在《〈乡村牧师日记〉与罗贝尔·布莱松的风格化》中达德利·安德鲁对文学作品主题的通俗移植进行了更加详细的说明,将保留原著文学作品主题的完整性放在首要位置,同时将文学作品的主题作为电影改编的核心,主题的"通俗"移植主要体现在情节安排、人物设置以及语言的设计方面。

从麦家的文学作品《风声》以及改编后的电影《风声》来看,其整体改编过程"通俗"移植了原著的主题。麦家的文学作品《风声》在以谍战为主的基础上打造多元化主题,以1940年的抗战为历史背景,以日伪追查打入其内部的"老鬼"为切入点,将故事中的诸多要素与艺术、人性探讨融为一体。故事发展扑朔迷离、险象环生,充满了理性与情感的高强度较量。改编后的电影《风声》在对原著主题进行"通俗"移植的同时进行了微调,以更加适应今天的观众对自我感受的强烈需求。改编后的电影《风声》依照原著的主题对革命文艺进行"正名",通过正本清源的方式恢复革命文艺的正义性与合法性的本质,完美地表达出原著中想要强调的主题思想。

为了达到主题"通俗"移植的效果,实现原著场景中裘庄的繁华,剧组在电影拍摄前期准备了5000多件古董,4000多册书籍,价值50多万元的钢琴,这些古董道具的价值就超过了470多万元。此外,为了更好地呈现原著中的外景配置,裘庄被搬到辽宁省大连市的海边悬崖上,在悬崖两边平地起高楼,由于受到地势环境条件的限制和影响,搭建所需的材料全部是由电影剧组的工作人员手拿肩扛上山。悬崖两边连接高楼的跨海软桥长达65米,也是剧组工作人员耗时数月在悬崖间搭建而成,对于一个剧组而言可谓工程浩大。原著场景的还原有助于主题的移植,电影拍摄的整体氛围与文学作品契合,这是主题移植的一个有效外部环境的保证。

《风声》为观众呈现了一段破碎的历史,最为真实的是,电影中所展示的这些刑罚,都是在历史中真实存在过的,那些为革命事业牺牲的人不应该被忘记。改编后的电影《风声》不同于以往的商业电影,它将主题的侧重点放在信仰上。通过顾晓梦在电影结尾处的大段独白将电影主题升华到最高点,她说:"我的肉体即将毁灭,但精神永远与你们同在。"这句话与文学作品的主题相吻合。❶ 电影在改编过程中,利用五个人之间微妙的关系,诠释出人格的伟大。通过对原著主题的"通俗"移植,利用有限的时间,展现出正如麦家希望向人们传达的人的信念边界是无法度量的主题思想。

电影《风声》一经上映立即引发热烈的反响,引发了关于革命文艺的考辨,为革命历史题材文学作品在主题的移植上提供了新思路。革命往往倾向于弱势群体,站在弱势群体的立场上,但又不仅属于弱势群体本身,是弱势群体不甘于现状而进行奋起反击的合法行动。改编后的电影《风声》在主题上致力于向观众展示革命的真谛,真正的革命不是如同古代农民起义的盲目反抗,而是蕴涵着一种人生价值的体现和精神信仰。因此,在涉及革命历史题材文学作品的电影改编中,针对主题的"通俗"移植必须充分考虑到文学作品写作的伦理问题。移植文学作品中底层弱势群体的真实需求,必须大力刻画出这种需求背后的精神含义,体现出文学作品真正的主题。这一点在很多优秀的革命历史题材的电影改编中都有充分体现,《集结号》《东风》等作品都是如此,对革命正义进行正面的宣传和弘扬是这类文学作品电影改编再现红色文化主题思想的主要方式。

现当代文学作品电影改编"忠实"再现文学作品的主题,需要将现当代文学作品的时代背景与当下的主流思想进行融合,让当下的人们能够切实感受到特定历史阶段年代的热血与执着。

(二)"取意"重构文学作品主题

"取意"重构文学作品主题是现当代文学作品电影改编的主题定位中经常采用的方式,也是当下研究话题度较高的主题定位途径。现当代文学作品成为电影改编丰富的素材资料库,在现当代文学作品电影改编的过程中,对文学作品进行一定的当下性重构能够更加突出文学作品主题的中心含义。同时,针对文学作品主题的"取意"重构,也可以为文学作品打造出全新的视听语言,别具一番风格。

通常情况下,编导在简化原著主题的基础上,会对原著的主题思想进行较

---

❶ 元哲.浅析电影《风声》中女性形象的戏剧性[J].新闻研究导刊,2019,10(12):130-131.

大的改动,以便突出改编后的电影的主题思想。即用电影创作的新主题来取代文学作品主题,形成电影自己独立的主题思想。阎连科的文学作品《丁庄梦》是一部表现艾滋病题材的小说,主要讲述的是丁庄村民因为卖血而导致艾滋病的蔓延,揭示了绝境中人性的另一面。

顾长卫执导的改编电影《最爱》,最初版的电影设想是从赵得意和赵齐全两条主线进行讲述,但由于诸多因素的影响,最后上映的电影删掉了赵齐全这条主线的所有内容,将重心放在赵得意与商琴琴两者之间的情感主线上。改编后的电影中,前半部分描述了村里病人们的情况,但原著中反复提到的地方领导却没有在电影中出现,丁辉这一人物也从被金钱蒙蔽了良心的商人转变成一个不甘穷苦的赵齐全。改编后的电影弱化了原著中对于现实社会的批判,也省略了原著中精彩的故事。原著中想要揭示的是底层群体生活的困苦,而改编后的电影想要表达的是艾滋病人应得到关爱。改编后的电影将原著的主题思想进行了置换,完成了"取意"重构文学作品的主题。

忠于原著的改编者能够将原著中的细节和故事加以调整,使其更服从电影的拍摄需求。文学作品电影改编本身即通过演员将文学作品内容演绎成影像,弥补读者无法身临其境去体会的遗憾。而通过"取意"重构文学作品的主题能够为大众贡献出不流于俗套的文学作品改编电影作品,虽然有些电影改编无法对文学作品主题的架构进行完整地呈现,甚至有些电影改编只留下了文学作品中的主要情节,以文学作品主题含义作为故事外壳,在主题内容架构方面打乱重构。但这都不会影响文学作品改编电影本身向观众传达的主题,也不会造成文学作品改编电影主题的失真。

二、现当代文学作品电影改编的人物重塑

人物形象的塑造不仅是文学创作的中心任务,也是电影创作的中心任务,成功人物形象的塑造是艺术作品成功的重要保证。现当代文学作品的电影改编无论是就文学作品文本还是电影作品而言,人物形象的塑造都是重中之重的任务,在选取文学作品的时候就要考虑到人物形象问题,在电影作品改编之际更要考虑人物形象。人物形象的塑造能够推动故事情节的发展,推动典型环境的形成,更能够反映社会现实。在现当代文学作品电影改编中,人物的塑造同样具有重要的艺术价值,对人物形象塑造的程度往往决定了文学作品电影改编的成功与否,实现"一瞬传情,一目传神"是现当代文学作品电影改编人物塑造的关键所在。电影是一种视觉媒介,剧作家的责任就是选择一个视觉形象或画面,用电影化的方式使其人物戏剧化。电影中人物形象的塑造是电影的生命,有了生动形象的人物才能丰富观众的视听体验,成为观众茶余饭后讨论的话题。那些能够被读者记住人物形象的文学作品经常是优秀的作品,相反那些缺乏人物设计,仅有事件和场面的文学作品,会随着时间的流逝而被读者淡忘。人物形象在电影中也同样重要,由于文学作品电影改编时间、媒介方式和成本的不同,文学作家往往会在某个人物的性格特点、心理活动上颇费笔墨,但是电影可能用一两个镜头就对场面、环境作了交代。这就说明,电影中人物塑造的难度会远高于文学作品,因此现当代文学作品电影改编的人物形象,也会历经由文学性的人物转化为电影化的人物,这是一个极为复杂曲折的过程。

(一)人物形象的具象化影像表达

文学作品中人物形象的塑造具有不确定性,在文学的虚构和想象过程中,人物形象的塑造首先在客观情况上经常具有确定性,比如姓名、性别、年龄、性格、家庭情况等。但是很多在现实生活中较为客观的情况,却因为语言描写的局限性而表现出不确定性,比如容貌、行为举止等,在不同读者脑海中会形成不同的人物形象,这也是语言张力的一种表现。但是文学人物形象塑造展现出来的灵活性和自由度在电影中被具象化,即当文学作品中的人物被改编成电影中的角色时,就需要由真实人物来扮演角色,那些在文学作品中模糊不确定的人物形象在电影中变得确定,导演代替观众选择了自己心目中符合人物形象的演员。电影改编将文学作品的人物影像从虚构转换成现实,银幕上的人物是具体存在的,因此电影作品中的人物就具有极其强烈的设计感。

1.人物的现实填充

现当代文学作品的电影改编需要将文学作品中的人物具象化、实体化,进行现实性的填充。这一点对于改编的电影作品而言极其重要,电影艺术对真实性的要求更高,与现实生活的贴近也是电影票房保证的重要因素。因此电影在对文学作品进行艺术加工时努力实现艺术的真实性,尤其在对人物形象的影像化过程中,尽量保证人物形象既符合原著人物设定,又要满足现实社会的审美要求。由于电影需要特别强调真实性,导演经常会采用中近景的拍摄模式,再进行声音画面的同期合成,因此要求在细节方面的表演要做到真实、贴近大众生活,让观众在观赏电影的过程中能够产生身临其境之感。尽管电影要求真实性,可由于文学作品与电影二者之间存在诸多的差异性,其中电影对真实性要求会更高。现当代文学作品电影改编在人物形象塑造方面做出有效探索和尝试,人物形象在电影改编中的现实填充情况较为普遍。

2. 演员的具象化艺术呈现

作家在文学作品中塑造的人物形象需要读者参与,读者在阅读过程中提取和形象化文学作品中的人物,因此文学作品中人物形象的形成需要读者想象的参与,表现出强烈的主观性和个体性特征。正所谓"有一千个读者,就有一千个哈姆雷特",文学作品人物形象并不是确定的和固定的形象,每一位读者都会有属于自己独特的人物形象。文学作品电影改编后的人物形象需要演员来饰演,导演组会确定每一位角色的扮演演员,电影演员会具体化观众对原著中人物形象的想象。演员形象承载了原著中的人物形象,将原著中的人物由虚构带到现实,实现了从虚构到现实的转变,演员的气质和样貌也会改变原著中的人物。

成功的作家们,都有一个以自我为中心的世界,受众通过对其文学作品的阅读来寻找理想世界和现实世界的交叉点,并对其作品的二次创作持有自己独特的见解。文学作品中虚构的人物转换为电影作品现实的人物,需要编导结合真实的世界对文学作品中的人物进行全方位的改编,同时利用演员的最终呈现,将虚构的人物转换为真实世界的人物。但是在这个从虚构到真实的转化过程中,电影经常无法客观全面地展现出文学作品中复杂的人物,进而导致了原著的美感被弱化,人性的深度也被削减,因此这个问题是改编者需要格外注意的。

(二)人物性格的重塑

人物性格的重塑是现当代文学作品电影改编中人物塑造的"血"和"肉",在文学作品的电影改编过程中,要想把握住人物性格的精髓,必须将侧重点放在刻画人物内心世界上,而刻画人物内心世界最重要的两点就是人物关系和人物形象,伊丽莎白·鲍温便指出人物性格重塑的两大关键因素:真实生动的人物以及人物之间的关系。而电影改编最重要的任务就是重新塑造人物性格,这是现当代文学作品电影改编的艺术规律。由此可见,任何一部文学作品电影改编的整体架构都是通过人物展开的,而表现人物性格最直接的方式就是刻画人物动作,或通过他人与其经历的事件对其性格进行刻画。希德·菲尔德将人物性格分为内在形成人物和外在形成人物,内在形成人物主要包括人物传记,外在形成人物较为复杂,需要通过人物动作分析,确定需求。而需求可细分为:职业需求,比如工作;个人需求,比如婚姻状况和社会关系;私生活需求,比如独处空间和时间。这就意味着,人物性格的重塑从来都不是单方面的,需要多角色、多角度地对其进行全方位塑造。

1. 人物性格的扩充

在现当代文学作品的电影改编过程中,"原地扩充"是人物性格重塑最为常见的方式之一,改编后的电影通过对原著中人物性格的放大,来完整诠释出人物的性格特征。文学叙事在时间的表达中具有得天独厚的优势,它可以按照时间的顺序一一道来,而电影要表现这种时间的过程就必须通过影像来完成,如果没有人物的经历和行为作为基础,时间的表达就没有形象的依托。因此,对人物性格的重塑必须将文字语言和细节描写放在首位,不能只是对文学作品人物的再现。这就要求导演对人物的选角把握必须精准,同样的文学作品人物由不同的演员进行塑造会形成不一样的人物性格,电影导演必须对文学作品中的人物角色、性格有着独特且深刻的理解,只有这样才能完美塑造出文学作品中的人物性格。

2. 人物性格的对照互动

由于电影的时间有限,因此文学作品改编的电影对于人物性格的重塑在时间上更为集中,为了在短时间内让观众发现人物的性格特征,通常将人物矛盾表现得更为突出,人物之间的性格对照也表现得更为鲜明,在人物间的矛盾冲突和对照互动中实现对人物性格的呈现。一般情况下,电影中的人物性格塑造往往通过主要人物和次要人物共同完成,彼此映照出对方的性格特征。

(三)角色的"瘦身"与"丰腴"

现当代文学作品的电影改编更为关注改编后电影的独立性,一味地忠于原著已经不是文学作品电影改编成功的必要条件,甚至会束缚文学作品电影改编的创作理念。现当代文学作品的电影改编经常突破文学作品对于角色设置的局限,根据电影表达的需要适当增加与删减角色形象。角色的增加与删减一方面是由于文学作品篇幅与电影时长之间的差异,在文学作品中一些无关紧要的配角在电影中通常会删减;另一方面是由于电影主题刻画的需要,通过角色内容的增加在新角色中加入个人思想。在某种程度上对角色的"瘦身"与"丰腴"

给电影作品带来了一些可能性的变化,既能展现出导演独特的改编理念,同时也能展现出文学作品原著与电影在改编中对人物设置的不同。

1.电影情节的扩容

现当代文学作品的电影改编对于角色的"瘦身"和"丰腴"主要出于电影表达需要,长篇文学作品的电影改编一定是对原著的节选,电影容量无法与文学作品相比。因此在改编过程中很多无关紧要的角色会被删除,与节选部分的故事情节相距较远的人物也会被删减,由此实现了电影中人物形象的"瘦身",人物变少了,故事情节集中精炼了,主题也凸显了。同时为了电影剧情和主题表达需要还会增设部分人物,以此来扩充情节容量,凸显电影主题,抑或推动故事情节的合理发展。在我国现当代文学作品电影改编案例中不难发现,角色的增加与删减几乎是每个改编作品必须经历的过程,而角色的增加往往比角色的删减难度更高。

赵本夫《天下无贼》被改编成电影后增加了大量故事情节和人物形象,也丰富了电影的艺术内涵。文学作品中的故事和人物相对简单,一对流动作案的雌雄大盗在火车上偶遇一个单纯的打工仔,一时意气用事做了一回好人,为保护这位弱势者的钱财与同车窃贼发生冲突,乃至最后殒命。短篇文学作品《天下无贼》并未承载太多意义,而电影《天下无贼》则表现得极为丰富,雌雄大盗王薄和王丽的人物形象的塑造也更为丰富。电影增加了王薄和王丽骗取富翁宝马车的情节,也将女贼王丽执意帮助傻根的行为进行了铺垫与合理化,王丽因为怀孕决定为了孩子洗手不干,甚至要为未出生的孩子积善积德,于是有了西藏寺庙拜佛的情节。原著中火车上那些鸡鸣狗盗之辈在电影中也被扩展成一个庞大的盗窃团伙,且成功塑造了盗窃团伙首领黎叔的形象。黎叔设计偷盗傻根的钱财不是出于贪欲,而是出于傻根对于盗窃职业的不恭敬,而在同王薄和王丽"斗法"的过程中又演化成义气之争,在争斗过程中又产生了爱才、惜才之情,有了笼络之意。黎叔幽默、阴狠、老谋深算,却又"技艺高超"、遵守"行业规矩",这是一个极为丰满的窃贼形象。同时电影中增加了黎叔情人小叶,帮派二把手老二,老二的下属打手四眼,他们成为黎叔的马前卒,先后与王薄和王丽在火车上"斗法"。同时增加的还有两位男女警察和两个打劫者,为电影增加了最具笑点的火车打劫情节,也为电影留下一个光明的结尾。电影《天下无贼》也具有了一个升华的主题,王薄和王丽借助傻根来完成精神的自我救赎,他们希望能够将爱和光明留给未来的下一代,为此不惜丢掉性命。故事情节和人物形象的扩容最终是为了实现电影主题的表达,增强电影的故事性,提高电影的视觉效果,满足观众的审美需求。

2.情节线索创设的需要

在现当代文学作品的电影改编活动中,为了设置清晰的情节线索而需要增删部分人物。因为人物过于繁杂,人物间的关系就会纠缠不清,而人物关系在电影中的展开会影响到电影的叙事速度,使电影讲述节奏变慢,因此电影对文学作品人物的删减是必要的。现当代文学作品电影改编中对原著人物的增加或删减体现导演的意图,包括扩充电影情节容量、设置清晰的情节线索等。无论是人物的增加还是删减在现当代文学作品电影改编的人物塑造中都是至关重要的,人物的合理增减不但不会影响改编后电影故事的完整性,还会为整个电影人物的塑造增光添彩。反之,人物增减得不合理就会起到弄巧成拙的效果,电影在改编过程中要尽量避免与主要人物有着密切联系的人物删减,以保证在整个故事中人物之间关系的流畅性。

三、现当代文学作品电影改编的情节重构

无论是电影还是文学作品的故事情节都同主体创作的意识联系紧密,人物形象也是在故事情节的展开过程中得以展现,其重要性不言而喻。电影在对文学作品进行改编时,经常会选取那些故事性更强的文学作品,故事性强的电影对于观众的吸引力更大。而导演为了在电影中更准确地传递作者情感和思想,经常需要对作品中的故事情节进行改动。以电影拍摄的手法来表达文学作品故事情节,需要以叙事主体的表达方式对文学作品中发生的事件进行选择性重组,以吸引观众对电影故事情节的期待,进一步激发观众的审美心理。同时,也可以通过设置悬疑类故事情节,引发观众对后续情节的猜测与思考。总而言之,在文学作品电影改编的情节中,需要制造跌宕起伏的故事情节,按照特定的结构更改情节,并且需要将改编的侧重点放在文学作品中事件的选择与组合上。可以说,电影对文学作品故事情节的重构通常能够决定一部文学作品改编电影的成败。

(一)电影叙事事件的改编和重构

事件是文学作品叙事中的最小单位,具有因果关系的事件构成了情节,而情节的发展组合成故事,因此文学作品故事情节的变化主要通过事件的选择和

重组完成。在传统叙事类文学作品中,事件通常以"流布"的方式表现出来,这种存在方式是由起因到结果、从开端到结尾的一个周而复始过程。即便文学作品中存在两个毫不相关的事件,也会随着故事的发展或时间的推移,建立起两者之间的紧密联系。在文学作品的现代性叙事中,事件经常突破时间的限制和空间的维度,呈现出碎片化的发展趋势。因此,在文学作品的电影改编中需要对故事情节进行认知结构与自身阅读经验的筛选,以此选择更为重要的电影情节作为时间排序的依据,并根据不同事件的重组关系构成故事情节。

文学作品中的事件通常是叙事策略、人物因素和读者在阅读过程中回应方式的结合,而电影中的故事情节必须以极具冲击力的表现形式、直观流畅的方式展示给观众。在文学作品改编成电影后,原著中的故事情节不会全部在银幕中得到展示,仅会呈现部分关键情节。这种改编方法是对原著情节的一种再创造过程,在一定程度上会造成选择上的缺失。而重组则是电影再创作的重要方法,每一步情节的发展均对电影中下一步骤的情节进行提示,使改编的电影更具备吸引力。

1. 事件的选择

在文学作品电影改编过程中,对于文学作品中事件的选择往往能够体现导演的思想和美学观。张翎的文学作品《余震》描写了唐山大地震后人们的生活,所谓"余震"就是指经历过地震事件后的人们在心理和生活上遭受的影响。小说在2010年7月一经发表,便引发了较大的社会反响。冯小刚将小说改编为电影《唐山大地震》,从题目上就已经将电影的侧重点发生了位移,将视角更多地投向唐山大地震本身。冯小刚在对《余震》小说进行改编时,在原有情节的基础上,增加了与亲情相关的情节,电影中总共发生了五次在地震来临时亲情的选择"事件",进一步强化了灾难来临时人们的两难选择。其中最令人动容的是三起"夺子"事件和两起"弃子"事件,让母亲在受伤的儿子和相对健康的女儿间做出痛苦的抉择。母亲选择了儿子,在今后的人生中承受痛苦的不仅仅是做出艰难选择的母亲和被抛弃的女儿,还有失去一条胳膊活下来的儿子,每一个参与选择的人都承受着心理的痛苦。多年后,从加拿大回国的女儿完成了和母亲的和解,母亲的一跪令观众泪目。小说中没有母亲下跪的情节,而冯小刚出于电影震撼人心的需求,在保留原有故事情节的基础上,增加了这一个情节,将电影的情感推向了高潮。电影《唐山大地震》对《余震》中事件的选择和扩展,推动了故事情节的紧密发展,使人物形象立体化,深化了主题,进一步诠释了中华民族的伦理道德观念。《唐山大地震》成为震惊中国影视行业的巨作,被誉为中国人的心灵史诗。当天灾降临到个人身上时,人类在社会中是平等的,因为天灾的到来对每一个人造成的影响是相同的,它"平等"地击倒了每一个人。但当灾难过去后,每个人对待生活的方式却是千姿百态的。

张翎的小说《余震》与电影《唐山大地震》的改编,从事件的选取上来看,能够体现出改编者与作者对唐山大地震的理解与表现观念的差异。张翎的《余震》关注的是地震给余生者带来的改变与创伤,它隐喻着灾难给人带来的后果,这就是小说命名为"余震"的意义。所谓"余震"不是指主震之后接连发生的小地震这一自然现象,而是指向精神和心理现象,是指地震带给地震"遗族"们今后人生的深远影响,地震过去了,但是留在地震"遗族"心理的震动一直没有停止。而电影《唐山大地震》从名字上就可以看到重心偏移了,不再专注于地震"遗族"的精神观照,而是落在更具精神和视觉震撼力的大地震现场。电影改编者关注的还是唐山大地震事件本身,再现唐山大地震的经历,特别是地震场面给人带来的情感和视觉的冲击,是改编者从电影表现效果的考虑。

由于观众看电影大部分怀着精神愉悦的目的,因此文学作品中那些涉及的人性阴暗面的事件在电影改编中有时会被导演适当弱化,甚至是删除。例如,根据贾平凹小说改编的同名电影《高兴》,导演便对原著中残酷的现实背景进行了有意遮掩,淡化了社会中潜在的阴暗面。整体来说,文学作品的电影改编是从作家—编剧—观众,编剧的电影改编属于二次创作,而观众的电影欣赏则属于三次创作。编剧对文学作品的电影改编具有改编者选择改造的自由,出于电影表现的需要,改编者会对文学作品的主题、情节、人物和环境进行适度改动,而文学作品电影改编的原则是根据电影表现的整体性进行艺术考量,即只要满足电影改编的艺术整体性,文学作品的主题、情节、人物和环境等要素都可以进行适度改动。所以,衡量一部文学作品电影改编的成功与否,并非要完全根据电影作品与原著的贴近程度,而是要关注电影表达的整体合理性。因为,作为独立存在的电影文本,其自身内在的合理性才是最重要的。

2.事件的重组

故事情节的变化在事件重组中主要表现为推迟悬念和叠加事件。推迟展现社会信息在一定程度上可揭露社会群众对发生事件的大胆猜测,当人们执着于某一特定假设时,在固定的时间压力下,倘若假设可以被确认,人们将获得精神上的满足感,同样也会带来一些快乐的情绪。当叙事类事件的发生推迟了观众对其的期待,内容新鲜感将会持续被保留。在此过程中,倘若假定概念被推翻,人们的挫败感不言而喻,但在一定程度上同时也会刺激观众产生新的一波心理活动。整合故事预期的结果或扭转的结局,可有效地推动观众产生强大的情绪,这种情绪可产生较大力量,最终演变成电影结局扭转的动力。所谓电影中的推迟展现接近于设置悬念,让结局和答案在情节的展开中尽量延迟,以延续观众的心理期待。

(二)故事结局的转变

在文学作品改编的电影中,完整的故事情节主要由起因、经过、发展、结局四个部分组成。其中故事结尾的加工处理较为重要,在确保故事结构完整性的前提下,合理地、艺术地完成故事的结尾,可以实现对故事整体的升华。美国学者卡尔·伊格莱西亚斯认为:"一个伟大的结尾通常都是你试图阐发的主题思想的实现,是使你要写这个故事的第一位原因,你的出发点,或许还是你认为怎样才算是真正的人的观点。"❶可见结局是非常重要的,主题思想的表现一般都建立在一个成功的结尾之上,这也是为什么作家要写故事的主要原因。由此可见,在对原著的电影改编进行研究时,改编者对原著结局的改写也是研究改编策略的一个侧重点。

在现当代文学作品的电影改编中,原著试图将作者的"个人表述"与"脱离世俗"两者充分地融合在一起,而电影试图通过对当下社会发生事件的表述,增强观众在观影中对电影的认同感。总之,充分地表达人文情怀、兼顾社会主义核心价值精神、携带人性光环与感情、积极创造社会先进文化、坚持尊重原创的美好品质、渗透对社会阴暗面的批判等,才是文学作品改编电影的精髓。在对文学作品进行改编过程中,故事的结尾通常以"冷漠"或"道德"收尾,这两种结局的落脚点是截然不同的两个方向。道德化的结局最终落脚点在于"国与家"的统一,冷漠化结局的落脚点在于"零度情感"在人性面前的暴露,也是宣告生存困难的另一种表现形式。

---

❶ 卡尔·伊格莱西亚斯.在情感上获得满足的结局[J].五七,译.世界电影,2012(5):173-176.

在电影产业与文化产业协同发展的当下，观众地位得到充分提高，对电影改编产生了新的文化意义，使其在社会的不断发展中具有不同的"底色"。电影的建设性构建内容则是人类对当下社会文化的一种反思，电影不但是人类生存的资源，也是人类讨论情感的主要载体。因此在对现当代文学作品电影改编进行故事结局道德化处理的过程中，应强化不同人物间的内在矛盾冲突，通过对人物细节与日常情感多面性的展示，进行结局的标准化处理。在对电影结尾进行冷漠化处理时，应避免对电影外部冲突镜头的忽略，在戏剧性与客观性的镜头之间，用人文关怀的艺术手法，解决"写实"与"表现"两者之间难以融合的问题。

1. 故事结局的道德化处理

中国具有悠久的历史文化与伦理道德观念，同时也拥有悠久的伦理叙事传统，"以伦理道德为叙事内容，以道德冲突建构戏剧性情节，以善恶对立的人物为道德化身，以家国的悲欢离合来寄寓民族的盛衰兴亡"，已经成为中国电影处理人与外界关系的"泛化"的原则和标准，是被大众接受的"集体趣味"❶。现当代文学作品凸显出来的特点在于叙述技巧所带来的"个人机趣"，更加侧重于电影对外展示的主体性。为了进一步符合大众的审美需求，在对现当代文学作品进行电影改编过程中，通常会在故事的结尾处增加道德表现的环节，以此表达对中华民族传统文化的恪守。电影结尾道德化的核心冲突通常体现在"误解"的情节中，在这一剧情的推动下，感情将会出现失位的现象，导致结局感伤或反讽。被误解的人物往往是电影中能激发观众产生同情心理的角色，为了完成对剧情或其他人物的证明，不停地忍辱负重尝试失败，直到电影结局误会被"解除"。

中国电影一直在努力探索传统伦理道德观念的艺术表现形式，但是传统的叙述模式已经深深植入中国观众的心里，即使改变了故事结局的表现形式，但在文学作品的电影改编过程中，仍以呼吁新的道德伦理观念为主❷。在北北的文学作品《请你表扬》中，农民工杨红旗为了满足即将离世的老父亲的心愿，他

---

❶ 何春耕.论中国伦理情节剧电影的叙事传统[J].北京电影学院学报,2002(1):31-40.

❷ 王文艳.小说《余震》与电影《唐山大地震》的叙事艺术之比较[J].电影文学,2011(1):79-81.

请求记者古国歌对他从强奸犯手中救出女大学生的事件进行报道,但是由于女大学生不想让其他人知道这件事,矢口否认了该事件的真实性,导致记者古国歌的报道被认定为新闻"欺骗"。根据文学作品改编的电影《求求你,表扬我》中,记者古国歌处于见义勇为的杨红旗与心灵受创的欧阳花之间,电影将受害女大学生欧阳花美丽且富有心机的形象强化,大学生的形象恰好与见义勇为的杨红旗形成对照,一个是大学生,一个是农民工,一个富于心机,一个老实敦厚、淳朴孝顺。在电影中他们都是弱势群体,只是一个是面对男性的女性弱势形象,一个是面对城市的农村弱势形象。但是当农民工杨红旗面对城市大学生欧阳花时仍然处于弱势地位,加上杨红旗对欧阳花的拯救,以及欧阳花对杨红旗的反咬一口,从而使人们对于二人的情感发生了倾斜。观众在观看电影时潜移默化地受到了剧情的影响,认为杨红旗是诚实的好人,尤其当杨红旗的父亲去世后,由此产生的悲悯情绪激发了观众对他的同情。最后借助报社主编的力量,杨红旗事件最终在老父亲过世后被登报表扬,这迟来的圆满弥补了观众心中的"遗憾"。电影结尾处,古国歌在故宫门前与杨氏父子巧遇,这部分剧情给予观众一定的宽慰感,也极为符合"好人有好报"的中国传统道德观点,电影结束时在故宫门前的相遇也构成了一种隐喻,使整个故事的结局上升到中国传统文化隐喻的新高度。编剧将故事的核心问题置于如何引发观众的道德思考上,并通过对"误会"的化解向观众展示不一样的人生常态,隐晦地对当下道德扭曲的现状进行评判。

2. 故事结局的冷漠化处理

首先要确定的是电影的结局和结尾不是一回事,结局是一个整体,而结尾是组成部分。结尾只是结局的表象,而结局是从一开始就构思好了的。电影中一个真正具有功能性的故事结尾主要具备两种主要特点:一种看起来相对完整的结尾,所有发生的故事线条集聚在一起,将主线信息凝聚成一个明确的线路,并对故事中所有涉及的人均给予其有效的交代;另一种是开放性故事结尾,通过"写实主义",对边缘个体的形象进行深入的剖析,以此批判现实。总之要使文学作品结尾展现得更加戏剧化,更加强调人性在社会中的真实样貌。同时,适当将故事结尾"复杂化",通过对人性真实的暴露,进而引发观众对现实生活中生存层面问题的思考,此种电影结尾表达方式也可称为故事结局的"冷漠化"。这种结局的电影改编通常表现为人物经受过社会的煎熬,并深入掌握了社会底层生活的逻辑,找到了社会中边缘者的生存逻辑。在电影改编过程中,主创通常能够站在社会底层群体的角度对问题进行思考,而不是站在社会精英群体的立场。现当代文学作品电影改编对于故事结局的冷漠化处理,看起来也像是解开谜底的答案,可给予观看者清晰感,故事中所有难以结束或解释的事件都可以在这种背景下梳理清晰。

第二节 现当代文学作品电影改编的机遇与策略

信息化技术水平不断提升,为现当代文学作品电影化带来了全新的机遇与挑战。以社会经济文化发展为起点,全面分析现当代文学作品电影化的现状以及未来的现实价值,对现当代文学作品电影化的理论进行探索是非常必要的。对于现当代文学作品电影化的现状及未来研究,必须充分认识到现当代文学作品电影化中作家身份的重要性,从导演视角以及主创视角分析新时代电影改编面临的机遇与挑战,思考作家身份转换。从导演视角来看,作家创作应该具有一种电影改编意识,即重视人物的对话,情节和行动用电影图像展示更具优势。但是大部分作家的创作都出于文学的追求,而不是为电影改编量身定制剧本,且那些专门出于电影改编的"定制式写作"往往以失败告终。莫言在《红高粱》电影改编大获成功之后,应导演张艺谋要求再次以电影改编为目的创作了小说《白棉花》,但是最终并未得到张艺谋的认可,在此过程中张艺谋一直劝谏莫言不要考虑电影,只要出于文学目的创作即可,但是结果并不如人意。最后虽然被台湾导演李幼乔改编成电影《白棉花》,且邀请了当红影星苏有朋和宁静主演,但是反响平平。莫言的《红树林》也是一次剧本创作的实验,最后被改编成电视剧,同样没有引起预期中的社会反响。

现当代文学作品创作出现了电影化写作倾向,但是不能简单地说文学作品创作已经走向了电影化。坚持文学作品电影化写作意识的作家并不多,如同严歌苓《芳华》般的创作并不是文学创作的主流,严歌苓的《芳华》是在导演冯小刚动议下的创作,且无论是文学作品还是电影作品都取得了成功。集作家、编剧、导演于一身的徐浩峰,他的新武侠小说文本也可以视为电影化写作的范本,写作的同时就考虑到电影改编问题。大部分作家们还要考虑文学作品本身的艺术价值和商业价值问题,但是现当代文学作品电影化写作无疑是文学作品与电影的一次相互促进、合作共赢。文学作品文体变革是现当代文学作品电影化未来发展中不可或缺的部分，具体表现方式为：影像文化与电影化写作，消费时代与类型化写作，以及市场效应与名家写作。也就是说，在现当代文学作品电影化的未来发展过程中，现当代文学作品电影化所面对的机遇与挑战同电影市场直接相关。由此可见，在现当代文学作品电影化的未来发展过程中，电影化想象引发文学作品文体变革即一个不可多得的机遇，同样也存在艺术价值与商业价值之间寻找平衡的问题。深入探索现当代文学作品电影改编的发展策略，为弥补现当代文学作品电影化现状中存在的不足，我们提出四点具体措施，致力于促进现当代文学作品电影化未来更好的发展。包括构建现当代文学作品与电影的交互式生产模式，提升现当代文学作品电影改编的整体水平，建设专业平台，建立健全机制以及建构和谐的消费文化语境。加快现当代文学作品电影化未来的发展进程，以更好的姿态面对各种机遇与挑战，进而取得社会价值、商业价值、艺术价值三者之间的平衡。

一、作家、编剧和导演的身份"共享"与跨界融合

在分析现当代文学作品电影改编的现状及未来所面对的机遇与挑战过程中，必须明确作家的主体地位。现当代文学作品的电影改编发展至今，在时代语境下，作家身份也会因语境变化进而发生转换。作家不再局限于写好文学作品、吸引更多读者，而是要考虑到社会影响、商业影响等诸多因素。在现当代文学作品电影改编的时代背景下，作家对于自身定位的选择至关重要，这直接决定了日后身份转换的方向问题。

（一）主创视角：作家与编剧在身份与职业上的融通

作家身份的转换是多重因素合力作用的结果。新时代促使作家在写作过程中自觉明确导演身份，实现作家到电影主创的身份转换，产生从作家创作到电影改编的自觉。小说作家是针对现当代文学作品改编再创作的灵魂，在再创作过程中起到引领性的作用。在文学作品与电影频繁互动的今天，许多作家的著作都被改编成了电影剧本，然而这些作家在面对文学作品和电影两个领域时，又有其各自的选择：一部分作家积极争取参与到电影改编和主体创作中去，实现由作家身份向电影主创身份的转变；另一部分作家试图平衡作家和导演二者之间的关系，有原则地参与到电影改编创作中，并且实现文学作品与电影的

双赢。

"作家"和"电影主创"本应该属于两个不同的群体,然而文学作品与电影之间的互动关系将两者紧密结合在一起。随着市场经济的飞速发展,作家王朔以迎合电影文化的姿态横空出世,他参与的电影主体创作以及根据其小说改编的电影将近20部,可以说他是作品被改编次数最多的当代作家之一。他对电影的参与不仅仅局限在自己小说改编成电影,还直接参与到电影的主创工作中。早在1988年,王朔就同刘毅然、吴滨成立了"海马影视创作中心",其后更名为"海马影视创作室",成员包括了王朔、刘毅然、吴滨、魏人、苏雷、马未都、葛小刚、莫言、朱晓平、刘恒、刘震云、海岩、苏童、史铁生等人,几乎涵盖了当时中国文坛重要的青年作家,先后推出了《渴望》《编辑部的故事》等脍炙人口的作品。在1993年,王朔又加盟冯小刚等人创办的电影公司,担任艺术总监一职。王朔先后参与了电影《看上去很美》《一半海水,一半火焰》《玩的就是心跳》等多部电影的改编和电影主体创作当中。王朔主动向电影靠拢的态度无论是在过去还是现在都是绝无仅有的,他毫不避讳自己对电影拥有极大的兴趣,宣称自己以后的作品主要是为了电影改编而创作,甚至承认自己看中的是电影未来的发展,并且自己这种身份的转换是出于对利益和自身经济情况的考虑。此后,王朔在文学作品和电影之间炉火纯青的成功尝试,直接影响到很多作家的固有观念,他们也开始竭力拉近自己作品与电影之间的距离,致使很多作家纷纷以不同的方式接触电影创作。刘恒、苏童、池莉、北村、赵本夫、严歌苓等知名作家的作品也被纷纷搬上银幕,并且取得了优异的成绩。文学作品从个人化阅读方式转变到电影的集体化欣赏方式,以一种全新的形式呈现给观众,这种新的形式使得很多作家一夜爆红,爆红的直接后果是在经济上给作家带来前所未有的快感和高收益。作家在尝到电影改编带来的快感和高收益后,更加急切地加入电影主创的行列中来。

在电影浪潮的冲击下,大部分作家还是会做出艰难的选择,他们也在试图保持自身创作的独立性。可随着时代飞速的发展,社会不断进步,无论是自愿的还是被动的,作家在创作过程中已经潜移默化地受到电影艺术的影响,文学作品的创作模式已经倾向电影化,文学作品创作已然受到电影的叙事特征以及叙事风格的深远影响。虽然有很多作品被改编成电影,但是相对于部分作家来说电影改编不但是一种谋生的策略,也是拓展文学作品传播的一种高效途径。

因此，区别于王朔、刘恒、严歌苓、李樯等作家主动与电影"联姻"，努力向电影主创身份转型，部分作家在经过一段时间的理性思考和感性认知后，对自身身份的认同进行了深刻的反省和有意识的思考，他们在坚持传统文学作品创作的同时，有原则、有规划地加入电影改编中来，试图寻找文学作品与电影之间更舒服的互动模式，实现文学作品与电影的双赢。

以刘震云为代表的作家积极推动自己的作品被改编成电影，甚至亲自担任电影主创，协助导演顺利完成电影改编。另外，更为令人惊讶的是以麦家为代表的部分作家甚至准备自己担任导演，将自己的文学作品改编成电影搬上大银幕。但是他们始终没有舍弃对传统小说的坚守，依旧在传统小说的领域里不断摸索前进。对于文学作品的电影改编，他们都有自己坚定的立场和固守的原则，他们不反对作家改编自己的作品或者自己成为电影主创，但是他们坚信不能仅仅把它当作赚取钱财的手段，而是要更加真诚地进行电影艺术再创作。

作家大多数是以电影主创的身份加入电影改编中，他们以强有力的姿态涉足电影改编的核心领域。由作家到电影主创身份转变，能在电影改编方面起到宏观调控的作用，亲自操刀进行改编可以准确地把控电影中人物角色的选取，以及电影内容的走向和发展。这也证明了作家成为电影主创的直接益处，大部分电影改编的成功与作家以主创身份的参与是密不可分的，充分体现了从主创视角参与创作的电影优势。这也意味着，按照这个走势在未来的十几年或几十年，文学作品与电影之间会摩擦出更加绚烂夺目的火花。法国文艺理论中有一种观点认为作者意图属于谬误之列，作者意图是不可追寻的。而在小说电影化过程当中，作者原意是很重要的，电影必须向公众传达明确的思想感情。作家作为最了解作品的创作、思想、内容、人物情感的人，必然是电影主创的最佳人选。

(二)"写而优则导"的"作家导演"与"作家电影"

虽然作家与导演看似属于两个不同的人群，但文学作品与电影作品中的艺术性能够使两者紧密地联系在一起。艺术性使文学和电影两类艺术实现了融合，也使作家和导演两类人群和两种职业实现了融合，从而出现了"作家导演"，即专业作家跨界成为电影导演，兼具作家和导演的双重身份，但是"作家导演"侧重于导演身份，跨界后的作家以电影拍摄为主。作家参与电影的制作是一个过程，是在电影长期发展之后作家的自觉行为，电影的流行和快速发展对于从业人员在量和质的要求更高,也为作家进入电影行业提供了契机,电影需要创作人才,作家需要电影获取收入。在作家"插手"电影行业的行为中部分怀着"玩票"心态,而部分作家在"跨界"后如鱼得水,不再返回作家行业,成为专业导演和编剧。

作家跨界做导演的现象西方很早就已经存在,玛格丽特·杜拉斯、三岛由纪夫、斯蒂芬·金等著名作家都曾试水拍摄电影。中国作家同样具有导演情怀,早在1948年曹禺就编剧并导演了电影《艳阳天》,形成了中国作家进入电影制作领域的先河。20世纪90年代初,随着文学和电影的市场化,大量作家开始进入电影领域,成为电影编剧或导演。其中的先行者是作家马原,1991年马原就完成了文学作品《拉萨的小男人》的电视剧改编,其后历时3年完成《中国作家梦——许多种声音》系列片的拍摄制作。新生代作家朱文也先后导演了《海鲜》《云的南方》等电影,关注妓女和退休老人的故事,关注边缘群体的生存困境和精神世界。1988年,刘毅然参与改编了自己的文学作品《摇滚青年》,被田壮壮导演拍摄成同名电影,1995年,刘毅然改编拍摄了茅盾小说《霜叶红似二月花》,其后相继改编和导演了《春风沉醉的晚上》《红杏出墙记》《江湖风雨情》《我亲爱的祖国》《出生入死》《望春风》《毛岸英》《卖花姑娘》等,成为作家转行导演最为成功的案例。作家能够凭借作家的艺术感悟提高编剧的质量,也能够凭借作家的艺术鉴赏力提升电影的艺术水准。因此导演、编剧与作家身份的重合是一个重要的发展方向,导演的技巧、编剧的能力、作家的艺术性三而合一,是提高文学作品电影改编和制作质量的重要保证。

(三)量身定制的电影工作者:新的职业身份与电影创作方式

从导演视角来看,在新时代下文学作品的电影改编促使作家身份的转换,而所谓的量身定制的电影工作者主要是指原作者亲自指导自己文学作品的电影改编和拍摄。量身定制的电影工作者是现当代文学界和电影界新兴职业,实现了作家、编剧或导演的身份"共享"和职业融合,它的出现既改变了电影创作的方式,同时也改变了文学作品创作的方式。导演以作家的身份和视角进行电影创作,增强了电影的艺术性和思想性,同时对自己文学作品的电影改编避免了"二次创作"带来的"硬伤"和"误读"。作家也可以以导演、编剧的身份和视角进行文学作品创作,增强了文学的图像化、视觉性,大量电影艺术手法被融入文学作品创作。量身定制的电影工作者的新职业的出现,能够在很大程度上提高电影和文学的创作质量,改变电影和文学的质地,也是现当代文学作品电影改编主体培养的一个重要方向。

原作者具备作家与导演的双重身份,新身份在某种程度上意味着他们在电影创作过程中,一定会受到作家思维和导演思维的双重干扰。对原作者而言,作家是他们初始的身份,多年的文学创作积累了丰富的写作经验,作家根深蒂固的思维对他们产生了深远的影响。导演是这类作者全新的身份,这种新身份带来的导演思维还远不够深刻,这就导致他们在创作电影的过程中,更倾向运用文字化的表现手法。由此可见,这些原作者在电影创作时仍然保持文学作品和电影双重思维模式的运用,并且这两种思维也会在电影作品中呈现出来。

量身定制的电影工作者开始增多,很多作家都热衷于改编导演自己的文学作品,由此保证文学作品电影改编后能够与原著在思想情感上一致。在原作者创作的电影中,文字起到非常重要的作用,他们擅长运用文字叠加画外音的方式交代故事的时代背景,展现角色的情感表达,串联故事的情节发展。其一,这体现了原作者在电影创作中文学思维的延续,依旧是通过语言文字来推动故事情节的发展。其二,这也从侧面印证了原作者在电影讲故事能力上的薄弱,21世纪以来,出现了一些非专业科班出身的导演,他们善于利用自身文学创作的优势来弥补电影图像表述层面的不足。在大众传媒时代,人们生活富足,追求情感新鲜、刺激,以往的有情人终成眷属式的结局不再能够引起人们的审美愉悦。人们需要新的故事延长欣赏的审美愉悦,这也是俄国形式主义所强调的陌生化效果。因此,原作者为观众量身定制的电影是这个时代的必然,时代语境与作家身份转换息息相关。故事的结局有三种作用,分别是补充次要情节,使故事内容完整,展示情节高潮效果的影响,加深对观众的尊重,让观众从容离开影院。原作者创作的电影更多采用开放式的结局,通过这种开放模式引发观众的思考。

二、现当代文学作品电影改编的发展策略

新事物的诞生和发展不可能一帆风顺,总会在新时代发展的大潮中遭遇到各种波折。现当代文学作品的电影改编在繁荣发展的过程中依旧存在诸多问题,要想保持这份适应电影产业化带来的无限活力,实现稳定而快速的发展,需要在不断探索中挖掘出一条切实可行的发展路径。现当代文学作品的电影改编在未来的发展过程中,仍然存在很多有待改进的地方。我们必须相信电影艺

术对观众的影响程度是很深的,在关注电影商业性的同时,更要关注电影本身的价值观以及艺术性。在现当代文学作品电影改编的发展过程中,绝不能一味地追求电影的商业价值,更需要关注电影的主体思想以及蕴含的艺术特征。

(一)构建现当代文学作品与电影的交互式生产模式

随着现当代文学作品电影改编的迅猛发展和作品的不断积累,建构现当代文学作品和电影艺术的理论和生产实践已成为学术界的重要使命。如何更好地融合现当代文学作品与电影,促进电影产业的可持续性发展,保持现当代文学作品的独立特色和无限活力,是一个非常重要的命题。首先,我们要追求现当代文学作品与电影艺术的内在发展,并在一定意义上将二者进行整理融合。现当代文学作品具有强大的生命力,承担着一定的文学使命,具有不同于电影艺术的审美背景。因此,电影艺术需要深刻发掘人文内涵,寻找一条全新的发展之路。现当代文学作品和改编的电影可以将危机转化为机遇,改编模式可以引导这两种艺术形式走向共赢的发展道路。

(二)提升现当代文学作品电影改编的整体水平

根据近十年的观察,电影院活跃度相对较高的改编电影大多围绕着爱情这一主题,无论现当代文学作品涉及什么题材,爱情主题大概率是在改编成电影后呈现出来的共同元素。通过故事中人物之间复杂的情感冲突创造出跌宕起伏的情节变化,从而引发观众的情感关注。这些被改编成电影的作品起初是非常成功的,但是,当同样类型的电影作品被重复搬上电影院时,观众却因为看到太多类似的作品而形成了既定的思维模式,导致电影情节就不再具有悬念性和观赏性,很难赢得观众的支持与喜爱。进入新世纪,一些类型化文学作品改编的电影整体水平和票房收益都在不断下降,这对主创团队提出了更高标准的要求。如果想要在竞争激烈的电影市场中大放异彩,需要一支专业化的主创团队,也就是说需要组建高水平的主创团队,只有这样改编电影的品质才能在一定程度上有所保障,我国的电影文化产业才能得到健康长远的发展。在复杂的新媒体环境下,面对各类题材的现当代文学作品,主创团队应时刻保持清醒的头脑,以受众需求为主要出发点,考虑票房收益和市场效益等各方因素的同时,要严加谨慎地选择不同题材的现当代文学作品。杜绝随波逐流和盲目跟风,要从客观的实际情况出发,开拓并创新出多元化的发展渠道。

想要提高电影改编的整体水平,首先要根据受众的需求尊重原作。其次,要不断提高主创团队讲故事的技能,与此同时,要发挥受众自身的主观能动性,促进电影的积极创新发展。此外,正如我们之前提到的,一些编外团队粗制滥造的改编降低了电影的整体质量。这些编外团队缺乏对电影专业知识的了解,同时也缺乏技术上的支持和资金方面的获取渠道,为了快速获取高额的利益报酬,改编出粗俗劣质的电影作品,甚至会导致不良后果的发生,究其原因,很大程度上与现当代文学作品随意出售版权有关。

(三)建设专业平台,建立健全机制

现当代文学作品改编电影的发展虽然取得了许多傲人的成绩,但与几百年来传统电影的创作历史相比,显然还存在诸多不成熟的地方。事实上,现当代文学作品改编电影的同质化问题暴露了其发展的薄弱点,而同质化问题产生的原因是,投资方过分注重现当代文学作品的粉丝经济效应,具有一定粉丝基础的文学作品改编电影拥有传播速度较快的优势。投资方热衷以市场效应为主要导向进行电影创作,在某种程度上获取最大利益。事实上,这也印证了现当代文学作品电影改编的发展处于"市场主导"的被动状态。要想解决这种同质化问题,就需要构建现当代文学作品电影改编的专业性平台,保持平台中信息交融互通和交流通畅,以此进一步实现现当代文学作品电影改编的全新机制。

第一,现当代文学作品的电影改编要注重创作主体队伍建设的创新。在获得现当代文学作品版权后,有一部分创作团队会直接聘用其他专业编剧对原作进行改编,而大部分作者本人没有参与其中的创作。从创作团队的角度来看,大部分作者并没有编剧的实践经验,而聘请专业的编剧团队可以在短时间内将文学作品文本快速地转化为电影剧本,这样对于电影中期的专业拍摄是极其有利的。就现当代文学作品本身而言,原作者是最能深刻理解人物性格特征和故事内在联系的人。这意味着无论是创作团队希望尽可能将电影还原成文学作品原作,还是进行相应的加工改编,如果能够获得专业编剧和作者的共同改编和共同创作,电影效果上的呈现将会得到质的飞跃,电影质量也在更大程度上得到保证。基于此,对于作者来说,应该进一步提高自己的编剧创作能力;对于投资方来说,应该相信专业编剧与作者合作共赢的创作团队理念,只有这样才能保证现当代文学作品电影改编的整体质量。

第二,现当代文学作品的电影改编应在改编艺术等方面有所创新。现当代文学作品改编电影的同质化问题不仅表现为题材的相似性,也表现为改编艺术形式的相似性。例如,许多现当代文学作品改编的电影对色彩的运用是雷同的,主创团队会根据受众的偏好在电影整体上使用暖色调。基于此,在现当代文学作品改编电影的艺术改编过程中,首先要尽量避免题材的类型化重复。投资方应谨慎地选择现当代文学作品的类型,不应盲目购买同类型文学作品的版权。在电影改编的过程中,在关注受众视觉偏好的同时,也要在不违背原则的基础上大胆创新,杜绝粗制滥造,即使是同一类型题材的文学作品,也要在艺术的表现上追求与众不同的审美感觉。

第四章 网络文学作品的电影改编

2015年,中国进入"网文IP元年",在以网络文学作品为基础改编的文化形态里,影视作品占比最大且一直稳步增长。深化版权合作开发,以网络文学作品改编电影、网剧和游戏的形式持续增加优质内容,将成为实现网络文学作品市场容量稳定扩大的关键因素。此时,多部网络文学作品改编的电影步入观众视野中。尽管我国的网络文学用户规模一直呈稳定增长态势,但网络文学市场始终处于高速发展状态,随着网络文学的市场规模不断扩大,网络文学改编电影的发展趋势也逐渐步入了稳定期。

第一节 网络文学作品电影改编现状与成就

一、我国网络文学作品电影改编现状

目前,网络文学作品的电影改编已经占据了中国电影市场的"半壁江山"。网络文学作品电影改编在中国影视创作中的占比并没有降低,且如今已趋于稳定与成熟。因此研究网改剧的发展现状对网络文学和电影发展都具有非常重要的现实意义。网络文学的电影改编不仅要注重网络文学原本的文学价值含义,而且也要追求电影所要求的视觉价值。

(一)网络文学作品电影改编的阶段

网络的广泛运用促成了网络文学的诞生与发展,2000年网络文学作品正式进入影视化改编道路。网络文学在经历了自我摸索的野蛮发展期后,随着三网融合、多屏合一时代的来临,中国国内在影视领域的产业链也正进行着巨大的转型。在电影内容打造上,网络文学突破了电影创作的"资源屏障",拓宽了电影的发挥空间。2011—2014年网络文学进入全平台的版权大战期,2015年进

入"网络文学 IP 元年",网络剧创作数量激增,并在之后 3 年呈稳定发展趋势。随着我国政府政策支持,推进了各产业各领域的"互联网+","互联网+"作为优化产业内部结构、推动经济社会转型升级和创新的重要基础,为影视产业带来了创新的机遇与变革的动力,使"互联网+影视"逐渐发展为一种不容小觑的文化力量。在网络文学作品电影改编受到观众重视与欢迎的今天,也促使网络文学作者撰写更广阔题材的作品,所以在某种程度上网络文学作品电影改编也推动着自身的成长。

网络文学作品电影改编经历萌芽生长、快速发展、转型发展三个阶段,在此期间涌现了很多题材不同、风格迥异的作品。

1. 第一阶段:萌芽生长期

谈及目前网络文学作品电影改编的发展趋势,就不得不谈及网络文学。倘若把 1998 年作为"网络文学元年",那网络文学作品电影改编可以说是伴随网络文学而生的。1998 年蔡智恒的原创文学《第一次亲密接触》开始于 BBS 上进行连载,并受到了社会各行各界的热情关注。2000 年由同名网络文学改编的音乐影片也随即推出,2000 年由同名文学改编的电影就随之上映,这是中国首部根据网络文学改编的网络作品,也标志着网络文学改编电影的开端。由于经营管理模式不当,当时许多网络文学网站难以为继,网络文学的影视改编和网络文学的发展在这一时期双双坠入低谷。虽有部分网络文学作品如《我一定要找到你》《鼠类文明》《活得像个人样》等获得大量读者的喜爱,但因内容限制能够改编为影视作品的却寥寥无几。在网络文学作品电影改编初期,仅有上述两部网络文学改编的电影成功上映。网络文学作品电影改编的萌芽时期,虽然剧作数量不多,且以都市爱情为主题。但对当时影视行业的发展起到创新推动作用。

直至 2003 年 10 月,起点中文网针对网文发展首创了"VIP"付费模式之后,网络文学的发展正式进入商业模式。随后,资本家们吸取前次教训,重整旗鼓,再一次把眼光投注在网络文学作品的衍生发展上。随着网络文学创作的增加,影视创作者的选择范围也相应拓宽。2004—2009 年,网络文学改编的创作总量也逐步增加,网络文学电影改编进入生长期。此时网文不仅数量增加,题材也变得多样化。影视从业者对网络作品的选择也不再仅限于爱情,转而扩展为对悬疑惊悚、家庭伦理、都市生活、政治军事等主题的探讨,较有代表性的有三十的同名文学《和空姐同居的日子》改编成电影《恋爱前规则》等,这些电影的播出得到了大众的喜爱并迅速走红全国。自此,网络文学作品的电影改编算是真正步入正轨。此后,由网络文学改编的电影作品开始进入缓慢生长期,处于不温不火的发展态势。

2. 第二阶段:快速发展期

据互联网络发展状况统计报告显示:截至 2010 年底中国网民人数已达 4.57 亿人,国内网络视频用户规模 2.84 亿人,在网民中的渗透率为 62.1%,实现了网络阅读群体的快速增长❶。2010 年开始,由网络文学改编的电影作品开始出现"井喷"状态。历经了十多年的发展,网络文学已逐步趋向完善,其中大量优秀作品已成为广大影视从业者进行影视改编的首要之选。

2010—2012 年网络文学扎堆改编,如《山楂树之恋》《那些年,我们一起追的女孩》《失恋 33 天》《变身男女》《搜索》《听风者》等 14 部电影相继上映。网文改编影视的现象,也引发各大网站平台对网络文学影视改编的重点关注。根据盛大文学公布的数据显示,2011 年盛大文学售出的版权作品共 651 部,其中影视改编版权部分共售出 74 部,而 2012 年就已售出 75 部小说的影视改编版权❷。2014 年影视改编热度持续升温,114 部网络小说被购买影视版权,网络小说已被收购成电影版权,时代横跨了古装、现代、民国,主题包括仙侠、悬疑、权谋等,24 部预计拍摄成电影。

网络文学的影视改编逐渐成熟,至今已演变成当代青年的情感、生活以及社会发展的有效见证。网络文学与影视艺术发展为了实现创作与改编的统一,不断丰富艺术价值与社会价值。网络文学影视改编进一步推动网文 IP 产业化发展,并为影视市场重新注入了活力❸。

3. 第三阶段:转型发展期

2015 年,"一剧两星"政策推行,即一部剧最多只能在两家卫视同时播出。

---

❶ 中国互联网络信息中心.第 27 次中国互联网络发展状况调查统计报告[R].2011:13,39.

❷ 赵洁.盛大文学推介五星级作品网络小说改编影视成第二次浪潮[J].出版参考,2012(31):21.

❸ 黄传波.红色场域下的"去政治化"历史呈现——以《亮剑》为例看电视剧对小说的改编得失观[J].德州学院学报,2015,31(1):69-73.

在此政策影响下,电影票房也持续低迷,能够被观众热议的电影更是寥寥无几。当前观众群体趋向年轻化发展,大众逐渐养成用手机随时随地看剧的习惯,导致电视台难以生存。而有着强大粉丝基础的网络文学作品改编电影转变了这一态势,在相关政策的扶持之下,网络文学电影改编的数量显著增加,同时电影市场逐渐繁荣,改编题材越来越丰富,其中古装和现实题材是其改编重点。

2015—2017年市场逐渐打破爱情片的同质化桎梏,开始追求短小精悍的剧情片。涉及多种题材,其中以古装系列最为观众推崇。同时《2015年中国网络文学IP价值研究报告》指出,网络文学已经成为最大的IP源头,凭借庞大的读者量,IP改编的电影都有相对不错的表现。网文电影表现非常出色,2015年改编自网络文学的电影多达26部,其中《九层妖塔》《匆匆那年》等票房均超过五亿;但2016年电影数量骤减,仅有17部上映,其中《盗墓笔记》系列成为此类电影中的佼佼者,票房超10亿;2017年影片数量有所回升,达到23部[1]。网络文学IP改编电影的市场也开始趋于稳定增长,由此可见网络文学改编的强势地位和强大的粉丝号召力。

2017年,我国网文的自制电影开始频繁遭受口碑滑铁卢,加之"限古令"政策的颁布,促使影视内容商业化、同质化问题凸显,产业变现模式变得更加单一,"大IP+流量明星"的市场运作方式也开始逐渐失效。为了寻求新的影视发展道路,网络文学改编趋向精品化创作改编,投入现实主义题材怀抱。为助力网络文学电影改编提质增效,网络文学产业进入转型升级发展新阶段,剧作开始朝着现实主义题材发展。虽改编热度不减,但网络文学市场规模发展速度已明显下降,且趋于理性发展。2020年,疫情带来的冲击也为文娱产业的转型升级带来了一定契机。后疫情时代,网络文学迅速突围,高口碑佳作开始大量出现。其中,现实主义题材改编愈发明显,引起了收视狂潮。网络文学电影在全球传播中形成了新的增长点,已累积向国外出口网文作品10000多部,遍及全球主要国家和地区。

(二)网络文学作品电影改编的水平

网络文学改编电影的数量多并不等于改编质量好,粉丝呼声高的原著也不意味着改编后的电影必定受欢迎。在网络文学电影改编的二十多年间,改编水

---

[1] 艾瑞咨询.2015年中国网络文学IP价值研究报告[EB/OL].

平也是参差不齐,每个阶段都有不同的变化。

第一,处于萌芽发展时期的网文改编发展水平前后期呈现出不同趋势。2000年到2004年间,改编的数量少且口碑不佳,过于单一,缺乏思想性,不符合时代主流,追求娱乐性改编。2000年第一部网文改编的电影《第一次亲密接触》成功上映,不可否认其在网文改编发展过程中起到的首创作用,但改编的成片质量却不尽如人意,票房和口碑都没有得到市场喜爱。整部电影内容照搬原著,逻辑性差,没有创新,演员好似台词机器,缺乏情感,导致影视视觉效果较差,至今豆瓣评分也只有5.4分。这部作品改编的失败使得影视创作者对网络文学进行了更多思考。2004年至2009年,虽然网络文学的地位依旧很低,数量不多,但是网络文学改编电影水平却是提升许多,改编成功的作品越来越多,改编的题材更加多元化,这一时期改编的作品量提升至20部左右,改编成功率大幅度提升,为后面改编电影积累了宝贵的经验。尤其是青春爱情题材改编较之前相比有了较大的进步,但悬疑类型题材的改编电影水平还是较为低下,也许是由于制作技术、设备有限,达不到悬疑题材追求的"氛围",导致悬疑类电影的"悬疑感"缺失,降低了观众观看欲望。

第二,处于高速发展期的网络文学改编电影的改编水平呈现出沟谷型发展趋势。2010年,网络文学电影改编经过前十年的发展,影视创作者在面对网络文学改编,对其内容的选择积累了相当多的经验,在改编过程中逐渐融入自己的见解。但2012年后随着网络文学数量的增长,文学改编深陷"商业"发展模式,同质化现象严重,改编水平逐渐下降。经过市场调整,2013年,改编成功的效率又慢慢提升。2010年至2011年作为网文改编电影的井喷时期,改编作品不仅在数量上有所提高,水平质量也在不断提升,并且作品的艺术性有所提高,出现了许多爆火之作,如电影《山楂树之恋》等。《山楂树之恋》是电影改编被广泛热议的开始,它不仅刷新了国产文艺片的票房纪录,还揭开了名导演涉足网络文学改编工作的帷幕。2011年,依据同名网络文学改编的电影《那些年,我们一起追过的女孩》《失恋33天》一经热映,便创造了较高的票房和良好的口碑,不仅助推了改编的风潮,还开启了言情古装剧改编的热潮。

第三,处于转型发展期的网文IP改编电影,其改编质量水平整体呈现波浪式发展。2015年改编增速迅猛,IP热潮全面开启,数量与质量并行。2015年

IP改编剧达到31部,占全年网剧总量的8.7%❶。此外,从《狼图腾》《匆匆那年》《左耳》《小时代4》等电影,到"鬼吹灯"系列的《九层妖塔》《寻龙诀》等将电影市场全面引爆。这时网文改编的质量不仅大幅度提升,并且改编的电影品质也越来越高。2017年电影热度不减,但无论是何种类型的电影,在饱和的市场追逐下,都没有达到预期影响。2017年电影市场过度饱和,改编质量不断下降,没有获得市场观众的认可。经过国内市场自我调整后,影视制作团队认识到IP不再是提高票房的绝对法宝了。再好的IP假若缺乏优秀的内容和拍摄技术作为基础保障,也将无法获得广大观众的认可。

当下,网络文学电影改编日益繁荣,优质的网络文学被改编成思想性、艺术性、观赏性相统一的影视作品,进一步扩大了网络文学与影视的影响,实现了网络文学产业最大价值的开发。但面对新时代的发展,网络文学电影还需加强创新性改编,创作大家喜闻乐见的影视作品,凸显新时期电影所承担的社会职责。

(三)网络文学作品电影改编的题材

如今,网络文学电影改编的电影题材愈发丰富多样。现针对近些年深受观众喜爱的内容进行相关归纳。

一是玄幻仙侠类,包括武侠、魔幻、修仙,打怪升级等内容。玄幻文学作为网络文学中最先发展的一类作品,是指构建在玄学基础上的幻想作品。在网络文学创作中有着相当大的创作量,并且粉丝群体力量雄厚,甚至在海外地区也有着众多的忠实读者。因此玄幻类文学改编成为电影行业新发展的主要标志。二是历史类文学,可以分为宫斗权谋、历史穿越等系列。但以穿越类型的作品居多,指的是现代人在某一特殊事件或特定场景中,遭遇时光回溯,灵魂或者身体穿梭到古代社会或某一个历史时空。当下历史剧发展中"穿越"变成了日常行为,并且以人物前后行为变化造成剧情矛盾。部分历史文学还以特定历史事件为故事背景,借助对中国历史的人文认同缩短与读者之间的时间差距。在这种历史空间中,具有冲突性、复杂化的角色,将成为中国历史题材文学的"灵魂"。而这正是历史主题独特的魅力所在,也是读者被这类作品吸引的重要原因。三是言情类文学,内容大致有古代言情和现代言情两大类型。当下市场中以现代言情系列为主,包括重生、都市、娱乐圈、校园等不同主题。在这一系列

---

❶ 方彬.再怎么谈IP剧,内容开发都是根本[N].文艺报,2017-07-12.

中,男女主角通常至少有一方被设定为长相优越,能力突出。这种电影受众年龄范围很广,尤其是青年女性读者最为喜爱。她们把剧中人物的情感代入自身,体会"爱情"带来的喜与悲。这一题材的网文和电影在网文发展二十余年内,可谓经久不衰。四是现实题材,包括都市情感、婚姻家庭、军事等,由这类题材改编而成的影视作品数量不仅多,而且深受观众好评。以现代剧为主,市场偏好反映社会议题,题材呈现贴近当下生活的作品。2017年以后,这类作品的发展空间变得越来越大,关注社会问题、关注小人物生活、社会变革等系列作品大量涌现,其中不少作品引起了社会热议。

(四)网络文学作品电影改编的特点

网络文学作品电影改编发展二十余年,关于它的讨论愈发热烈。网络文学作品的电影改编也呈现着多种特点,其概括如下。

1. 类型题材丰富

网络文学作品电影改编的最大特色就在于作品主题的多样化,可分为玄幻、奇幻、武侠、仙侠、历史、古代言情、现代言情等各种题材,每一种题材都吸引着特定的粉丝群体。网络文学作品电影改编发展变化过程中,由传统玄幻、历史、言情题材稳中发展,到现在不断创新发展,力争题材更加丰富多样,剧情类型细分更严格,剧中分类更加明确。

2. 迎合市场,具有功利性

据第47次《中国互联网络发展状况统计报告》显示,截至2020年12月,我国网民规模达9.89亿,互联网普及率达70.4%,网络文学用户增长稳定,规模达4.67亿。

网络文学具有广泛的群众基础、知名度高、类型题材丰富,因此网络文学成为目前我国电影剧本的重要来源之一。影视制作公司在选择IP改编时,看重的是网络文学发展的商业价值,若想成功将电影输入市场资本中,挑选剧作时要时刻观察主流题材和市场改编动向。

文学看上去往往是无功利性的,但间接或内在又隐藏着部分的功利性。当下,我们生活在物质的世界里面,创作的同时,难免要考虑作品的商业价值。对于网络文学来说,功利性恰好是写作的最大目的。随着越来越多的网络文学开始转向影视艺术发展,这种功利性的目的愈发暴露。从网文走进大众视野,也许作者起初只是单纯抒发情感的自由创作,但自从2000年第一部网文改编为电影上映以及 2003 年 VIP 付费模式的开启,作者们的非功利性写作状态逐渐沾染上商业化气息。当下,市场需要什么,作者就创作什么,平台就改编什么。其次,为了获取更大的市场,一位作者的多部系列文学纷纷走到台前。"IP 热"的发展让网文作者、网站平台、市场之间形成了产业化链条。而且,在商业利益的影响下,"IP"作品的制片方在进行改编时的功利性也更加突出。尤其是近几年,"IP"改编更是表现出一种非正常化的现象,改编趋向于由严格忠于原作思想,变为偏离原作轨道的胡编乱造,用商业价值代替文学性价值。剧作团队在改编过程中大量运用"流量＋大 IP"的制作模式,追求明星效应、粉丝消费。

3. 品质不均衡

网络文学作为一种文学形式,作品创作过程中必然会对环境、文学抒情以及人物的心理进行大量描写,此外,网络文学的创作还会迎合读者、市场要求,依据读者喜好设定相关情节,这些内外因素都会导致作品篇幅过长,情节烦琐。而电影作为一种视听艺术,需要明确的故事情节,且受众要更加广泛。网络文学转化为电影,不管从观众角度还是叙述手段上都属于"由窄变宽"的传播方式,这无疑会给改编增加难度。网络文学作品电影改编的过程中,所面临的问题大多集中在剧情逻辑发展设定上。故事情节的发展作为一部文学的核心内容,是影视团队改编的重中之重。面对网络文学长达几百万字的内容,电影改编只能择其精华,难以全部改编,所以导致电影的品质发展不均衡。

近些年网络文学作品电影改编影视团队针对改编有着两种不同情况:

第一,创新性改编,保证情节逻辑性。在电影中,透过屏幕导演无法直接表现文学中人物的心理活动,无法将人物的行为动机剖析彻底。制作团队只能利用影像、音乐和直白的画外音来表现角色的内心活动和内在情感。因此,要学会恰当改编,在原著基础上加以创新是合理的。只要保证故事情节符合逻辑发展,就增加了创造出一部好的影视作品的可能。在电影转换过程中,影视制作团队往往要删减大量冗长的片段和不适合用影音方式呈现的细节部分,以整合出新的叙事主线,再进行改编。

第二,魔改内容,追求利益。部分影视制作团队盲目追求市场利益,认为"大 IP＋明星流量"必然会让粉丝为其剧作送上热度,从而在对网络原著进行二创时常常敷衍了事。影视制作者也会进行大刀阔斧的改动,只保持和原作品中大体相同的角色、剧情与环境,但在主线人物上施加很大变化,甚至连情节主线人物也会发生变动,导致剧作结局也和原作相差甚远。如电影《悟空传》中唐僧的主线完全被删掉,抛弃了小说所赋予的敢于反抗的核心内涵。电影和原作的区别越来越明显,从而引起部分忠于原作的观众们对电影的强烈不满,导致口碑有所下降。这种不顾及原作粉丝,不尊重原著创作的电影作品,必定会失去小说读者这部分观影群体,甚至会在市场逐渐消失。

4. 网台合作紧密

2015年"一剧两星"政策实施,造成电视台购买剧集的成本大幅度上升,许多剧集都因此而无法争取到上星机会,只能转投网络平台。随着网络平台的审批制度逐渐放松,网络剧在题材的选取上也越来越大胆,很多以往不宜上星的题材也有了得见天日的可能。

近年来,网台融媒体式愈加紧密,在政策的引导和推动下,网台融合已成为网站创作者与卫视平台间基本共识,双方都必须向着"有意思、有意义"的内容制作理念不断迈进。随着视频网络平台的主导力量不断增强,网台之间也不再以抢夺用户空闲时间为目标,转而以信息内容为重点,各方充分发挥渠道资源优势从而形成差异化的用户价值,台网关系也产生了根本变化。

二、网络文学作品电影改编的主要成就

(一)推动网文聚焦社会,关注当下

电影作为最具有大众基础的文化表达方式,不仅带动网络文学的全民化认知,也推动网络文学进一步向社会效益和艺术效益相统一的方向靠拢。影视与网络文学产业的融合,势必会使中国文化更加做大做强。对于网络文学电影改编作品而言,借助原创IP,把握行业发展趋势,才能打造出真正优秀的艺术作品。深入挖掘社会话题,讲述中国好故事,用高质量的文学产品提升人们的文化获得感、幸福感,增强我国的文化自信与文化软实力❶。

目前,国产电影行业已步入了提质减量的重要阶段。2021年电影市场以当代现实主义题材为主导类型,其中讲述社会改革、历史发展与疫情时代人们生存状况的作品占据比例较高。此时,作为电影内容主要来源的网络文学也要跟上电影创作"提质减量"的时代步伐,推动网文现实主义题材创作,把握网络文学的社会价值,聚焦社会问题,关注当下民生。

---

❶ 赵大明.网文IP:影视剧改编的新宝库[N].河南日报,2021-02-05(8).

2021年11月,国家电影局发布《"十四五"中国电影发展规划》,提出"坚持以人民为中心的创作导向和工作导向,自觉为人民抒写、为人民抒情、为人民抒怀"。在国家政策支持下,文学和影视要主动与社会现实相结合,创作出反映人民现实遭遇的作品。比如,讲述中国网络产业风起云涌、创业新风貌的《网络英雄传Ⅱ:引力场》;真诚表现优秀青年世代支教高山地区、彻底改变贫穷样貌的《明月度关山》;记述平民百姓日常生活、探讨新社区模式的《白纸阳光》;解答了年轻一代人关于青春、奋斗、爱情问题的《拥抱谎言拥抱你》等。这些作品的创作范畴之深广,主题角度之新颖,"正面强攻"之成功,艺术结构之精巧,在以往的网络文学现实主义主题小说中,确属鲜见。现实题材持续霸屏,成为影视行业的中坚力量。随着"改革开放40周年"与"中华人民共和国成立70周年"等重要时间节点的到来,"主旋律"创作成为重点。另外,当代都市剧更加关注社会热点话题,并在女性题材剧、行业题材剧、民生题材剧等类型上积极创新,呈现出描绘现实生活、反映人民心声的新面貌。当下,网络文学现实主义题材改编的电影已经攻下了电影市场的半个江山,并将持续发展。网络文学创作也正在走高质量、精品化路线,并持续聚焦社会现实,关注社会不同行业发展现状。

(二)有助于扩大网文作家和作品的社会影响力

网络文学和网络文学改编电影是相辅相成的,一部优质网络文学作品是一部高质量改编电影的核心。一部精品化、口碑好的改编电影也能够反哺网络作家以及推动原著的再销售。

网络文学作品影视化的大力发展,也间接推动了网络文学作品的主题书写以及网络文学IP产品的体系化、系统化发展。网络文学作者在IP影视化之前主要是靠网站订阅、读者打赏、实体书版税等手段生存,但随着网络文学"IP热"的发展,出售版权成为网络作家最重要的生存手段。2014年,中国进入了互联网自制电影元年,网络文学电影改编权费用集体大涨,有的甚至高达百万。而且影视企业在收购影视改编权时,往往不是单本购买,而是系列买断。这也就使得网络文学的作者们特别关注改编动向,变相地吸引更多的年轻作者进入网络小说写作中。而且,影视化如果取得成功,便可以进一步增加网络文学作品的社会影响力,进而提升了作品实体书的销量,并带动其周边和衍生产品的发展,将部分流失的读者们重新拉回来。

电影创作美学向网络文学渗透。网络文学的创作艺术特征早已弥散于电影理论和创作的过程肌理当中,而电影创作中背景、空间、结构、环境、人物等表现方式,也被作家移植在小说创作中。这特别突出地反映在对类型小说改编的剧作中。由于类型小说汲取了类型影片的创作经验,也越来越强调创作的标准化、规范性。在逐步拓展作品表达范畴、丰富作品表达手法的同时,也迎合了大众阅读娱乐、消遣的需要,从而达到了商业利益的最大化。同时也有许多作者主动"触电",自觉地以服务于电影改编来创作小说,让小说作品成为影视传播的一个过程。类型化小说的模式化运作大大降低了文学作品创作的难度,但同时也要注意套路化创作对创作主题的限制,面对类型化的创作环境,作者应尽量在类型化中保持自身独特个性。只有如此,作者作品才能够在众多网文中脱颖而出,打造专属于自身的"品牌"文学,提升自身及其作品的社会影响力。

(三)延伸泛娱乐产品的产业链

网络文学电影改编行业发展中,影视制造团队通常会对接广告投资商和网络在线视频平台,共同承担 IP 影视化内容的生产与制造。其中,网络在线视频平台主要以工作室或独立制片人的形式出现,直接为其进行资金投资,并以工作室或是独立制片人为中心打造内容产出制造团队。其中网络剧的运行平台主要负责集合导演、编剧、艺人等资源,为内容产出进行剧集的营销、发布等业务活动。此外,还对接网剧或电影产品后期周边的生产制造、宣发等工作❶。总的来说,网络剧生产制作方法丰富而多元,播出途径也呈现出了多样化特征。而在产业链上游的广告商,既可向在线视频媒体公司投入广告,也可直接向网络剧制作团队和运营方投入广告。而目前,网络剧的主要广告合作方仍以快餐消费、汽车、IT 类等公司居多。在不同题材剧中可以植入不同品牌,其中古装和历史剧,因为时间的限制,植入空间相对有限。而面对现代言情剧或者悬疑探案剧,植入则更为简单。广告一般存在于片头或穿插片中,植入的品类可以是化妆品、电商广告、零食、感冒药、汽车、衣服、电子产品等。除广告的投放以外,制作方和平台方可自主开发或委托第三方公司研发衍生品,同时衍生品以合作授权方式再往下营销。衍生品的开发不仅与线下品牌合作,还会通过线上电商平台、视频合作平台销售。为了更好地推进电影产业链发展,对于剧集的部分拍摄地,平台方可以联合相关旅游部门开展合作,打

---

❶ 从易.原著与改编,别样的命运与共[N].解放日报,2020-12-10.

通剧集到现实的壁垒。

如今,中国的IP电影及其衍生品市场还处在早期发展阶段,电影IP大都是分散式发展。IP电影面临未形成品牌效应,缺乏体系化以及版权保护等问题,现只能依赖粉丝效应盈利。未来,对于IP电影泛娱乐化发展的道路还将继续摸索,降低衍生品开发风险。

(四)成为中国文化"出海"名片

国之交就是民相亲,民相亲就是与人心相通。在促进民心相通、推进中国文化"出海"的过程中,电影依靠其内容直观易懂、形象生动、艺术感染力强、受众覆盖面广的传播优势,起到了难以取代的重要作用。而近年来,随着国产电影制作水准的提升和网络视听媒体宣传渠道的拓展,国产电影出口区域也逐渐扩大,市场范围由东南亚地区进一步向非洲、中东、欧美等区域扩展。

电影出口形式也越来越多样,由单一的版权销售逐步向海外市场整体落地,以及开时段、自建频道等广泛多渠道的拓展。目前,中国国产电影的出口市场已覆盖世界100余个国家和地区,电影已成为人们传递中国声音、展示中国风貌的主要途径,大大提高了中国文化产品走出去的水平和影响力。在所有接触过中国文化的外国人中,有23.5%的人是从中国的影视作品中首次接触中国文化的。在走出去的文化节目类型中,电影多年来占比一直保持在70%左右,网络文学改编电影成为一匹黑马,受到国外网友广泛关注。如今,这些基于网文IP改编的电影不断走出国门,取得了良好的国际传播效果,使得网文作品成为中国文化走出去的良好载体。

《2021年中国网络文学出海研究报告》显示:截至2020年底,我国已成功输出海外优质内容超过10000部,覆盖多个国家,海外用户规模增速160.4%,达到8316.1万人,出海市场规模达到11.3亿,可见中文作品对海外读者的吸引力是非常大的。该《报告》还显示:海外读者最期待的IP衍生形式为影视改编。其中电影喜爱度超过55%,且付费意愿也位列前二,为30%左右。一批批出色的网文文学作品在海外深受好评,如电影《扶摇》登上欧美国际主流视讯网络及多国频道,引发国际观影狂潮。另外,也有部分小说成功实现了改编权的海外输出。

如今,网文IP改编电影出海,精准满足了海外网文读者的消费需求,网文也成为视听产品出海的重要IP来源。网文IP及其改编电影逐渐成为我国文化产业"出海"的一块闪亮名片,也将作为特色大国对外的新看点,为世界民族文化多元做出了独特贡献,也对增强中国文化自信产生了积极影响。

第二节　网络文学作品电影改编问题与对策

一、网络文学作品电影改编中存在的问题

从 2015 年开始,小说改编的数量逐渐增加,网络文学 IP 成为影视行业开发的新来源。迄今为止,有关网络文学 IP 影视的发展从未停止并且已达到高峰期,与传统影视创作相比,影视制作团队能够尽快整合市场资源,提高影视作品制作效率。随着网络文学作品的数量大幅度增加,电影产业对网文 IP 衍生的研发愈加深入。2020 年,网络文学 IP 改编在电影中依旧占据着重要地位。为了巩固其健康平稳发展,探究网络文学独特的商业运营模式,对于在影视改编过程中出现的问题,我们就不得不去研究讨论。

(一)题材类型跟风、同质化严重

当下,同质化、套路化问题已成为网络文学 IP 产业发展的长期痛点,尤其是网络文学衍生影视产业,大量粗制滥造、题材相似的作品被改编为电影,导致网络文学电影的口碑不断降低。从 2000 年至 2021 年,网络小说至少产出上百万部,而根据相关小说 IP 改编的影视剧超 3 千余部。虽然数量很多,但将之分类,大都是相同题材的作品❶,如"爱情""校园""修仙""玄幻"等受众广泛的作品。网络文学受其自身商业化、娱乐化的限制,逃不开对类型题材的创作。如今市场上"青春""爱情"题材作品已经饱和,但依旧有大量作者选择这种题材并且每天定时定量更新。网络文学作品在数量疯长的同时逐步趋于泡沫化,其中滥竽充数者很多。2015 年,作为网络文学 IP 影视发展的高峰期,网络剧呈现爆发式增长,但剧作的播放量却陷入"低谷",几部"宫廷剧""爱情剧"播放量均未达到预期值。这些剧作创作结构雷同,人物、事件千篇一律,剧集长得好似裹脚布;并且影视制作团队的后期画面僵化,演员角色塑造差,宛如 AI,让观众倍感疲惫。此外,部分爱情题材剧作中还残存着低俗的社会价值观,不利于影视文化的健康发展。所以即使网络文学 IP 自身的光环再盛,也抵不住影视题材同

---

❶ 邓思贤.我国 IP 影视改编的娱乐化问题及对策研究[D].广州:暨南大学,2017.

质化产生的"副作用"。这也导致了国产剧的低迷,面对成千部影视作品,观众依旧是"无剧可看"。

在市场经济驱动下,低质内容的繁殖裂变已成为行业扩张"野蛮生长"的标准模式。各类"IP影视剧"只要拥有粉丝基础,便能在流水线上批量生产。在一味追逐利益的市场环境下创作出来的影视文化作品,必然是趋于同质化的。一部剧作热播,就会出现"千千万万"个相同或相似题材的类型剧,它们除了主人公称呼不同,故事情节、背景基本相似。直到2020年,多种题材的优质内容开始显现。由于网络文学类型丰富,自身存在高度同质化的限制,同时部分网络文学作者创作中受到资本市场的驱使,为了迎合市场而对原创IP内容进行炮制,原本IP产业的原创精神被资本绑架,大批相似作品层出不穷,批量生产剧作代替了精雕细刻的精品剧作。要想削弱网络文学同质化现象,保证创作新意,网站平台需要大力加强后台监督、迫切地探索解决方案。创作者要忠于思考,忠于读者,尽量减少商业创作的负面影响。

(二)艺术质量不高,价值观有低俗倾向

粉丝的支持是网络文学创作者的动力之一,面对庞大的网络文学库,影视制作团队最先看到的便是拥有雄厚粉丝基础的网络文学IP,这些作品潜在的流量价值会带来巨大的双重经济利益。为了实现利益最大化,网文创作者创作开始迎合粉丝的喜好,无论好坏,并且常常在书中添加不合时宜的"段子""笑话",甚至违背公序良俗。这虽然影响了受众对网络文学发展整体的观感,但经过影视团队的包装,工业化快速生产的影视作品投入市场,这样的作品主创不在乎口碑与受众,只要有粉丝愿意看,即使是短视频吐槽,他们也可以从中获取流量变现。如郭敬明的《晴雅集》,甚至直接被下映。这些剧作的文学性、艺术性价值都不高,甚至只是"口水剧""捞钱剧",并且剧中宣传的社会观念很容易让青少年的价值观造成偏差。当下,IP电影制作,忽视了内容生产和艺术追求,一味寻找捷径来争取市场投资回报最大化。同时,作者为了迎合新生代读者的"爽"点,追求形式上吸引眼球的效应,重视视觉感官体验,从而忽视社会和时代赋予的教育责任,忽视中国传统文化传承以及艺术审美的追求。

随着网文IP精品化的改编,部分IP在改编中"立"了价值观导向,但整体上缺乏艺术价值和正确的价值观,需要创作团队保持警惕。优秀剧作在创造中要抛弃过于浮躁、急功近利的情绪,在瞬息万变的市场经济中保持理性思维与定力,使影视类作品重新回到文艺的本体地位。

(三)迎合市场,过度娱乐化

对于 IP 改编电影而言,无论进行什么样的改编,文学性是电影不可缺少的重要组成部分。无论是剧情设定还是角色心理的描述方面,文学性的缺失、商业性的过度追寻对于电影发展无疑是"灾难性"的。

如今,IP 影视化的创作模式已经开始从传统的以作品为核心转化为现代的以观众为核心,而原本具有引导受众功能的文学创作者如今受到了资本市场的严格控制。文学艺术创作如果迎合了市场需求,则必将损害其纯粹价值。从网络文学出发,接受者与创作者之间的关系出现了错位。网络文学中缺少了创作者应有的独立思想,影响了文学作品的思考深度与价值观的弘扬。另外,文学题材也出现了娱乐化与低龄化的现象,网络文学变得更加随意。"金钱是最大的写作动力。"这可以说是大多数网络作者的创作心声。对于网络文学或者是网文 IP 改编电影而言,娱乐化、商业化的影响十分深远。

对比传统文学,网络文学的文学性"先天不足"。唐家三少曾说过:"像我们现在写的玄幻小说不存在任何文学性,没有任何文学价值。"在"IP 热"、追投资、拼流量的当下,影视创作变得越来越功利。在每年公映的 300 多部电影中,真正具有人文价值、美学价值和审美内涵的影视作品少之甚少。在快餐式消费的网络环境中,不同内容的混合、拼接使得影视作品索然无味。青春偶像剧逃不开的基本套路:车祸、癌症、误会;宫斗戏的标配:投毒、谋权篡位;再加上"替身、抠图、AI 特效"等技术的运用,影视作品在各种"添加剂"的投洒之下味同嚼蜡,甚至面目可憎。投资商往往只追求经济利益,不在乎电影是否存在美学、艺术追求。在资本与产业竞争的双重压力下,编剧们耗时费力地打磨剧本,在当下也变得不合时宜了❶。

当下,进入影视行业的门槛越来越低,无论是导演、编剧还是演员之列,都出现了大量非科班人员。在文娱行业里,跨界发展成为常态,一些尚未进行过系统训练的作者们、演员们却纷纷走向了导演、编剧等行业,由于经验的缺乏,产出了一些粗制滥造的剧作。但神奇的是这些剧作以高额的票房和高收视率

---

❶ 徐兆寿,巩周明.网络文学二十年影视改编概论[J].中国现代文学研究丛刊,2019(5):198-211.

牢牢霸占了大众视线。而忠于文学创作的作者们和追求艺术价值的团队面对高流量、高票房也感到匪夷所思,并开始对坚守的创作理念产生自我质疑,放弃或部分地抛弃了创作追求。

(四)缺乏版权意识,侵权事件频现

随着网络文学改编电影的现象越来越受到资本市场的重视,网络文学IP是否侵权的问题接踵而至。网络文学IP作者、网站平台以及影视制作公司三者成为诉讼的主要人物,一时之间关于网文的版权纠纷成为高发区。

当前,关于网络文学改编作品所涉及的版权纠纷,主要有三大类型:

首先是未批准使用作品。类似的纠纷不胜枚举,我们常在热门新闻中看到的某电影"涉嫌抄袭""短视频发布影视合集",基本上就是此类纠纷。随着网络的蓬勃发展,网络小说的读者群体愈来愈大,部分优质的网络小说IP获得众多网友热捧。但在获得广大观众喜爱的同时版权争议也此起彼伏。相比于以往传统文学经典改编,当前的网络文学改编影视虽然借助了网络平台媒介为作者创作带来了便利,但同时也在一定程度上影响到了小说的原创性。加之近年来影视行业大量哄抢原创IP,原创文学的经济价值翻倍增加,致使一些急功近利的作者东拼西凑,过度"参考借鉴"。这种原创性极低的网文,或者是可能出现侵权的网络文学作品,如果被翻拍为电影,其经济收益、社会影响力虽然可能会暴增,但极不稳定。这也正是为何我国网文IP改编电影发展了20多年,版权争议仍频发的主要原因。

其次就是版权授权到期的问题。对于著作权到期还进行拍摄上映,国家也明确规定属于侵权行为。2015年初,由同名小说改编的电视剧《何以笙箫默》在各大电视台热播。之后,同名影片于2015年4月发行。而在影片拍摄前,这本小说的原作者顾漫发布了版权声明,称之前授予乐视的影片版权早于2014年9月10日到期,后与光线电影签署了该作品影视改编和制作授权的协议,时限为三年内。所以,光线传媒有小说改编权、摄制权,而乐视无权擅自注册"何以笙箫默"商标,于是造成了僵局。2016年改编自网络小说《迷雾围城》的电视剧《人生若如初相见》开机。不过该小说原作者匪我思存却认为该剧涉及侵害其版权,其中主要原因是:小说《迷雾围城》的电影翻拍摄制权于五年前(2011年)授权给北京紫晶泉公司,但该授权已于2016年到期,且并未与其续约。所以授权到期后,电视剧仍在拍摄已构成侵权。

此外,新媒体短视频的出现对电影也造成一定影响。随着社会节奏的加速,用短视频看电影已经成为碎片化时间的一个普遍消遣方式。短视频创作者通过对影片主要内容进行筛选、剪辑、自我解读,实现作品的重构,并在短视频App(抖音、快手、微博、哔哩哔哩)上发布,但这都属于侵权行为。2019年至2021年,12426版权监测中心对10万原创短视频作者的作品进行监测,累计删除原创短视频盗版416.31万条。其中92.2%的独家作者和63.7%的非独家原创作者被侵权,平均每件原创短视频被搬运了5次。据《2020中国网络短视频版权监测报告》显示,在对4894件影视综动漫类作品的监测中,共发现短视频疑似侵权链接1406.82万条,电视剧单部作品短视频侵权量多达5991条❶。

二、网络文学作品电影改编的发展对策

(一)重视精品创作,承担社会责任

针对当前网络文学IP改编电影蓬勃发展的新态势,针对广大人民群众对精神与文化生活方式的全新追求,进一步提升原创作者的社会责任心、使命感,提升影视制作产品的品质与水准,为广大人民群众创造更为美好的精神食粮,是中国当代影视工作者不得不认真思考的重要课题。

当下,网络文学的生产创作处于转型发展的进程中,面对IP饱和的市场环境,只有坚持网络文学的精品化创作,突出IP改编电影的社会价值,才能够制作出一部优质作品。近些年,随着市场经济的蓬勃发展,网络文学IP影视产业所追求的不再局限于经济效益,而开始注重网络文学以及网文IP影视创作中的精神品质。步入影视行业发展的新时期,影视创作必须满足新时代下新观众的新期待。如今,古装、玄幻等题材的改编已然成为"过去式",现代社会快节奏的生活,促使越来越多的读者开始在文学艺术作品中找寻情感共鸣,从而推动现实主义题材剧的进步。现实主义题材剧聚焦社会各个角落,涉及婚恋、家庭生活、职场、扶贫、疫情、历史重大事件等多个话题,并且多以普通人、平凡生活中的小人物为创作对象,展现不同时期、不同人物的内心感受。

网络文学创作走入现实、关注社会、呼应主流价值的趋向尤甚,与抗疫、医疗、脱贫有关的多个时代话题迅速反映在网络文学创作和电影中。当下,IP改编作品始终要坚持弘扬主旋律,紧扣时代发展,创新发展,遵循社会核心

---

❶ 12426版权监测中心.2020中国网络短视频版权监测报告[EB/OL].

价值取向,让影视作品内容贴近生活、贴近群众、贴近人心,作者创造过程中要把讲好中国故事作为创作目标,打造精品力作,系统有序推进影视行业健康发展。

(二)正视网络文学与改编电影的关系

作为利用网络为联络媒介的网络文学,原则上依旧隶属文学作品范畴。面对当下网络文学改编电影的热潮,为了更加规范地进行改编,我们必须重视网络文学原著与 IP 改编电影之间的区别以及联系,打造出一部出圈的电影需要技术、剧本、演员等条件共同作用,不会仅仅依赖一部网络文学作品的存在。

改编后的电影和网络文学作品是完全不同的产物。网络文学虽然利用网络为媒介,但依旧以语言文字为工具,运用修辞手法和丰富的语言技巧来表达作者思想和感情,用绚丽的想象,幽默夸张的文字创作玄幻、言情、校园、历史等多种类型作品。而电影作为视觉艺术,是继文学之后出现的一种独立的艺术形式。简单来说,电影可以利用文学或者其他艺术形式,把其中的艺术成分通过精湛的技术表达出来。当下,网络文学和影视剧发展纠缠不断,两者都通过自己的媒介去展现生活、抒发情感。在"互联网+影视"不断融合过程中,我们要认识到网络文学和改编的电影应该是独立的艺术,两者有共同点但不等同。

从网络文学到电影的转变,需要一个"改编"的过程。改编不是完全照搬,而是在原作品的基础上进行合理创新改编。经过改编后的网络文学,俨然是一部新作品。把一部新作品的创新内容通过科学技术手段展现在观众面前,便成为一部新的影视作品。

我国文学与电影的渊源可以追溯到 20 世纪 80 年代,表现世情佳人的鸳鸯蝴蝶派小说被大量改编成电影,随后是传统经典文学创作,再到 21 世纪的网络文学创作,电影与文学共同发展。电影总在文学范畴内汲取养分。因为文学的表现方式在于自由、灵活,而电影恰恰也是在运动的时间和空间里创造人物形象,所以电影的发展离不开对文学的依赖。早期电影改编基本是全盘照搬文本内容,致使观众把改编是否贴近原著作为衡量 IP 影视好坏的标准。但是,随着社会时代的变迁发展,IP 电影真的要一直拄着文学这根拐杖走下去吗?如果这样,电影与文学的区别在哪里呢?

电影要想独立行走,就要完善自己,与文学保持一定的距离,电影不应该成为文学的附庸。可以让文本内容的文学性服务于影视艺术创作本身,而不是喧宾夺主。影视团队要保持清醒并时刻提醒自己,文学只是电影发展探索路上不可缺的一环,而不是唯一的。❶

海德格尔认为现代社会是"世界图像时代",视觉文化正在取代印刷文化,文学正在被边缘化。随着网络文学IP热的发展,网络作者在创作时,总是把网文影视化作为创作目的,而不注重文本创作的文学性。作者一边在创作,一边在寻找卖出IP的机会,把作品当作赚钱工具。这种情况不免让人觉得"图像"时代必将取代"文字"时代。尤其是网络文学IP发展时代,作者为了达到作品影视化目的,有目的地创作迎合受众口味的网络小说,致使其作品开始出现"俗套""雷人"的趋势,但这一创作又会导致作者的处境更加尴尬、更无人问津。文学作为一门活的、流动的艺术,给予读者最大的就是无限的想象,每位读者都可以是参与者。而电影却更容易固化,把无限的空间缩小在一个房间里,观众看到的仅仅是导演拍摄的画面。文学有很多优于电影之处,文学不应以影视化为目标,但可以成为剧本的参照物,也可以利用银幕将受众吸引到它独特的文学环境中。

当下,应正视网络文学和IP改编电影之间的关系,两者相互独立,并道其行,相辅相成,共同促进,网络文学以及IP改编电影才能大放异彩。

(三)建立专业改编队伍,鼓励原著作者参与

回顾这些年看过的影视作品,无论是出圈还是不出圈,最先引起注意的永远是演员、剧本、导演。但提及编剧是谁,却鲜有人知。对于一部成功的影视作品而言,编剧是重要的成员,但也是最容易被人忽视的。当一部电影成功出圈,网友总是在讨论"某位导演拍的就是好""某位演员的演技真是好""某家公司出品必属精品",而鲜少提及这些剧作的编剧。然而,一部电影是成是败,编剧至关重要。一部优秀的IP剧,离不开一本优秀的剧本;一本优秀的剧本,离不开编剧的苦思冥想。一位技术高超的导演也许拍不出出圈的电影,但一本糟糕的剧本绝对不会出一部好剧。如今,我国网络文学的IP电影开始重视剧本的打磨。有的影视团队联合原著作者和专业编剧团队共同商议改编事宜,积极听取粉丝和作者意见。

---

❶ 张鸿声,王晓云.中国电影与文学的关系[N].文艺报,2010-07-07.

传统编剧在针对网络文学IP改编的过程中,常常会感到"水土不服",容易受到"粉丝经济"以及大数据的干扰。传统编剧思维较为固化,不了解原著粉丝所关注的"点"。通过网络文学IP改编电影剧本需要把握网文的主要脉络与特点,而不能简单改变原作的"脑洞期待"和粉丝们对故事的满足感。在此基础上必须调整好影视编剧对网络小说故事的架构以及网络语言的把握,这样才能产生良好的改编效应。

随着"互联网+影视"的不断发展,建立专业网络文学作品改编团队迫在眉睫。在网文IP泛滥的时代,由于许多非专业编剧创作能力十分优秀,给专业编剧带来了巨大压力,所以专业编剧更需要通过和原著小说作者加强交流,以取得情感共鸣。针对IP影视改编,传统专业化编剧应该打破常规思维,不能带着对网络文学的偏见,要充分信任熟悉网络作品的责编和作者,达成改编的共识,从而形成专业的网络IP影视改编队伍,促使网络文学IP改编取得最佳呈现效果。此外,一部好的电影必须满足观众需求,让观众能够在原著小说基础上认同电影的发展。对于剧作团队来说,没有比网络文学作者本人更了解读者对作品的兴趣的了,因此,影视编剧团队需要积极引导、支持有意向参与影视化改编创作的新作者,鼓励其多介入剧作改编流程,并多和传统影视编剧沟通探讨,才能保证电影呈现的最佳效果。

未来我国电影的高质量发展,需要依托专业编剧创作的优秀剧本构建行业业态。网站平台编辑人员必须经过国家数字出版考试,内容从业者要求"持证上岗",编辑队伍才能更专业化、规范化,给读者创造更为健康愉悦的阅读感受。另外,对于网文IP改编电影,剧作团队应打破门户之见,联合原著作者参与,创新发展,同时利用自身丰富的影视创作经验,积极寻求突破点创意,才能让每部作品"出圈"。

(四)注重改编作品的精神境界与文化品格

网络文学发展二十余年间,市场作品累积规模存量已达近2800万。数量之巨、类型之多,在全世界网络文学发展中都堪称顶尖。网络文学自带粉丝基础,再加上文学市场的推动,导致文学IP成为影视创作中最重要的源头"活水"之一。2015年以来,文学作品一直占据着影视业最重要的内容源头。尤其是步入网络文学转型时代,影视圈和文学界联系得更加密切,影视业的繁荣发展,与文学界的繁荣息息相关。

2015年,网络文学IP影视化进入发展的新阶段,"网文IP元年"开启,IP改编数量大幅度提升,自那时起网文改编电影越来越火热,内容和形式也一直在变化。然而网文IP影视化的效果却难以一语道尽,有影视作品比原著本身更受认可的;也有"魔改"到原著粉丝想给导演"寄刀片"的;但更多的却是不温不火,默默上映,默默结束,除了在原著粉丝间能够激起一些火花,没有任何的讨论话题。尤其是2015—2016年,虽然IP电影上映数量较多,但作品出圈力度极低。

国内影视市场开始重新评判网络小说的IP价值,逐渐回归了对网络小说IP改编的理性判断,并推动了IP改编市场走向一个转型期。古装玄幻题材作品的改编价值在逐渐消失,但现实题材作品的优势却开始越来越明显,促使网络文学IP改编走向精品化进程。长期以来,人们都惯性以为玄幻、仙侠、言情等远离生活的幻想类型文学才是网文的主力;现实题材尤其是乡土题材,暴露社会问题的作品则是中国传统文学。实际上,现实主义题材的网络文学,是指网络文学作者们摆脱了早期网文作品中的单纯"爽"感,重新看到了社会大众日常生活,以及在国家主导价值观推动下创造出反映都市生活困惑,以及不同时代不同价值观间的矛盾冲突等更易于引起观众兴趣与讨论的作品。随着社会生活质量的提高,观众的精神世界愈加丰富,对于剧作的选择,也更加注重作品内含的精神境界与文化品格。

以网络文学为代表的数字行业出现产业发展新契机、新动力、新增长。网络文学追求高质量发展的趋势基本在业界形成共识,网络文学内容的内涵建设会得到进一步巩固。在社会主导、平台促进和行业监管的合力作用下,现实题材作品纷纷登上银幕,改编后的剧作呈现出现实性、多元化、高质量发展趋势。

针对IP改编电影,我们既要直面社会现实,挖掘社会时代精神,又要保护类型小说的娱乐性。建设网络小说精品,不仅要引领网络文学作者树立文学理念、提升思想境界、重视现实题材,提升创作者精神意识与创造力;也要发挥市场的理性作用,不能盲改、乱改,尊重作品展现的精神世界和文化价值。

(五)优化制作水平,提升IP品质

在电影作品中,视觉效果是最直接的艺术表现。电影情节的推进、剧情的进展都依赖于画面上演员的"演出"。而其中细节成分直接影响到了观众

的第一眼审美,甚至决定了一个电影的整体质量。此外,高水准的制作水平也是剧作团队对待观众的诚意所在。随着观众们的审美逐渐提高以及影视行业的激烈竞争,要想制作出一部"出圈"剧作,必须把细节放大,优化影视制作水平,从视觉上提升网文 IP 的影视化效果。其中合理的镜头画面、贴合的服化道对于制作水平的提升起着一定的作用。一部电影能否受到观众喜欢,最直接的表现在于剧组是否认真打磨影视制作水平以及剧中的服道化。制作画面的精良、精美的服化道不仅令观众看着舒服,也更能够保证 IP 改编电影的效果与品质。

在影视画面中,画面合理布局是视觉艺术基本要素的关键,是整个创造过程中的重点。在画面相对限定的时间与空间内,对人、事、物、景观等加以整体布置,使整个画面达到和谐统一,完整表现创作者的主体思维与创作意向,与观众产生视觉上的情感共鸣。另外,制作画面的精良程度也是影响影视作品总体质量的主要方面。如今,文化创新和观众审美都在不断提升,观众不单纯满足于对电影剧情的要求,也注重影视制作水平、服化道等多种视觉追求,细节部分的重要性日益提高。积极探索多元风格、设计符合原著背景的"服化道",并对影视画面进行全方位的管理,实现对特殊物件的制作与还原,打造高质量的制作水准,才能为电影画龙点睛。

(六)三方协同规范市场版权

近期,IP 电影不断涌入市场发展并成功"出圈",越来越多的投资进入网络文学 IP 产业进程中。随着网络文学 IP 市场的扩张,影视团队、作者、网站平台间有关 IP 影视版权的争议不断出现,导致 IP 影视版权成为近两年诉讼的高发区。为促进中国版权产业的正向发展,我们必须综合利用法规、相关政策、市场制约等各种监管治理手段,规范我国著作权的使用和保护,鼓励优质数字文化内容的创造与传承,促进中国数字文化高质量发展。

一是建立和完善相关政策法规。随着侵权事件不断涌现,相应的政策法规逐渐显得有些笼统、不够灵活,所以,完善相关政策法规去保护知识产权已刻不容缓。虽然网文 IP 版权保护起步较晚,但随着立法的逐步完善,IP 版权的保护基础愈发牢固。从 2015 年"IP 热"开始,面对强势袭来的 IP 产业链发展所造成的舆论问题,国家开始完善相应法律法规,实现事事有法可依。从 2016 年至 2020 年,多部法规条约相继出现,促使文学市场的规范化创作。这一系列文件精神都明确指出,我国为保护版权应从源头上入手,切实认定一批著作权保护意识较强、法律法规健全、管理工作规范化的市场主体,并引导其继续做好我国市场专利相关管理工作。同时,短视频平台必须承担版权保护责任,对未经许可将授权的文字或影视作品重新剪辑、制作为广播剧、短视频等行为判定为侵权行为。

另外,中国国家著作权协会文字版权保护工作委员会宣布建立,并联合相关从业组织、机构联合开展"文字版权保护合作",以促进中国网络文学作品版权逐步获得保护。同年,第三次修改的《著作权法》正式通过,健全了国家版权管理法规体制,完善了对知识产权的法律保障,还做好了同其他法规制度的衔接,有效履行了近年来由中国所参与的版权国际贸易条约中规定的法律义务,为保护版权秩序、提高国家版权管理效率、推动社会主义文化与科学事业的发展和兴盛,提出了法律保证。2021年,中国网络视听节目服务协会发布修订版《网络短视频内容审核标准细则》(2021),明文规定"未经许可批准自行进行剪辑、改编电影、电视剧、网络影视剧等各类视听节目及片段的"属于违规内容,在此规定影响下,"三分钟看电影"等二次创作类短视频可能涉及侵权问题,短视频创作将面临更严格的审核条件❶。

二是加强平台版权监督审核。2016年以来,由于自媒体与短视频平台的高速发展,短视频以碎片化、趣味性强等特征获得了更多网民的青睐。但同时,短视频平台已沦为网络知识产权的侵权高发地区,热播电影、院线影片等更是成为被侵犯的"重灾区"。在抖音、快手、哔哩哔哩等短视频平台上,随便搜寻某一个剧作,都会发现经过大量重新编辑搬运之后的短视频。据12426著作权监测中心数据显示:2020年IP改编剧方面,被短视频疑似侵权,且监测到侵权链接的作品共有1571部,共监测到短视频侵权链接941.2万条❷。

在短视频侵权形势如此严峻的环境下,除了加大惩罚力度,还应该在侵权视频流通过程中及时止损,加大对上传视频的审核、监督和举报。短视频平台对接国家部门,强化版权全链条保护,加强数据监测与人工审核同步,筑牢意识形态安全屏障。要做好视听内容著作版权保护的安全评估与技术应用,积极推

---

❶ 张洪波.2021:我国版权保护事业将继续乘风破浪[N].中国新闻出版广电报,2021-01-07.

❷ 12426版权监测中心.2020中国网络短视频版权监测报告[EB/OL].

行智慧广电信息保障和管理研究工作,做好"区块链"新技术在视听内容版权保障方面的应用研究,促进知识产权保障科技不断发展。

此外,短视频平台应加大版权保护力度,主动积极参与视听行业组织进行的行业规范、自律公约建设,严格审核视频内容,加大网络空间治理,营造风清气正的网络版权生态。加强影视解说、娱乐类公众账号、MCN 机构等账号和主体的管理,加大处罚力度;通过购买版权内容、完善授权和结算机制、建立开放平台等方式,积极回应网民监督、投诉、举报,助力管网治网长效机制建设。

三是加大宣传,完善版权保护机制。版权保护的前提条件是自己要具备良好的版权保护意识,国家要加大宣传力度,积极主动牵手融媒体机构进行有关版权宣传行动,运用传统媒体和新兴媒介对当前的版权保护热点问题进行剖析,制定通俗易懂的传播手册,增强民众的版权保护意识与能力。同时加强法律机构、行政机关和网站平台之间的协同合作,形成便捷的专业内容供给途径和高效的信息传播渠道,优化知识产权宣传普法工作。重点人群重点宣传,特别是版权意识相对淡薄的未成年人和老年人。通过开展版权宣传进校园、校园版权知识周、版权知识免费讲座等活动,帮助增强大众的版权意识。

同时,面对侵权行为,被侵权人要学会去维权,而不是漠视不顾。针对知识产权保护成本费用昂贵、保护作者版权举证困难的状况,有关国家版权保护主管部门需要进一步健全知识产权保护制度,积极推进著作权登记保护、授权认可、确权认证等平台的建立,为作品使用者、传播者创造更便利、更快捷的作品版权保护、管理、利用途径,以大大降低社会公众利用著作权创造品牌价值、自主维权、获取良好价值回报的门槛。同时在各领域加大对版权创作、运用、保护和管理的政策性扶持力度;网站平台利用区块链技术处理确权存证等问题,给创作者们提供方便,同时,也借助最新科技的运用使社会大众与版权保护、研究、使用等各环节都有着更加密切的关系❶。

---

❶ 李睿娴.数字时代提高全社会版权意识任重道远[N].中国新闻出版广电报,2021-01-07.

第五章

其他类别作品的电影改编

文学作品的含义是丰富的,本章将选取其中的武侠小说、乡土小说及中国传统神话与民间传说作为对象进行探讨,以期扩展文学作品电影改编的类别与范畴,为不同文学作品电影改编的发展提供具有一定参考意义的研究与分析。

第一节 武侠小说与乡土小说的电影改编

一、武侠小说改编电影的内容特色

小说和电影都是让人"看见",但是看见的方式不同——人们可以通过肉眼的视觉来看,也可以通过头脑的想象来看。阅读武侠小说的过程是通过文字符号获得体验,通过想象和联想等心理活动在读者阅读过程中形成新的形象,实现主观与客观的统一,这一过程充满了间接性与不确定性。而对于武侠电影而言,银幕上呈现的既是形式又是内容,观众可以直接感知和体会到以影像方式呈现的各种形态和感受,武侠电影的这种直接性也直接改变了武侠小说阅读过程中所产生的复杂因素。但是两者在百年间的交互与融合也告诉我们,两者之间的鸿沟是可以被弥合和接受的。

武侠小说源源不断地为武侠电影提供着庞大的改编母本,其宏大的叙事背景、典型的人物形象、丰富而深刻的中国传统文化不断吸引着导演们的改编活动,也给历代武侠电影的改编提供了广阔的天地。事实上,对于一部武侠小说的改编而言,一方面,导演会延承江湖世界的文化气质,还原给观众一部贴近于原著的武侠电影,另一方面,导演对原著的改写会加入符合时代的新元素,从而在一定程度上对原著内容进行颠覆。在一部电影中通常会囊括这两种情况。

(一)主题内蕴的多样化表达

一部优秀的文艺作品,往往可以从单独的一个侧面,例如人物形象或情节关联作品的主题。在武侠小说改编电影当中,新一代的武侠电影导演与传统武侠小说家之间的交互使得小说和电影达成了新的"对话"。一方面,武侠电影对武侠小说当中的侠义精神进行了坚定弘扬,服务于影片的主题表达;另一方面,武侠主题的多样化表达也成了一大特色。

1. 武侠精神的坚定弘扬

司马迁在《史记》当中高度赞扬侠客的"其言必信,其行必果。已诺必诚,不爱其躯"的侠义精神。武侠小说当中的侠客豪杰都有那种重情义、抛富贵、守诚信、弃生死的优秀品质。从唐传奇到大陆新武侠,在这一千多年的时间当中,武侠小说当中特有的武侠精神也为今后的电影改编艺术提供了一种重要的精神摹本,电影改编者在进行改编的时候,可能会进行大刀阔斧的再创造,但是其中的精神主旨会予以保留。

首先,快意恩仇。武侠小说和电影当中最常见的就是敌我双方恩仇关系的处理。"快意"说的是侠客不仅出于一个确切的目的要完成报仇行为,而且更加注重这一过程的"享受",也就是说侠客自己掌握公道,遵从本心的愿望(或是个人习惯,或是出于故事背景),依靠自己的手段斩杀敌人,从而获得心灵上的愉悦和快感;"恩仇",或是为报国,或是为私仇,或是为追求等,都是为下文的"消仇"叙事做铺垫。在电影《邪不压正》当中,与李天然有着杀父之仇的根本一郎和朱潜龙就是最好的例证。电影《三少爷的剑》当中,燕十三一心想要与谢晓峰比试剑艺,在电影结尾他说:"一个剑客最屈辱的结局就是痛死在病榻上。""我情愿死在我尊重的剑下。"从前面叙事当中得知他们由敌人变成知己,由陌生到熟悉,最终他们用"剑道"的方式完成了断,这种"仪式化"的过程在电影当中不只是流于形式上的表现作用,更是为了表达"快意恩仇"主题的内蕴。

其次,行侠仗义。强调的是影片当中人物的行为方式及其传播的价值导向。"行侠"与"仗义"是互为表里的关系,前者为后者提供行为方式,后者为前者提供道德支撑。同样也是中国武侠文化中"侠义"观的输出。电影《七剑下天山》当中,一名善于铸造宝剑的世外高人晦明大师将自己毕生所铸的七把宝剑分别交付自己的四名弟子,下山保卫百姓的村庄,对抗杀人无数的烽火连城,正义的一方齐心协力最终取得了胜利。同时,在对抗的过程当中,不仅单一地表现武力层面,而是要将武力层面与精神层面相结合,在这样一种成功的模式当中"侠"的深层次主题才得以体现,这也是中国文化价值观的影像化呈现。

再次,儿女情长。"此情可待成追忆,只是当时已惘然。""无为在歧路,儿女共沾巾。""天地有情尽白发,人间无意了沧桑。"是人皆有七情六欲,何况侠客呢?表现侠客内心的真情实感也不失为主题表达增添一抹别样的温情色彩。电影《卧虎藏龙》中俞秀莲与李慕白两情相悦的爱情无法避开世俗道德礼教的束缚,最终以悲剧结尾,玉娇龙生性自由,渴望江湖,最终却放不下内心的偏见无法接受家世悬殊的罗小虎,最终也成悲剧。作家王度庐用强烈的悲剧意识为读者奉献了一部被悲情裹挟着的侠义小说。他说过,"美与缺陷原是一个东西"。"向来'大团圆'的玩意儿总没有'缺陷美'令人留恋,而且人生本来是一杯苦酒,哪里来的那么些'完美'的事情?"王度庐没有迎合大众口味而编造大起大落的哀情故事,而是深刻地展现出现实的无奈和作为一个"人"的落寞与悲凉。借助儿女情长来透析人物内心世界,以"情"来表现侠客,表现武侠精神,表现武侠主题。

最后,矢志不渝。每到小说或电影的结尾处会安排抒情的场景,此时观众和读者也会伴随这样的场景产生一个问题:侠客所坚守的东西得到了吗?他/她释怀了吗?或是为了国家大义,或是为了儿女私情,或是为了武学传承。这种"坚守"的精神是深深地镌刻在武侠电影的骨血当中,这种坚毅不仅成功地塑造了侠客的形象,更为武侠电影主题注入了一股永恒的力量。电影《倭寇的踪迹》中的最后一个镜头,一把倭刀挺拔地矗立在武器库房当中。整部电影讲述的是明朝万历年间戚继光旧部士兵梁衡录和左偏使协力传承戚家倭刀的故事,主角梁衡录历经磨难与艰辛,最终以不懈的努力为戚家倭刀开宗立派,这是他作为一个侠客心中所怀有的对武侠精神的传承,是对武侠矢志不渝的坚守。武侠电影中体现出的这种快意恩仇、行侠仗义、儿女情长和矢志不渝的武侠精神,体现了电影在多样化表达当中所传承的精髓,彰显了对中华传统武学的期待。虽然受到商业因素的影响,但是电影还是试图表达武侠精神和江湖中真实的儿女情长。

2.侠义内蕴的变奏

除了对传统武侠精神的坚定弘扬外,武侠电影当中侠义精神也常被混淆,一方面是出于改编者的误解,另一方面是现代社会对侠义精神的疏离。武侠电影的暴力主题也产生了一些新的变化,暴力的"消费性质"愈发浓厚,武侠电影因其本身特性无法放弃暴力叙事的特质,不同程度上对暴力主题的消解也形成了鲜明的特色,相应的,侠义精神也在一定程度上被消解和重构。

一方面,是对暴力主题的消解。无论是武侠小说还是武侠电影,其中敌我双方的暴力主题都是重点表达的部分。但是在改编的过程当中如何选择暴力的呈现方式及其与主题的勾连是至关重要的,所以不能将电影当中所有的动作场景都视为对主题的表达。例如裴铏所著的《聂隐娘》当中充满了对暴力主题的描述与表达,如"刺杀大僚""大战精精儿""大战空空儿"等情节,电影《刺客聂隐娘》则弱化了暴力主题,在仅有的几场打斗中也都是点到为止,配合上精美的画面强化了画面的观赏性。另一方面,是对侠客精神的削弱。武侠小说当中的英雄,无论男女,大多是硬朗刚毅的形象,他们是正义的化身,力量的代表,道德的模范。他们能够"居庙堂之高"也能"处江湖之远",凭借一身武艺,匡扶正义,助人为乐。在武侠电影改编当中,对侠客的内在精神进行了改写,从而导致侠义内蕴有所偏离。电影《道士下山》中,陈凯歌将原著1/3的故事体量呈现在了银幕之上,一定程度上削弱了侠客的内在精神。在何安下山后遇到的第一个师父死去后,他开始以次要人物的身份为叙事而存在,此时人物的心理诉求和内心视角已经开始模糊,导致主题的传达含混不清,侠客的精神也在情节的删减当中得到了削弱,观众在观影时也似懂非懂,抓不住主题。

3. 现代意识的介入

武侠电影当中也充满了多元化和复杂化的现代性表述。电影《师父》当中,执掌天津武行的邹馆长充分体现了现代性意识。她身穿西装、偏分油头,维持着天津武行的秩序与尊严。面对陈识的弟子耿良辰的踢馆,她为了维护天津武行的尊严,只能默许当时的军阀林副官对耿良辰的残忍处置,后又借陈识之手除掉想要用双重身份介入天津武行的林副官,拯救武行于危难。因为只有这样做,才能保住天津武行及众人在乱世当中的生存处境。邹馆长在电影当中的设置完全打破了以往男权中心的意识观念,体现了强烈的现代女性意识。

(二)人物形象的嬗变

要使得武侠小说与电影改编能够达成和谐,人物的提炼是一个关键的因素。"在电影的改编过程中,随着主题、情节结构的变化,人物的变动是难免的。"武侠小说的故事世界充满了仗剑行侠的厮杀和快意恩仇的洒脱,而这一切的主体便是性格鲜明的人物形象。优秀经典的武侠小说会塑造出栩栩如生的人物形象,但是电影囿于时间的关系,在改编的过程中必然要对原著当中的人物进行二次创作,一方面要合理保留原著当中人物的"神魂",另一方面要考虑到电影叙事的需求,其中的人物形象和关系线索要有所创新。

1. 原创人物"再塑造"

武侠小说的电影改编中塑造了一大批不同于原著形象的人物,他们或是在外部形象塑造上,或是在人物内心性格表达上,与原著小说形成了鲜明的对比。这是武侠电影的创新,也是电影颠覆经典的特色。

《刺客聂隐娘》当中聂隐娘这一角色就是如此。原著当中的聂隐娘充满了奇幻志怪的色彩,着重展现的是她如何获得神奇的技能,舍弃世俗之情,最终逍遥远游的故事。同样出现在文本与电影当中的"聂隐娘刺杀大僚"一情节,原著当中,聂隐娘向父亲说:"五年,又曰:'某大僚有罪,无故害人若干。夜可入其室,决其首来。'又携匕首入室,度其门隙,无有障碍,伏之梁上。至瞑,持得其首而归。尼大怒曰:'何太晚如是!'某云:'见前人戏弄一儿可爱,未忍便下手。'"由"至瞑,持得其首而归"句可看出,聂隐娘虽然未忍下手,但最终还是"持得其首而归"。原著当中的聂隐娘杀伐果断。而电影在表现《刺客聂隐娘》这一桥段时,聂隐娘先是在房屋的横梁上观察了一阵,看到大僚在逗一个孩子,便跳下与其双目对视,传达了不再刺杀他的信息后,才转身离开。继而大僚拿刀向聂隐娘投去并被聂隐娘挡了下来,后面也没有交代是否杀了他。而从聂隐娘和师父在后面的对话中可以看到,她因为善良和仁慈而放弃了刺杀的任务。电影突出的是聂隐娘作为一个冷酷刺客的人伦之情和内心深处的情感,这为聂隐娘的"侠客"形象增添了丰富的内涵。同时影片中也增加了田季安是聂隐娘的青梅竹马,以及聂隐娘是聂锋的女儿和她的母亲聂田氏的态度等身份和立场信息,这让聂隐娘人物本身增加了刺杀的难度,也体现了聂隐娘内心的抉择与纠葛。电影赋予人物以新的性格内涵,观众能够在情与义之间真正感受到"聂隐娘"这一写实化的人物及其内心世界。在纷乱的时代背景下,每一个人都是孤独的,聂隐娘也必须在多重困境和选择当中完成对自己身份的建构,从而找到真正的自己。

2. 遵循原著,神韵犹存

原著小说中惟妙惟肖的人物形象给电影二次创作增添了难度。在前期读者已经阅读过武侠小说,产生了"期待视野",对电影改编版本的人物形象会产生更高的期待,一旦人物形象不符合自身想象,就容易形成改编失败的结论。如何才能塑造出被大多数原著读者所认可、与影片风格高度契合、同时有所创新的人物形象,成为每一个改编者需要思考的问题。武侠小说的电影改编不可能完全复刻人物的一举一动,但是留其神韵在电影当中不失为一种有效的方式,这样也赋予了武侠小说一定的时代性特征,最具代表性的就是徐浩峰导演的三部作品《倭寇的踪迹》《箭士柳白猿》《师父》。

最重要的一点是在人物的设定上,徐浩峰导演电影里的侠客异于传统武侠里的人物设定,他们大都是来自社会底层的平民百姓,不是为国为民为他人甘愿舍弃自我性命的英雄,在这一点上和传统武侠人物设定相悖,完全打破人们幻想的"英雄梦",扭转了对传统英雄的刻板印象,将"平民化"的武侠形象带到大众的视野中,着重体现侠客复杂的情感,将人世间真实的人情世故展现得淋漓尽致。从改编的角度来讲更容易实现效果,也更容易贴近观众的内心。

(三)故事情节"再叙事"

无论是文学还是电影,都要完成叙事。文学能够用文字来刻画人物深层的内心体验,利用线性叙事来完成故事的叙述,具有明显的历时性特征,在主题意蕴的传达和理性追求的深度与广度上有着得天独厚的优势。电影具有共时性特征,注重以空间形象的逻辑关系为线索,以逼真的形象来实现对客观世界的"物质复原",以完整而真实地对现实生活的还原为最终目标。

在漫长的实践当中,文学与电影以各自独特的差异性显现各自美学风格的独立性,两者在叙事层面的接受与弥合构建了以改编方式达成互通的可能性。在武侠小说的电影改编当中,通过偏移叙事重点、情节增删、结局的改写达成不同的人物和故事结局,这也对电影的意蕴产生深刻的影响,如何调整故事结构达成"再叙事"成为武侠小说改编电影的重要环节之一。

1. 叙事重点的偏移

小说和电影都是讲故事的艺术。文学作品当中小说的叙事一般以文字为载体,按照故事的情节发展来叙事,而电影则是将一个镜头与另一个镜头按照时空的组接来完成叙事的过程,小说到电影的改编过程实际上也就是文字向图像的转化过程。在小说到电影的改编过程中,电影受限于播放时长,所以导演要对小说当中的人物线索和故事情节进行适当的调整,对重点人物和重点情节加以偏移,着重考虑到故事逻辑的合理性与通顺性,既能满足电影叙事和修辞的需要,也能满足观众对改编过的电影的接受。

在电影《卧虎藏龙》中,叙事的重点转向了"青冥剑"。将"盗剑—失剑—寻剑"这一过程作为电影叙述的重点,青冥剑推动着情节的发展与演变。青冥剑是李慕白的随身佩剑,在历史的纷争与纠缠当中染上了不少的恩怨情仇,这把剑象征着稳固的江湖地位,代表着高超的武艺。宝剑重现江湖,人人都望而得之,在电影中人人都想得到宝剑的驱使下,电影的叙事重点也完全偏向了"剑",也促使整个故事的背景和框架得以形成。为了远离江湖的是是非非,李慕白将这把剑赠予了贝勒爷。在道家思想的影响之下,他闭关修炼,希望达到人生的至高境界,也正因为如此,在"仗剑行天下"的欲望的促使下,玉娇龙顺理成章盗取了青冥宝剑,在她看来,青冥剑就是一个代表着武力、自由、洒脱的象征。随着悬念的设置,故事的枝节也由其展开而来。在"寻剑"这一动机的驱使下,影片中的关联人物也逐一展现,人物情感与事件进程逐渐展开,故事也逐渐走向深入。

不难发现,隐藏在刀枪剑戟中的叙事偏向,映射出了一定的文化意义及价值观念。兵器,作为行走江湖的傍身工具或是作为片中人物的道德外化,其所具备的意义与内涵都早已超出杀伤人命的凶器范畴,成为与文本叙事中人物性格和命运息息相关的影像符号系统。

2. 故事情节的增删

由于一部电影往往是一次看完的,而且观看的速度不受观众的控制,因此从消化和吸收这一点来说,电影观众就和小说读者有所不同了。因为小说读者可以重看小说的任何一部分,并且可以根据章节的难易来调整自己的阅读速度。因此,电影和小说相比,势必重于简单明了的情节结构。电影的时间具有固定性,要在两个小时内精准把握故事的连贯性和事件发展冲突的集中性,增加戏剧冲突以表现电影的张力。一般来讲,电影是在原著小说大的叙事框架中做出增删,用顺时结构将线索串联在一起,形成新的版本。

以电影《师父》为例,影片当中新增加了陈识在巷中坐对群围的戏份。在原著小说当中,作者以第三人称的方式介绍了陈识的身世及由来:"陈识家在广东开平号称就是九十九楼,曾是建洋楼最多的豪族,衰败于一场兵变。家境好时,他年少体弱,为治病学了咏春拳,不料成为日后唯一的生存技能。他给南昌人做过保镖,在广州警察局短暂任职,护送过去南洋的货船……"如果将这段文字转换成电影语言,以空镜头和直观的第三人称旁白进行表达会严重破坏电影的连贯性和艺术性。在电影的表达当中,增加了一个富有烟火气的天津巷子场景,陈识一边用武力制服源源不断的敌人,一边与赵国卉相互吐露着心声:"我家在广东号称九十九楼,房子多,一场兵变,全没了。幸好年少学拳,否则连个吃饭的本事都没有。我给货船当保镖,南洋浪荡了十三年。过了四十岁,海上就呆不住了,回了家才不心慌。家里房产不是毁了就是给人霸占,费大力要回一栋老楼,从这楼起,我要重振家业。但去年师父过世,我没给家人尽过责,也没给师父尽过责。以为拳法扬名,成败都快。我想先报师恩,再振家业。耽搁久了,那栋老楼又会给人霸占,我一定回广东。"导演在同一个情节点的安排中不仅让陈识完成了身份的简介,也展现了他的外貌及性格特征,同时也完成了他与赵国卉两者的心理交流,对于剧情的推动和人物内心情绪的表达起到了至关重要的作用。

对于武侠小说及其电影改编来说,情节的增删一方面是由于武侠小说的文学体量巨大,在电影有限的时间当中要清晰地展现出故事背景和侠客形象,使得情节更为浓缩和集中;另一方面,是要考虑到受众的心理,对原著小说当中光怪陆离、荒谬绝伦的情节加以筛选,对情节要有基本的判断和掌控,从而根据导演个人风格适当地加入一些有益于侠客形象的塑造和推动叙事进程的时代因素。

3. 结局的差异化表达

交代完基本的叙事过程,不论是小说还是电影都要迎来结局。封闭式的结局或是开放式的结局会对接受者产生不一样的效果。在电影改编当中,对原著层层铺进的故事情节进行总结的时候,如何对主人公的命运、前途和情感进行渲染是一个重要的问题,这关乎着作品意境的渲染,也会深刻地影响到观众对电影的看法。

如《倭寇的踪迹》,小说当中的刀客并未获得为戚家倭刀开宗立派的机会,在五百武士的围攻下被刺中心脏最终战死,与他相爱的波希米亚女子贝慕华也死去,这件事情被当作一件南京军民合力歼灭倭寇的英雄事迹作为结论上报神宗皇帝,俞大将军的"如影如响"虽然也算是后继有人,但最终还是流落在了民间,并未得到一个名分。电影当中,梁痕录与相爱的波希米亚女子一同携手去了苏杭,梁痕录经过与第一高手裘冬月决斗,虽以失败结尾,但其精神获得了大家的尊重与支持,也成功为戚将军倭刀术开宗立派,电影以最后一个镜头被放置在南京武器库当中的倭刀为结尾,徐浩峰将抗倭刀安排在画面的右下角,四周全部被阴暗环境所围绕,只有一道光能使得观众看得见抗倭刀所处的位置。这样的表现手法无疑是为了告诉观众,即便梁痕禄和抗倭刀被霜叶城的四大门派接纳,也只能成为蒙尘的兵器,处于至暗的角落,不被世人所熟知或传承。以"传刀"作为电影的开端,结尾以"刀"为结局,这种结局更能让观众感受到作为导演的徐浩峰对武学文化的传承,以及对民族意志的挖掘和文化意识的觉醒。

二、乡土小说改编电影的精神空间

"精神空间是指人的思想活动所占的空间。理智、情感、意志、欲望、理想、梦境等是精神空间的结构形态。"空间最大的魅力就在于使人们感知到空间的精神文化。人们对乡村"倾注了强烈的情感,并将这些情感概括化。对于乡村,人们形成了这样的观念,认为那是一种自然的生活方式:宁静、纯洁、纯真的美德。"乡土小说改编电影的精神空间构建了一个宁静纯真的乡土。

(一)侨寓者的浪漫抒发

在乡土小说改编电影中,有一些影片将乡土塑造成带有浪漫主义色彩的乡土空间。"浪漫主义最突出而且也是最本质的是它的主观性",电影中浪漫风格的呈现正是因为电影创作者倾注了主观性情感。鲁迅在《〈中国新文学大系·小说二集〉序》中指出,乡土文学的作者为来自乡土但身居都市的侨寓者,那么,乡土小说改编电影的导演同样具有侨寓者的身份,他们虽然远居闹市,但仍持续观照乡土,在主观性创作中,表达出对乡土的情感。

1. 突出风土人情

侨寓者对乡土的情感在风土人情的感染中十分浓郁,于是将自身对乡土的观照通过电影作品进行抒发。通过对风土人情的展现,凸显了侨寓者的精神空间。

对不同地域风土人情的突出表现,一方面展现不同乡土空间的特色,另一方面对人物性格的改变和生成具有重要意义。电影《青春祭》还原西南边陲傣寨的风土人情。这里的人们淳朴热情,对待外来的李纯当作家人一样,她的房东老阿奶对她十分友好,把她当作自己的孙媳妇,每天给她准备好花蕉叶包好的午饭和裹着蜂蜜的糍粑。傣族姑娘们个个打扮得美丽大方,追求爱情也十分大胆,这些都深深地感染了李纯。在大爹的指点下,她才明白寨子里的姑娘们不喜欢她灰蓝色的衣服,灰扑扑的,展示不出女孩子的美。她想起自己之前接受的不美就是美的教育,于是决定大胆改变,用床单做一件傣族衣裙,老阿奶把银腰带送给她。换上傣族服饰的李纯赢得了姑娘们的喜欢,李纯也融入进傣族的生活中。整个雨季都要插秧,孩子生病通过古老的方式进行救治,傣族人对李纯热情指点并送给她鲜嫩的荷花……影片不仅展示出西南地区的风俗习惯,也映衬出傣寨人的朴实无华。

突出风土人情也能够展示出中国文化的多样性和独特性。风土人情在乡土小说改编电影中的呈现,使乡土风貌更加具体地呈现在受众眼前。电影《边城》向大众呈现了一个水墨画似的茶峒风情,影片从自然风貌、乡土习俗和人情往来三个方面对湘西茶峒的风土人情进行塑造。自然风貌上,凌子风使用镜头缓慢地将郁郁葱葱的青山环绕情景进行展现,山下是流水淙淙,满眼碧绿,走近看流水清澈见底。清秀的白塔和特色的建筑使受众栖身于乡土美景当中。乡土习俗上,人们会在端午节这天赛龙舟、抓鸭子。求取姻缘的习俗有马路,有车路。马路就是站在高崖之上对着翠翠家的方向放声歌唱三年六个月,车路是天保的家人带上聘礼去翠翠家里提亲。但不管选择哪条路,都以翠翠的意愿为主。人情往来上,通过天保和傩送的兄弟情,顺顺和撑船夫的主顾情等,都着重展示了湘西的风貌。对风土人情的刻画呈现出美丽的乡土面貌,构建出一幅幅和谐的生活画面,也表现出侨寓者对心中乡土的赞美和精神依赖。

2. 节制情感观念

不同于直接张扬的都市快节奏的情感宣泄,侨寓作者在表达情感时,更加节制和收敛,于舒缓中逐渐释放出一股与乡土相映成趣的情感表达。

南方乡土山灵水秀,情感表达上倾向于舒缓的、淡淡的,仿佛感情淡然于山水间。西北草原广袤无垠,痛是猛烈的,如同疾驰的骏马,爱是节制的,正符合中国审美中的含蓄表达。《黑骏马》讲述了白音宝力格和草原姑娘曲折的爱情故事,影片用黑骏马表现白音宝力格和索米雅的成长,表现了蒙古族独特的生命观和家庭观。电影中,白音宝力格和索米雅在相处中产生感情,在奶奶的操持下二人口头订下婚约,少年在答应过后羞涩地骑马离开。白音宝力格离开草原参加培训的前夕,两个人表白了心意,并且约定好在学习归来后便结婚。索米雅送白音宝力格离开时,呜咽着不让他走,二人难舍难分。而当白音宝力格四年后学成归来时,却得知索米雅被草原上另一位青年希拉欺负,并且怀上了他的孩子。他在酒席上以小母牛要生牛犊了暗喻索米雅的孩子也将要出生。白音宝力格在内心深处对索米雅是深爱的,但在城市当中接受过多年教育的白音宝力格心里过不了那道坎,选择离开。索米雅满心不舍,却并没有像四年前一样哭泣挽留。十二年后,当白音宝力格再回到草原时,索米雅远嫁他乡,成立了新家庭。索米雅在白音宝力格离去时大声告诉他,如果以后他有了孩子,她会抚养大。少年时未成的情感,终年萦绕心头,含蓄却又充斥忧伤。

通过分析不难发现,客居他乡的侨寓者通过对风土人情进行突出和对情感观念进行节制的描写来观照乡土。美好的乡土是侨寓者心中的圣土,更是心灵的归宿,所以它们是唯美的、抒情的。比如,《那山,那人,那狗》的风格则更为鲜明,具有明显的"'唯美'色彩。山是绿色的,是运动的。随着道路的延伸,随着情节的推进,美也在延伸着,变化着。从山脚到山顶,从村落到溪边,每一个角度都可以找到绘画性极强的构图,'山'作为这部影片的重要部分,它没有多少奇崛,没有多少荒凉,没有多少寂寞,它是美的"。美的乡土承载侨寓者对乡土的美好想象。同时,侨寓者对情感进行节制来含蓄表达对诗意乡土的赞美。一种明艳张扬,一种含蓄内敛,凸显出侨寓者构建诗意乡土的不同精神表达方式。

(二)外来者的感怀奉献

除了上述的侨寓者以外,还有一类人不是土生土长的乡土人,他们多来自城市,在乡村居住过一段时间,对乡村抱以不同的感受。除此之外,还有一类人也是乡土人,但他们因为种种特殊原因,从一个乡土迁移到另一个乡土,这两类人都以一种外来者的身份观照乡土,抒发精神情感。

1. 精神的创伤之所

不同身份的外来者来到陌生的乡土,他们对于暂时停留的土地充满着复杂的情感,在经历了一系列的变故之后,乡土给外来者们留下了精神的创伤。

反映特殊历史时期给人们留下创伤的作品颇多。张暖忻的《青春祭》表达了浓浓的创伤之情。原著为张蔓菱的《有一个美丽的地方》,这是张蔓菱的自传小说,讲述了知青李纯在傣乡插队时的经历,以及故人离去后带来的精神上的创伤。李纯在乡土上形成的精神创伤主要分为两个方面,一方面是刚下放时新生活给她带来的创伤,另一方面,是知青任佳和乡民们在洪流中救险而去世。李纯虽然已经返回了城市,但是傣乡的美丽岁月以及后来发生的变故成为她的创伤记忆。《青春祭》"就是一首抒情散文诗。整部影片都是李纯的回忆,是她记忆中怀念的东西,因而不是原来的生活本身。影片要强调这种主观性,是一篇如梦似幻的回忆。'梦幻',要有强烈的主观色彩,抒情意味。在表现上避实就虚"。❶ 导演张暖忻除了表现知青主观视野里的伤痕和美好,也试图表现原始文明和现代文明之间的文化冲突。

2. 人生的奉献之地

从城市来到乡土的年轻人,带着建设乡土的梦想,在贫瘠的乡土上挥洒热血,奉献自己的力量,乡土成为这群外来者人生的奉献之地。

乡土小说改编电影中,知识青年被分配到祖国的各个地方,他们在乡土中发挥出强大的力量,将乡土建设得更加美丽富饶。电影《今夜有暴风雪》和《神奇的土地》均改编自梁晓声的小说,颂扬了开垦土地和建设边疆的年轻人伟大的战斗精神和崇高的奉献精神。裴晓芸在暴风雪中失去了宝贵的生命,但是她的灵魂将永驻曾经奋斗过的东北大地。王志刚也在与狼群的搏斗中壮烈牺牲,女英雄李晓燕组成十人垦荒先遣队,向满盖荒原进军,没想到最终长眠于这片荒原,将自身奉献给了这片宝贵的土地。谢晋的《牧马人》改编自张贤亮的同名小说,电影中许灵均被发配西北敕勒川牧场改造,绝望的他没有一丝生的希望,准备自尽时,牧马救了他;敕勒川牧区的人民对这位外来的孩子十分照顾,教他在牧场如何更好地生活,帮他解决生活和人生上的难题。这给许灵均带来了前所未有的温暖和抚慰,于是当富豪父亲希望他去美国继承财产时,他毅然拒绝,更加体现出许灵均对于抚慰他的西北敕勒川的回馈,他放不下牧场上的人们,更放不下祖国,他自愿将一生奉献在重新给他生活意义的西北敕勒川牧场。

美丽乡土和淳朴的风情吸引着外来者,他们甘愿将自己奉献在这片乡土之中。不仅如此,在日复一日与乡土的接触中,他们热爱乡土,并且两代人一起努力,将奉献精神延续和传承。随着本土人对乡土的出走与回归,重返乡土的他们奉献自身的想法愈加明晰。《人生》中高家林在经历了城镇的勾心斗角和一系列变故之后,从城镇又重新回到他曾经无比想要逃离的黄土地上,被他伤害的巧珍已经嫁作人妇,离他远去,但黄土地却收留了他。此时,他的内心比任何时候都更加迫切,更加踏实,他已经决定将汗水挥洒在这一片黄土地上。

---

❶ 张暖忻.《青春祭》导演阐述[J].当代电影,1985(4):134-136.

以上电影从外来者的亲身感受出发,表达对乡土的多元情感。一方面,知青从城市下放到乡村的过程,是离乡的过程,也是造成创伤的过程;另外,外来者在陌生乡土上的遭遇成为他们心中永远的痛,从这两个角度抒写精神创伤。另一方面,外来者在乡土的生活是美好而充实的,这又给了外来者极大的精神抚慰,致使他们愿意在乡土中奉献自身。

(三)作者的隐喻表达

在乡土小说改编电影中,作为电影作品的作者,从第三代导演至新生代导演,他们致力于表达以"土地"为象征的中国乡土社会的情感。范元的《被告山杠爷》,高天红的《神奇的土地》,孙羽的《今夜有暴风雪》,张艺谋的《红高粱》《秋菊打官司》,王洪飞的《米香》,顾长卫的《最爱》,李睿珺的《告诉他们,我乘白鹤去了》,李彦廷的《喊·山》等电影文本中的乡土世界具有明显的象征意味,作者们通过乡土世界对人性、道德和历史进行隐喻与表达。

1. **人性的歌颂**

乡土中存在着一大批热爱故土、守护故土的经典人物形象,通过对他们的表现,完成对伟大人性的歌颂。

乡土空间孕育出了闪烁着人性光辉的平凡却不普通的人物形象。这些人物中一方面包含土生土长的乡土人,他们遵循一贯的优良习惯,在乡土中生活。另一方面还包括后来来到乡土,乡土赋予了其新的生命,最终在乡土找到人生价值和归属的人们。乡土中涌现出一批为了守卫故土,不惜献出生命的英雄形象。作者通过对英雄的刻画,赞美了乡土人们人性的崇高。《红高粱》通过"我"的回忆,讲述了"我"奶奶九儿和"我"爷爷余占鳌充满传奇色彩的故事,歌颂了人性的伟大。九儿被父亲卖给五十多岁且患有麻风病的老头,成婚时与轿夫余占鳌产生情愫。九儿嫁过去没多久,身患麻风病的丈夫李大头就去世了,余占鳌和九儿两人的爱情故事就此开始。在他人眼中,他们是罔顾礼教,不顾人伦的罪男恶女。然而,当日本军来临时,他们英勇抗击,没有武器,就拿起农具拼个你死我活,展现出了乡土儿女对故土的守护和对敌人的痛恨。自此,主人公的大我精神体现,他们是中华民族土地孕育的一分子,在家国面前,也是义无反顾地保家卫国的中华儿女。张艺谋在影片中用浓烈似血的红高粱酒不断将这种自由和悲壮渲染得淋漓尽致,将高密东北乡中一群充满热血爱国情怀、守护沃土的平民英雄形象展示于银幕,人性闪闪发光,照亮后世。

除了对不同人物形象进行塑造,将乡土人物的复杂性、多面性进行表现,也真实反映出乡土中人性的伟大。值得注意的是,导演对于人性的歌颂,不是停留在刻画扁平的人物形象,而是将人物塑造得更加多元和立体,并且赞扬其中最为突出的人性特征,使乡土小说改编电影中的人物形象更加饱满,也进一步突出了人性的美。

2.道德的呼吁

21世纪以来,电影导演不再单一地通过诗意美好的乡村来表现乡土精神空间,以乡土小说为创作蓝本,将创作目光更多地投向乡土空间中所暴露出的尖锐道德问题,逐步揭开现实乡土社会的精神面纱。

《喊·山》讲述了哑女红霞被拐卖后凄惨的前半生,这部影片当中呈现的道德问题更加繁多。韩冲是一个游手好闲的光棍,整日无所事事,和寡妇厮混在一起。腊宏有过多次杀人经历,所以逃到这个村子。红霞是他从人贩子手里买来照顾自己女儿的,并且承担妻子的职责,他对红霞十分不好,经常打骂她。乡村里的人,在腊宏死后第一时间想的是封锁信息,为了维护乡村的形象而罔顾人命。《喊·山》上映于2017年,诗意唯美的乡村田园景象已然向颓败的乡土进行倾斜,在这样的乡土当中,人们的道德已经淡化,成为迫害女性、欺凌弱小的刽子手。失德现象严重,严重扰乱社会秩序,打破了乡土的宁静,乡土呈现衰败景象。作者希望通过隐喻的表达,呼吁道德的重振。

第二节 民间传说与传统神话的电影改编

一、民间传说在电影改编下的主题沿革

(一)对传统道德的审视与呈现

1.传统道德在主体人格建构下的影像呈现

中华传统道德观念从先秦时期诸子百家的主张中逐渐成形,随后在漫长的历史长河中被发扬和传承,作为一种文化基因在民族血液中流传至今,仁、义、礼、智、信等道德理念在当下社会依旧是规范人们行为的准则。我国的民间传说是传承传统道德的重要载体,许多传说人物身上具备优良的道德品质,促使民间传说被广大群众所喜爱。在电影对民间传说的改编之中,传统道德"首先

表现在对人物性格的突出和拔高"上❶。因此,电影非常注重角色主体人格的道德呈现。

道德人格是"作为道德人的个体做人的尊严、价值和品德的总和"。❷ 在石挥导演的黄梅戏电影《天仙配》中,导演放弃了过去戏曲在电影中以"舞台记录式"的方式讲述董永遇仙的故事,而是在保留黄梅调的基础之上运用电影技巧,刻画出善良忠厚、老实纯朴的董永形象。王少舫扮演的董永在电影中是农民身份,因为当时新中国刚成立,在极看重个人成分与阶级的时期,当董永"成为农民时《天仙配》才具有人民性,能够符合当时的社会风向"❸,所以王少舫演绎的董永在神态上总是透出一股忠厚勤劳的气质。这种农民身份的展示,恰好与武氏墓群石刻中的董永形象古今相望。

在少数民族的民间传说中,刘三姐的传说最为人所熟知,是"我国南部著名传说之一"。❹ 刘三姐的传说在民间盛行,一是离不开刘三姐自身聪慧机敏、惩强扶弱的人格魅力,二是离不开大众媒介对刘三姐传说的广泛传播。在刘三姐的传说中,她是一名勤劳聪明、容貌绝伦的壮族姑娘。刘三姐总是能用山歌唱出平民百姓的心声,从而触犯了土豪劣绅的利益,因此上演了一场场唱山歌的比拼。在两广地区,刘三姐文化的成形具有无法估量的价值意义,因为刘三姐是"智慧、超人力量、正义和快乐的化身……是值得追求的"。❺ 电影改编能"跨越了民族、地域的限制,让更多的人认识、了解刘三姐这一艺术形象"。❻ 1961年苏里导演的《刘三姐》讲述了刘三姐用山歌反抗豪绅莫怀仁的刁难并收获爱情的故事。电影中塑造了一位擅长用山歌来赞美劳动与自然的美丽壮族姑娘形象,刘三姐用山歌来抗议旧中国统治阶级对劳动人民的剥削和压迫,也使一首《山歌好比春江水》同电影一起流行到大江南北。

2.家国情怀在视听语言营造下的戏剧化表达

齐家、爱国的理念一直以来被深深地刻在中华民族的文化血液里。电影作

---

❶ 付岩志、黄金元.简析二十世纪八十年代《聊斋志异》影视改编中的道德旋律[J].蒲松龄研究,2004(2):94-101.
❷ 柳潇.道德需要:主体性道德人格建构的基石[J].理论与改革,2004(6):119-121.
❸ 蒋蔚.董永遇仙故事跨文本研究[D].汉中:陕西理工大学,2019.
❹ 农冠品.钟敬文与刘三姐研究[J].广西右江民族师专学报,2004(1):1-8.
❺ 普列文.刘三姐传说的文化含义[J].河池学院学报,2007(6):93-95,115.
❻ 罗红流.刘三姐传说的传播研究[J].柳州师专学报,2008,23(6):9-12.

为现代传播媒介,在不同时期都具备传递家国情怀的能力,尤其"在殖民文化渗透的城市生存空间,国家民族的政治危机和文化危机带给尚在电影艺术世界摸索前行的中国电影人巨大的焦虑"。❶ 木兰从军的故事从各个版本的口头流传到北朝乐府民歌《木兰诗》的形成,《木兰诗》的卫国题材和乐观格调天然地具有统一改编为凝聚人心、鼓舞士气的作品的优先性"❷,因为木兰传说一直以来贯穿的就是"忠与孝"的主旨。在20世纪30年代民族危机日益加深的背景下,卜万苍导演的《木兰从军》对木兰传说进行改编,把木兰从军保卫国家的情感强化,激励当时的观众领会保家卫国的要义。在电影开端部分,木兰在家看到父亲年老体弱还要被强迫去当兵,她出于孝义,便女扮男装替父出征。剧情往后发展中可以看到,木兰在从军过程中克服万难,为保卫国家疆土做出努力,其爱国之情在片中尽显。当木兰在房间中听到父亲和母亲在门外对将去从军的讨论时,木兰的哭声以画外音的方式引起父母的注意。父亲在向木兰陈述自己去意已决时,说道:"死在战场上可比死在家里光荣得多!"铿锵有力的语调对观众有着鼓舞作用。后来木兰执意换上男装,准备离家。离家之前的夜晚,木兰拿着武器站在窗前,镜头透过窗户的花纹从外向内拍摄窗内的木兰,她眼神尖锐,嘴里喊着:"杀!"木兰的马儿同时在画外发出叫声,与木兰"一唱一和",依次表现出人与马都有奔赴沙场的决心。在电影的高潮部分,是木兰担当重任,临危受命带领将士上战场杀敌,导演用交叉剪辑的方式,将木兰骑马战斗的飒爽英姿、果断持矛刺向敌人、战场的凶恶等画面以极快的节奏呈现。

(二)人与自然和谐共生的传达

自然观是关于自然界以及人与自然关系的总的看法、观点。在春秋战国时期,老庄主张的清静无为、顺应天道、逍遥齐物等思想体现出道家对自然的崇尚,庄子主张"天地与我并生,而万物与我为一","天人合一"的思想观念对我国古代农业社会的自然观念有着重要的影响。20世纪初,马克思主义思想在国内逐渐流行起来,辩证唯物主义"承认自然界的客观实在性及其对于人类的优先地位"❸又进一步加强现代社会的人们对人与自然关系的关注。在工业文明从

---

❶ 尹晓丽.儒家文化传统与中国电影民族品性的构成[D].上海:复旦大学,2007.
❷ 魏绍飞.木兰形象的文化变迁——从乐府《木兰诗》到卡通《花木兰》[D].成都:四川大学,2006.
❸ 张敏.论生态文明及其当代价值[D].北京:中共中央党校,2008.

大自然中获取很多资源、制造很多破坏,大自然反噬给人类灾害以后,后工业文明逐渐形成,即"人与自然相互协调共同发展"的生态文明。

1. 敬畏自然:制造冲突体现自然的威力

在一部故事片中,总是需要制造冲突,"中国的戏剧从古代以来一直以冲突、斗争为其主要特征"❶,有了冲突,电影故事才会有戏剧性。多数电影仍然在用常规的三段式结构,电影的冲突阶段即发展过程占据影片一半以上的时间,电影需要从各个方面去调动矛盾的展开,保持电影叙事处于吸引观众的状态之中。电影《百衣鸟》从角色设计上,以凶残的国王与善良的苗族青鸟形成角色的冲突,把土司从一个贪恋美色的坏人改编成一个极其凶残、喜欢残杀鸟类和吃鸟肉的反面角色。鸟是来自大自然的生灵,残害鸟类严重会致使鸟类濒临灭绝,而生物在大自然中的消失是大自然遭到损害的表现之一。凶残的国王有权有势,酷爱残害鸟类,一定程度上暗喻了在现代社会得到物质满足的人类开始对大自然进行挑衅。所谓"道法自然",要做到尊重自然、热爱自然、顺应自然,对鸟类的残害就是对自然的破坏,国王在电影结尾受到了应有的惩罚,善良的人们和鸟儿们重获光明的生活,这种呈现方式在潜移默化地向观众传递敬畏自然的道理。

2. 和谐相处:大团圆结局展现人与自然和解

与世界上其他民族文明相比,中华文明有许多独特的品质,比如:"追求事物发展的完整性、心理满足的完美性和善始善终的'一圆观'"❷,因为"东方人对大自然的态度是同自然交朋友,了解自然,认识自然"。❸ 在中国民间传说中,大自然以动物、精灵、妖魔、灾害等具体形态出现,在经过主人公不懈努力之后,故事总是以和谐共处作为结局。我国的电影创作受到传统戏剧的影响,在电影结尾总是以大团圆作为结局。"'团圆之趣'是中国古代文人、平民的共同需要和趣味,即受'社会心理'支配的,在某种程度上体现了大众文化的集体欲望和精神力量。"《马头琴的故事》对马头琴由来的传说进行了改编,也在故事结局做了精心的处理。电影讲述草原上一名叫苏和的牧童养大了一匹没有妈妈的小白马,并与之成好朋友。可是草原上的王爷喜欢上苏和的马,爱而不得于是将其

---

❶ 顾仲彝.谈"戏剧冲突"[J].戏剧艺术,1978(1):64-104.
❷ 刘洪生.中国古典悲剧"大团圆"结局的价值[J].戏剧文学,2007(8):28-67.
❸ 季羡林."天人合一"新解[J].传统文化与现代化,1993(1):9-16.

杀害。苏和晚上梦见小白马对他说用它的筋骨做一把琴,它就能永远和苏和在一起了。苏和按照小白马的话做了一把漂亮的马头琴,从此,美妙的马头琴声传遍了大草原。虽然在故事的发展过程中小白马去世了,但是电影用小白马托梦的方式让故事驶离了悲剧结尾,小白马变成了马头琴,苏和再也不用担心他们会离开彼此。

二、传统神话改编电影的探索发展

进入 21 世纪前,神话改编电影在整个转型期已经探索出了一条自己的民族化的道路,开始逐渐平稳发展。随着国家改革开放政策力度的不断加大,已经具备成熟现代电影技术的西方电影开始重新侵蚀整个中国电影市场,重塑了这个时代观众对电影的期待视野。同时,在媒介环境变化的影响之下,观众之间沟通方式便捷化、沟通渠道多样化,观众对于电影创作、电影营销、电影票房的影响日益增强。为了满足观众对于影视制作的新要求,在这一时期,电影的生产方式也发生了极大的转变,融入了大量数字技术,在题材选择上重新回归经典 IP,在叙事层面大幅度创新并且融入大量现代精神重新诠释神话故事。

(一)期待视野

改革开放为神话改编电影带来的既是新机遇,也是新挑战。大量外国魔幻电影的引入冲击了中国神话改编电影的发展路线,为了迎合时代浪潮中诞生的新期待视野,"景观化"成为神话改编电影的主要发展路径。同时,在官方政策的积极引导下,"文化自信"的集体视野开始辐射作用于个人期待视野,两者共同推动时代命题转变为弘扬中国传统文化。新的时代中,观众群体的变迁进一步推动"神性"的消亡,神话改编电影讲述"神话"却不弘扬"神话",大量生活元素、戏仿语言的运用消解了传统神话中的"仪式",让其更加贴近当下生活。

1. 期待视野更迭涌现景象奇观

2001 年,在国家大力实施改革开放政策的推动下,中国加入世界贸易组织。这意味着中国改革开放再获一枚盛果,也意味着中国与世界的贸易联系更为紧密。电影行业也积极响应国家号召,不断扩大进口电影的数量,并且取消批片配额限制,一时间,大量的好莱坞魔幻电影充斥着各个放映场所。当中国第五代导演还在和电影本体共舞时,好莱坞已经开始用华丽的视觉特效冲击中国观众的定向期待视野了。如由彼得·杰克逊执导的好莱坞大片《指环王》在进入中国之后引发了观影狂潮。同样是改编自小说的魔幻电影,《指环王》已经开始用 CG 技术将叙事空间彻底地奇观化,被称为是视觉特效技术营造出的"景观电影"。具有"强烈视觉吸引力的景象和画面,借助各种高科技电影手段创造出的奇幻影像和画面"。❶ 从未有过如此观影体验的观众一下便被眼前的奇景所俘获,三部《指环王》在中国均获得了数亿元的票房收入。接受美学认为文学史总体发展的趋势就是新旧期待视野的更迭,倡导以读者接受作为核心来建立效果历史观。进入 21 世纪后,好莱坞电影通过强烈的视觉、听觉的刺激,动摇了观众对电影"真实"的固有看法。他们通过数字技术创造出堪比真实事物的逼真影像,重新再造了"神话",这种影像恰恰又是中国电影前所未有的。新旧期待视野的更迭将会引领整个社会新的观影风尚和制作潮流。"当创作者发现观众对某一类题材或某一种表现手法具有特殊偏爱的时候,他们在随后的创作中就会更乐于选择这种题材或手法,尽管有的创作者宣称,他的创作从来不考虑接受问题,但事实上这是不可能的。"❷运用数字技术进行电影产业革新,创造出具有虚拟美学的神话改编电影成为这一时代的命题。

不难看出,21世纪以来的神话改编电影为了追随新的审美潮流不断强化电影中的数字化效果。用科技为电影赋能,在国产神话改编电影逐渐萎靡的现状下把握观众审美需求的变迁,积极转型,为神话改编电影重整旗鼓提供了一条可借鉴的创新之路。

2. 集体期待视野召唤神话故事

尧斯认为在审美活动的接受过程之中,按照接受主体的不同还可以将期待视野分为个体期待视野和集体期待视野。个体期待视野就是读者在阅读的过程之中作为独立的个体,其期待视野的生成受到个人社会经历、生活习惯、文学阅读经验、世界观、价值观等极具个人属性的因素影响。集体期待视野则是指在具体历史阶段,整个社会中一种普遍的共识。同时,集体期待视野也会被整个社会语境所左右。如官方意识的评价、媒介或机构的宣传。这种评价和宣传代表了社会的、集团的、阶级的意识,引导读者该以何种标准方式评价作家和作品,如何公正客观地看待不同派别和不同时期的文学作品,乃至整个文学发展史,在合适的阶段又该阅读哪些作品,应当以什么样的思想和审美标准去衡量

---

❶ 周宪.论奇观电影与视觉文化[J].文艺研究,2005(3):18-26,158.
❷ 郭晓霞.从电影接受美学反观影像视点问题[J].电影评介,2007(14):58-59.

评价作品。因此,作为一个时代的文化视野和主流评价标准,集体期待视野则很大程度上影响这个时代中个体期待视野发展。在这一时期中,有一种极为强大的时代声音,那就是文化自信。这种集体期待视野引导个人的审美期待,推动国潮成为新的时代主题。

《大圣归来》作为一部点燃受众热情的神话改编电影,在新时代"讲好中国故事"上具有里程碑意义。在 21 世纪初期,由《画皮》开启了神话改编电影数字化影像奇观的热潮,在很长一段时间内,此类电影题材都在奇观的怪圈中打转,不少作品过于强调数字化技术而忽略了影片的内涵,就会像《封神传奇》一样沦为大众的笑柄。绮丽梦幻的场景设计,也掩饰不住影片中传统文化的缺失。整部影片西化极为严重,无论是人物造型、建筑设计还是武打场面,全然一副"指环王"的翻版。这种设定虽然新颖,但一味地追求视觉奇观反而忽视了中国传统神话中最为重要的本源,即对中国传统文化的传承和发扬。正是传统文化的底色给予了中国神话数千年以来的长久生命力,支撑着这样一种起源于远古时期的文本在不同的艺术形式中被改编、重写。在集体期待视野的号召下,中国传统神话顺应时代的发展,在电影改编中融入了大量传统文化元素,出现了不少具有浓厚"中国风"的神话改编电影,引领了新的风尚。

3. 受众群体变迁促使神话"祛魅"

审美活动是一场交流、是一场对话,只有在交流沟通中,文本视野和读者的期待视野才会融合,文本才具有意义。从某种角度来说,当读者阅读某一时期的作品时,这个接受活动的实质是:读者在和处于那一时期历史语境中的作者对话,也就是和那个时代的历史视野对话。接受主体的个人视野发生了转变,就意味着答案也从定量转化成了变量,不同时代的读者对同一本书的理解也不尽相同,对于同一部电影,不同时代的观众会有不同的理解,他们总是从现在的角度去看待作品。21 世纪以来,观看神话故事的再也不是那群盲目相信世界上真的存在神祇的人,神话也不再给他们带来信仰寄托,神性逐渐在这场观影中消失殆尽,观看神话成为一种更为功利的活动。

进入新时代后,改革开放不仅带动经济的发展,也同样带动了人民群众的思想解放。随着教育的普及,科学的世界观和方法论所导致的世俗化和理性化使得神不再是人们的信仰,神话中的神性正在逐渐消解。在神话改编电影发展的初期,许多观众对电影中的呈现都深信不疑,不少观众会在观影结束后焚香祭拜,拍摄影片的剧组也会在片场供奉和祭拜仙人,更有甚者会背上行囊上山求道问仙。对于他们而言,观看神话改编电影是与仙人对话的神秘仪式,这是因为处于同一个历史语境之下,个体期待视野和文本视野能够充分地融合。但现代的创作者和接受者很少会像过去那般认定电影中的景象是真实存在的,观看电影,更多的是一项娱乐消遣活动。当个体期待视野和文本视野之间的隔膜太厚难以融合的时候,文本接受就会产生障碍,意义也很难生发。在当代,现代观众依旧能够接受神话文本的原因就在于其观看需求的转变。

亚文化拥有着与主流话语"严肃""规范"截然不同的"非主流"的边缘特性,神话改编电影中通过大量引入"戏仿""拼贴"的手法,对传统神话中拥有至高权力的"神权"进行解构,也是迎合了当下青年对不容反抗的"强权"的质疑。这一阶段的神话改编电影满足观众的娱乐化需求,通过对传统"主流文化"的反叛,缩短观众与古老文本之间的距离,避免"神话"这一古老题材与现代人在不断更新意义的历史过程相脱节。让神话文本在被重读、再读的过程中,重新获得现世的意义。

(二)召唤结构

西方魔幻电影的冲击让中国神话改编电影逐渐在市场失去话语权,为了再次回到主流视野中,神话改编电影再次回归传统神话 IP,在影片的创作过程中,将神话的受众作为自己预设的"隐含的读者"进行作品的建构,利用中国观众原始记忆中对神话的"集体无意识",将整个中国观众作为自己的"潜在读者"与西方魔幻电影进行对抗。采用经典传统神话 IP 尽管能够更大程度地转换"隐含的读者",但观众过于熟悉文本的现实境况促使创作者们不得不对传统故事进行新编,进一步增加影片中的"空白",通过设置悬念再次激活观众的观影兴趣。不仅如此,为了推动传统神话和现代观众的视野融合,缩短文本和现实的距离,大部分神话改编电影摒弃了原有的传统意义,在影片中融入更契合现代心理的女性主义精神,试图构建跨越历史的沟通桥梁。

1. 立足市场寻求隐含读者

伊瑟尔认为在文本阅读过程中,存在两种读者,一种是"现实的读者",一种是"隐含的读者"。"隐含的读者"是伊瑟尔接受理论中的重要一环,他们是能够把创作主体埋藏在文本中的可能性加以具体化的预想读者,也是作者所期待出现的特定接受者。这种读者并不是现实生活中具体的某个个体,而是作者在创作过程中预设的一种完美读者。作者会依据完美读者的特性结构文本,设置读者和文本的交流模式,试图让读者在阅读接受的过程中受制于文本结构,按照文本内在的规定进行接受,与此同时处于这种结构中的"现实读者"又将在阅读的过程中被已经设定好的具有召唤功能的结构引导,参与到作者预定的文本建构中,这种过程也可以被看作"隐含读者"逐步"现实化"的过程。技术滞后的中国电影人无力抵抗西方话语的不断入侵,要想快速地在纷乱的市场中站住脚步,仅仅依靠导演个体的才华和力量是远远不够的,考虑到"'隐含的读者'只是一种可能出现的读者,一种根植于文本结构中、与文本结构暗示的方向相吻合的读者"❶,在神话电影改编的过程中,创作者只能尽可能把握住"可能出现的读者",实现"隐含的读者"向"现实的读者"的转化。

将神话作为创作基点,利用神话和中国观众的亲近,将神话的受众设置为影片创作过程中的"隐含的读者"成为创作策略。神话具有极为庞大的受众群体,中国传统神话在漫长的历史过程中反复以"原型"的方式出现在中国人的生活当中,"原型"是指"一种典型的或反复出现的形象"。虽然随着理性思维的发展,人们心中对于"神"的原始想象被压抑,但是神话仍藏在中国人心理结构中最隐秘的角落,拥有更为广大的受众群体。因此,在电影创作的过程中,为了尽可能地转换更多"隐含的读者",创作者带上"人格面具"神话,试图利用经典的神话原型调动观众集体无意识,引发共鸣,以此获得社会认可。

无论是英雄原型,还是女神原型又或是重生原型,这些从神话中衍生出来的原型已经成为中国人固有的集体记忆。中国观众熟悉神话故事的故事框架,如《西游记之女儿国》,即便观众在没有观影的前提下,也对故事的大概走向——从误入女儿国到身陷险境再到成功脱险——有清晰的认知;了解故事中的主要人物形象,即便《白蛇:缘起》将叙事背景放置在原著空白片段的数年前,观众同样知道这是发生在白娘子和许仙前世之间的人妖虐恋;甚至,观众能够猜测出影片所要表达内在含义,当《新倩女幽魂》的名字出现在大屏幕上,观众立马就能想到电影想要表达对爱情的思考。利用"隐含的读者",神话改编电影唤醒观众对于"神话"的原始渴望,为"现实的观众"在观影过程中预先建立了一

---

❶ 李士军.接受美学中伊瑟尔的文本审美阅读理论探微[J].重庆邮电大学学报(社会科学版),2010(5):93-97.

个"神话"的坐标,通过大众的"集体无意识"标注了明确的感知路线。

当具有中国传统神话"集体记忆"的人具有了快速了解神话改编电影创作风格和空白指向的能力,也意味着神话改编电影所针对的"隐含读者"范围扩大至整个中国。这一时期中,神话改编电影以隐含的读者为创作的切入点拉近了叙述距离和观众之间的关系,与外来魔幻电影的斗争,也不再是创作者的孤军奋战。

2. 文本创作要求陌生化设置

在题材选择上,电影导演为了突破西方魔幻电影的怪圈,重新占领中国魔幻电影市场,选择将传统大热神话题材作为召唤受众的卖点。大热题材的优势在于题材经典、受众范围大、能够召唤中国观众的集体记忆。选择这条道路也意味着在文本的改编过程中要花费更大的心力。传统神话题材在中国历史悠久,属于经典文本,在每个时代都被移植到不同的艺术载体上,形成不同的艺术形态。早在神话改编电影发展的初期——第一次商业浪潮中,相应的大热题材就已经被翻拍出了无数版本。在新时代,继续选择这个题材就必然要在文本上进行创新,改变神话改编电影的传统图式,将经典神话文本从人们的习惯常规中解放出来,在审美接受过程中重新感受作品的艺术价值。当观众的观赏欲望提升后,观众就将重燃期待,自愿加入文本之中共同创作。因此在这个时代中,显著的改编特点就是"陌生化原则"。

俄国形式主义文伦家什克洛夫斯基强调"艺术的技巧就是使对象陌生化,使形势变得困难,增加感觉的难度和时间的长度,因为感觉过程本身就是审美目的,必须设法延长"❶。在日常生活中,与实践语言相关的活动所产生的一般感觉是趋于习惯性的,艺术的功能和目的就在于区别开审美视野和现实世界,使感觉呈现非习惯化,只有被当作是艺术感知的对象才能被称为艺术。俄国形式主义是接受美学的重要来源,伊瑟尔同样吸收和发展了这一理念。伊瑟尔的召唤结构理论中认为,陌生化效果不应该仅仅被认作是文本形式的变化,它应当是创作主体、创作客体和接受主体三者共同作用的结果。"为了提高艺术作品的魅力和效果,创作主体会故意设置未定点,留下空白;文学文本的意会性特

---

❶ 什克洛夫斯基.作为技巧的艺术[A].俄国形式主义批评:四篇论文[C].内布拉斯加大学出版社,1965.

点和具体语境也会制造空白;召唤结构是一个永恒的动态过程,它是以阅读和接受为前提的,没有接受主体,它只能始终客观地潜藏在作品中不被发觉。"❶在早期的神话改编电影创作中,大多数作品都基本忠于原著,很少进行改编。进入转型发展阶段后,在进行神话改编的过程之中开始出现了"空白"的影子,创作者们有意地在影片中设置区别于原著的内容以引起观众的好奇与期待。在当代的改编中,创作者在影片遗留的空白点更多、范围更广。他们不再满足于局部的改编,在剧情结构上选择运用解构式改编策略试图让整个文本陌生化,进而利用这种陌生化在文本中设置"未定点"制造悬疑场面构成悬疑召唤。

在影片《画皮》中,电影空间被完全位移到苍茫的大漠之中,对主要人物形象也进行了改写。原著中好色贪淫的王生被改作威武不凡的将军,狐妖小唯的人物形象更加丰满,被赋予了寻找爱情真谛的任务,不再是扁平的反面符号。在故事情节的发展中,原著将事件的导火索设置为王生路遇貌美女子便"心想爱乐"并"导与同归""与之寝和"。在影版中,则被改编为王生剿灭贼人无意间救下妖精小唯。整部影片不再歌颂古代女子坚贞不渝的妻子形象,导演围绕爱和家庭展开了讨论,阐释现代人的婚姻困境。电影版的《画皮》对于观众而言是一个熟悉体系内的全新故事,超越了传统故事文本在其心中相对稳定的预期和无意识的反应。观众从熟悉的故事情节中被剥离出来,成为对未知探寻的主体。

电影《白蛇:缘起》更是直接从原著固有的情节中跳脱开来,创作者节选了一段在原著中本就相对空白的时空,从寥寥数笔的前世展开叙述。故事不再围绕白素贞报恩、许仙被吓死、白素贞被镇雷峰塔的经典情节展开,转而讲述了在五百年前,许宣和小白的初遇。《西游记之大圣归来》亦是另辟蹊径把孙悟空塑造成一个颓废落魄的"中年猴"形象,作为约束者的唐僧,被塑造为天真烂漫的小和尚,孙悟空被感化的原因也不再像《铁扇公主》中那样是直白的说教,而是江流儿在遇到危险之际孙悟空主动的选择。《哪吒之魔童降世》中更是直接剔除了"剔骨割肉"的情节,把矛盾点放置在两个被命运捉弄的孩子身上,看他们如何在自救的过程中相互救赎,打破成见。这种陌生化的剧情处理摒弃了原著对观众的影响,创造出了一个全新的、亟待解读的故事本体。"这种故事新编的

---

❶ 徐牧,董广.召唤结构:另一种陌生化美学[J].内蒙古电大学刊,2012(4):46-48.

方式提供了可供创作者发挥的改编空间,也丰富了原本的神话故事。这些未被整合进传统神话的改编情节更有力地打造出艺术创作的异质化影像空间,从而为观众展现出符合观影期待,却又超出既定记忆的戏剧情节。"将"陌生化"的目的最大化,同时又保持了原作的神话魅力。

在叙事结构层面,导演则选择利用陌生化情节设置未定点来引发悬念。通过空白引起观众的好奇,召唤观众共同加入文本创作中,跟随作者设计的线索一起寻找答案。"艺术的成功永远是一场骗局,艺术的魅力来自种种陌生化的艺术程序。"在《白蛇 2:青蛇劫起》的访谈中黄家康提到他们的创作瓶颈来自不了解观众是否能看出他们在剧情中埋藏的点,"在这个故事里面,我们一方面要让观众在最后反转的时候觉得很意外,但是另一方面又要让观众能感觉到我们前面是有铺垫的……同时,我们发现不同观众对于这种有点悬疑的剧情的理解是不同的。我们也花了很多时间去做一些试验,研究不同层次的观众在看的时候有什么感受。"[1]主创团队力图在影片制作过程中实现一种合理的"陌生化"体验。在《哪吒之魔童降世》中,导演一早就把在哪吒三岁时,天雷会降临毁灭魔丸这一线索交代给观众。而这条故事线是原著中从未触及的,未知的情节拉长了观众的审美时间,不确定的结局产生了悬疑场面。李靖夫妇将如何寻找拯救儿子的方法?好不容易开始走向正轨的哪吒又将如何面对自己的人生劫难?对于观众而言,这些"空白"所导致的陌生化会产生召唤效果。在《西游·伏妖篇》中也可以看出类似的设计,影片中过分夸大了师徒四人的特征和矛盾,凶残嗜杀的孙悟空,贪婪好色的猪八戒,懦弱无能的沙僧,有着世俗欲望的唐僧。这个各怀鬼胎、互相猜忌的团队该如何磨合的答案,也是观众无法从"先在经验"中得知的。

从整体故事的陌生化改编到具体情节的悬念设计,创作者利用陌生化原理改写经典 IP,在继承其优质文本和固有隐含读者的同时使得文本脱离传统语境,从原著的束缚中跳脱出来,呈现一个"似曾相识又未曾相识"的影片。在填补空白的过程中,激发观众想象的建构功能,召唤观众从单方面的审视转变为自觉主动地和文本进行相互作用。

---

[1] 黄家康,刘佳,於水.《白蛇 2:青蛇劫起》:中国动画电影的类型探索与制作体系建鬆黄家康访谈[J].电影艺术,2021(5):77-83.

3. 时代发展融入现代精神

作为具体历史语境的产物,文本所呈现的是具体时代中普遍的文化心理。接受美学认为一部文学作品,并不是一个自身独立、向每一时代的每一读者均提供同样视点的客体。它不是一尊纪念碑,形而上学地展示其超时代的本质;它更多的像一部管弦乐谱,在其演奏中不断获得读者新的反应。神话诞生于远古时代,远古时代的人们没有道德和法律的概念,他们所创造出来的神话契合当时的人类思维模式,在现代看来则太过于荒诞。神话是原始信仰加上原始生活的结果,所以不合理的质素很多,他们一代一代地把神话传下来,就一代一代地加以修改。于是本来简短的故事变得美丽曲折了。由此可见,中国传统神话更像是一个充满未定点的文本框架,具有很强的可阐释空间。只有在不同的时代中,依据当时的时代语境对其进行解构和重构,才能不断延续神话的生命力。福柯曾说过,"重要的是讲述神话的时代,而不是讲述神话的时代"。[1] 当代神话改编电影并没有完全在市场中站稳脚跟,它要试图获得观众的青睐无疑要舍弃陈旧封建的故事主题,从传递主流的意识形态入手。

女性主义起源于 19 世纪末 20 世纪初,随着思想解放和自我意识觉醒,许多女性都不再屈居于男性之下,主张性别平等、男女平权。这种思想很快在艺术领域中扎根,电影是一种新兴的大众艺术,它是女性在文化领域中突破性别枷锁的一个重要载体。知识和权力的掌握使得传统社会中的父权制度异常牢固,作为父权社会的产物,神话作品中许多内容充斥着以男性视角凝视女性,将女性角色物化,一味地推崇三从四德,试图用封建礼教束缚女性思想的主题。《聊斋志异》中王生的妻子陈氏面对婚内出轨,奄奄一息的丈夫王生,选择了不顾一切地拯救。无论是"伏地不起",又或是忍痛承受乞丐"杖击",还是"食人之唾而甘之",为了丈夫能够重新活过来,她都能一一忍受。这种忠贞善良,为了丈夫忍辱负重的人物形象反映了蒲松龄传统的儒家妇女观。但这种束缚女性思想,一味要求女性为丈夫、为家庭奉献牺牲的思想在女性主义蓬勃发展的当代很难引起观众的共鸣。于是在影片《画皮》中,导演有意弱化相关情节,把原著中单方面不计回报付出的陈氏改编成了夫妻之间相互奔赴,好色无耻的王生

---

[1] 布里恩·汉德森,戴锦华.《搜索者》——一个美国的困境[J].当代电影,1987(4):67-82.

主动和来历不明的女子接触的设定也被改写。原著中,王生固执、好色,但陈氏依旧死心塌地,在现版本中,将军王生英勇善战,与妻子两情相悦,如果不是阴差阳错救回狐妖小唯,两人可以相濡以沫共度一生。就算是他发现自己已经爱上小唯,仍愿意与自己妖化的妻子共赴死亡。一句"我爱你,可我已经有了佩蓉"克服了心中原始的欲望,扛起家庭中丈夫的责任,这种男性角色的转变赋予了女性为拯救他而付出的基点。由"妇德"的人物支点转化为"爱情"的支点,为现代观众的接受打下基础。

在现代的社会中,人们的意识形态与神话改编电影诞生后相比已经发生了翻天覆地的变化,对审美的要求也越来越高。作为和观众不断交流的电影,当被观众拒绝交流时,意义也就无法产生,电影的审美价值也就失去了一个评判标准。21世纪以来的神话改编电影不断地探索一种能够被当下观众所接受的意识形态路径,通过在影片中融入女性主义思想,祛除封建落后的思想主题,努力建立沟通两者的桥梁,调节两者之间时代的距离。

参考文献

[1] 曹丽娜.文学影视改编的成因及原则探讨——以《人世间》为例[J].新闻研究导刊,2022,13(19):242-244.

[2] 陈铎.当文学性遭遇电影性——试论台湾新电影对乡土文学的改编[J].南京晓庄学院学报,2023,39(2):84-90.

[3] 陈艳.新时代国产动画电影对文学经典的改编研究[D].湘潭:湘潭大学,2021.

[4] 段文英.跨媒介叙事:文学改编电影的多样性[J].电影文学,2022(23):135-137.

[5] 郭可心.关于李碧华文学作品影视化改编的研究[J].戏剧之家,2023(18):147-149.

[6] 胡庆.经典文本影视艺术改编的可行性探究[J].西部广播电视,2022,43(8):130-133.

[7] 黄筱玥.现实观照、人民立场与时代精神:茅盾文学奖改编电影的人民性建构[J].百家评论,2023(5):119-125.

[8] 黄耀民.互文与重构:媒介"转译"的可能性——路遥文学作品的影视改编[J].电影评介,2022(18):74-77.

[9] 贾安民.十七年文学改编电影作品中乡土中国书写研究[J].电影文学,2022(9):30-34.

[10] 贾英娇.探求当代中国现实主义文学电影改编的美学理念[J].名作欣赏,2023(15):179-181.

[11] 姜欣荣.中国古代文学的电影改编研究(1914-1930)[D].武汉:武汉大学,2019.

[12] 雷咏祺.大数据时代戏剧影视文学发展路径探析——评《文华影韵:影视文学改编现场》[J].当代电影,2023(12):184-185.

[13] 李琳琳.文学改编电影《影里》的多重主题表达[J].名作欣赏,2022(27):174-176.

[14] 林恒.从地域书写到影像嬗变——中国西部文学改编电影研究[J].西部文艺研究,2022(1):160-166.

[15] 林红霞.苏童小说改编电影的文本特征与影像语言表达[J].电影文学,

2022(9):67-69.

[16] 刘碧林.改编+翻译:中国民间文学域外传播的有效双路径——从汤、赵"真假木兰之争"谈起[J].外文研究,2023,11(4):84-91,106.

[17] 刘忱.后学视野下文学作品影视改编研究[D].扬州:扬州大学,2019.

[18] 刘世浩.《人生之路》:经典文学作品影视改编的当代价值与路径新探[J].电视研究,2023(9):67-70.

[19] 刘叶琳.文学经典影像化传播的观念演变[D].长春:吉林大学,2019.

[20] 骆平.文学改编电影的三种核心观念[J].电影艺术,2023(6):43-50.

[21] 马阿婷.新移民文学的电影改编与中国女性形象书写[J].电影文学,2023(24):71-74.

[22] 马睿.传承·创新:中国神话改编动画电影研究[J].艺术百家,2023,39(4):141-147.

[23] 戚歆伊.探寻从文学到电影的改编[D].杭州:中国美术学院,2019.

[24] 钱小丽.华裔文学作品改编电影中的中国传统文化因素——电影《千年敬祈》解读[J].名作欣赏,2022(18):22-24.

[25] 苏婷.电视剧《人世间》严肃文学的影视改编[J].走向世界,2022(11):80.

[26] 童晨.文学作品影视化改编的传播分析[J].戏剧之家,2022(11):154-156.

[27] 汪泽.从小说文本到电影剧本的"二次创作"——以路遥《人生》为例[J].徐州工程学院学报(社会科学版),2023,38(4):57-64.

[28] 王舒敏.网络文学改编电影版权价值评估研究[D].南昌:江西财经大学,2021.

[29] 王顺天.从小说到电影:文学改编电影的叙事流变——以茅盾文学奖作品的电影改编为中心[J].中国当代文学研究,2023(6):87-94.

[30] 王顺天.镜头叙事与影音美学:茅盾文学奖作品电影改编的影像叙事研究[J].西部文艺研究,2023(5):181-191.

[31] 王心明,徐明.技术与叙事同构:网络奇幻文学改编电影的症候透析[J].粤海风,2022(6):106-112.

[32] 王雪佩,宋洋.重构细节的隐秘与威力——经典英美文学作品改编电影研究[J].电影评介,2023(18):64-67.

[33] 王一帆.伤痕文学电影改编研究[D].兰州:西北师范大学,2019.

[34] 王卓.网络文学影视改编剧研究[D].大连:东北财经大学,2021.

[35]谢可儿.论《兰心大剧院》的文本改编与娄烨电影的类型重塑[J].戏剧之家,2022(29):153-156.

[36]杨莹.文学经典与影视改编创意的跃迁——从《西游记》影视改编说起[J].新闻爱好者,2022(10):124.

[37]尤达.迷失与转向:江苏网络文学影视改编的主体性研究[J].南京艺术学院学报(音乐与表演),2022(6):126-133.

[38]张福银.西方文学改编电影的现代艺术价值——围绕叙事美学的跨场域对话体系研究[J].电影文学,2023(12):34-40.

[39]张静.新时代文学改编类影视作品的"拟态表达"与"情感共诉"[J].电影文学,2023(24):80-82.

[40]张婷,谭娟.网络文学改编影视作品创作分析[J].电影文学,2022(24):20-24.

[41]张嫣.文学作品影视化的"史诗"建构——论电视剧《人世间》的叙事策略[J].今古文创,2023(41):97-99.

[42]张艳丽.网络小说影视剧改编研究[D].济南:山东师范大学,2018.

[43]赵玉笛.文学改编背景下冯小刚电影艺术风格转型研究[D].兰州:西北师范大学,2019.

[44]朱斌.论中国科幻文学改编电影的共同体美学建构[J].电影评介,2023(16):8-12.